COLLECTION JULES VERNE
BAND 41

Die Jangada

Band 2

Pawlak Taschenbuch Verlag, Berlin, Herrsching

Nachdruck mit freundlicher Genehmigung des
Verlages A. Hartleben, Inh. Dr. Walter Rob, Wien I.
Die Vorlagen für die Umschlagillustrationen der
Collection Jules Verne sind Jules Verne Bänden,
erschienen im A. Hartleben's Verlag, Wien, entnommen.
Umschlaggestaltung: Bine Cordes, Weyarn
Die Orthographie wurde der heutigen Schreibweise angeglichen.

Gesamtherstellung: Elsnerdruck GmbH, Berlin
Printed in Germany
ISBN: 3-8224-1041-1

Inhalt

Zweiter Teil

Erstes Kapitel

Manao

Die Stadt Manao liegt genau unter 3° 8′ 4″ südlicher Breite und 67° 27′ westlicher Länge von Paris. Vierhundertundzwanzig kilometrische Meilen (à 10 Kilometer), dem Stromlaufe nach gemessen, trennen sie von Belem, aber nur zehn Kilometer von der Mündung des Rio Negro.

Manao ist nicht am Ufer des Amazonenstromes erbaut; am linken Ufer des Rio Negro vielmehr, jenes größten und wichtigsten Nebenflusses der gewaltigen brasilianischen Wasserader, erhebt sich die Hauptstadt der Provinz und beherrscht die benachbarten Campinen mit dem pittoresken Bilde ihrer Privathäuser und öffentlichen Gebäude.

Der im Jahre 1845 von dem Spanier Favella entdeckte Rio Negro entspringt am Abhange der im Nordwesten zwischen Brasilien und Neu-Granada gelegenen Gebirge, tief in der Provinz Popayan, und steht mit dem Orinoco durch zwei Seitenarme, den Pimichin und den Cassiquaire, in unmittelbarer Verbindung.

Nach tausendsiebenhundert Kilometer langem Lauf durch wunderschöne Gegenden ergießt der Rio Negro seine schwarzen Wassermassen durch eine elfhundert Toisen breite Mündung in den Amazonenstrom, mit dessen Fluten sie sich jedoch, infolge ihrer rascheren Bewegung, noch auf mehrere Meilen hin nicht vermischen. Diese Verschmelzung findet erst an einem Punkte statt, wo die Ufer zurücktreten und eine Art geräumiger Bucht bilden, welche etwa fünfzehn Meilen lang ist und bis nach den Anavilhanas-Inseln hinreicht.

In einer scharfen Einbiegung des Flusses nun befindet

sich der Hafen von Manao. Hier treffen immer viele Fahrzeuge zusammen, die einen verankert in der Strömung selbst, die anderen in der Reparatur begriffen in den zahlreichen Iguarapes oder Kanälen, welche die Stadt in jeder Richtung durchziehen und ihr fast einen holländischen Typus verleihen.

Laufen hier erst Dampfschiffe an, und das kann bei der glücklichen Vereinigung der beiden großen Ströme nicht lange mehr auf sich warten lassen, so muß der Handel Manaos offenbar mächtig emporblühen. Hier bieten sich für Bau- und Tischlerhölzer, für Kakao, Kautschuk, Kaffee, Sarsaparille, Zuckerrohr, Indigo, Muskatnüsse, eingesalzene Fische, Schildkrötenbutter und hunderterlei andere Waren schiffbare Flüsse genug dar, um dieselben nach allen Richtungen hin zu verfrachten: der Rio Negro nach Norden und Westen, der Madeira nach Süden und Westen und dazu der Amazonenstrom selbst, der nach Osten bis zum Gestade des Atlantischen Ozeans verläuft. Die Lage dieser Stadt darf also gewiß als eine sehr günstige bezeichnet werden und muß schon an sich mächtig zum Aufschwunge derselben beitragen.

Manao – oder Manaos – hieß früher Moura und später, sowie zum Teile noch heute, Barra de Rio Negro. Von 1757 bis 1804 gehörte sie zu der Kapitanerie gleichen Namens mit dem großen Nebenstrome, an dessen Mündung sie gegründet wurde. Etwa 1826 wurde sie dagegen die Hauptstadt der großen Provinz Amazones und entlehnte ihren jetzigen Namen von einem Indianerstamme, der vordem in den Gebieten Zentral-Amerikas siedelte.

Wiederholt haben schlecht informierte Reisende diese Stadt mit dem sagenhaften Manao verwechselt, das alten Überlieferungen nach nahe dem ebenso fabelhaften Parima-See liegen sollte, unter welch letzterem wahrscheinlich nichts anderes als der obere Branco, das heißt ein Nebenfluß des Rio Negro, zu verstehen sein dürfte.

Hierher verlegte man das Königreich El Dorado, dessen Herrscher sich jeden Morgen, den Sagen des Landes nach, mit Goldstaub überpudern ließ, den man mit Schaufeln sammelte, denn in so großer Menge soll jenes wertvolle Metall in diesen schätzereichen Gebieten vorgekommen sein. Seine nüchterne Untersuchung freilich zerstörte solche glänzende Trugbilder, und der vermutete Goldüberfluß schrumpfte auf das Vorkommen vieler glimmerartiger Gesteine zusammen, deren Aussehen die Augen beutegieriger Goldsucher getäuscht hatte.

Manao selbst verrät nicht das mindeste von den fabelhaften Schätzen der mythenhaften Hauptstadt des einstigen El Dorado. Es ist eine schlichte Stadt von kaum fünftausend Einwohnern, darunter nicht weniger als dreitausend Beamte. Eine notwendige Folge davon ist, daß selbst viele Privatgebäude öffentliche Behörden beherbergen, so z. B. das Gerichtsgebäude, das Präsidentschaftshaus, das Schatzamt, die Post, die Zolleinnahme, ohne eine höhere, im Jahre 1848 gegründete Schule zu erwähnen, und ein Hospital, das erst aus dem Jahre 1851 herrührt. Rechnet man hierzu noch den Kirchhof am Ostabhange eines Hügels, auf dem im Jahre 1669 ein jetzt abgetragenes Festungswerk zur Abwehr der Flußpiraten des Amazonenstromes errichtet worden war, so hat man damit alles kennengelernt, was die Stadt an Profangebäuden bietet.

Kirchliche Gebäude gibt es eigentlich nicht mehr als zwei, die kleine Kirche de la Conception und die Kapelle Notre Dame des Remèdes, letztere draußen, ziemlich im freien Felde, auf einer Bodenerhebung erbaut, welche Manao dominiert.

Das ist für eine Stadt spanischen Ursprungs gewiß nur wenig. Außer jenen Gebäuden gab es nur noch ein Karmeliterkloster, das 1850 in Asche gelegt wurde, und seitdem Ruine geblieben ist.

Die Bevölkerung Manaos erreicht nur die vorher angegebene geringe Zahl und besteht, außer den Beamten, angestellten Personen und Soldaten, vorzüglich aus portugiesischen Kaufleuten und Indianern aus den verschiedenen, am Rio Negro wohnenden Stämmen.

Drei immerhin ziemlich unregelmäßige Straßen durchschneiden die Stadt; diese führen sehr charakteristische Namen, welche auf die ganze Denk- und Handlungsweise im Lande ein helles Schlaglicht werfen, nämlich die Straße Gottes des Vaters, die Straße Gottes des Sohnes und die Straße Gottes des Heiligen Geistes. Nach Westen hin erstreckt sich außerdem eine prächtige Allee von hundertjährigen Orangenbäumen, welche die Architekten pietätvoll verschonten, als sie aus der alten Stadt die jetzige neue schufen.

Zwischen den genannten Hauptstraßen breitete sich dann ein Netz von ungepflasterten Gassen aus, durchschnitten von vier Kanälen, über welche hölzerne Stege führen. An einzelnen Stellen verlaufen diese Iguarapes mitten durch große, freie Plätze mit üppigem Rasen und buntschillernden Blumen, eine Art natürlicher Squares mit einem Rahmen herrlicher Bäume, unter welchen der »Sumaumeira« am häufigsten vorkommt, jener Riese des Pflanzenreiches, dessen Rinde sich durch ihr blendendes Weiß und dessen Krone sich durch den weitverzweigten, schirmähnlichen Wipfel auszeichnet, den ein auffallend knorriges Astwerk stützt.

Die verschiedenen Privathäuser muß man mühsam aus einigen Hundert halbverfallenen Gebäuden heraussuchen; einzelne derselben sind mit Ziegeln abgedeckt, andere tragen nur eine Bedachung aus nebeneinandergelegten Palmenblättern, alle aber haben sie weit vorspringende Sonnenschutzdächer und etwas herausgebaute Läden, welche meist von portugiesischen Händlern gehalten werden.

Die Leute, die zur Promenadenzeit aus den öffentlichen wie aus den Privathäusern herausströmen, sind teils Männer mit hochwichtiger Amtsmiene, schwarzem Rocke, Seidenhut, Lackstiefeln und hellfarbigen Handschuhen, mit Diamanten in der Krawattenschleife, teils Frauen in großer, aber schreiender Toilette mit fabelreichen Kleidern und möglichst modernen Hüten; endlich auch Indianer, die sich zu europäisieren streben und damit die letzte lokale Färbung hier im mittleren Teile des Amazonenbeckens vernichten.

Das ist Manao, welches der Leser zum weiteren Verständnis dieser Erzählung einigermaßen kennenlernen mußte. Hier also wurde die so tragisch unterbrochene Reise der Jangada mitten in der langen Strecke, die sie noch zurücklegen sollte, abgeschnitten; hier sollte das Geheimnis Joam Garrals, das er so lange bewahrt, an den Tag kommen.

Zweites Kapitel

Die ersten Stunden

Kaum verschwand den Zurückbleibenden die Piroge, welche Joam Garral oder vielmehr Joam Dacosta – denn diesen Namen müssen wir ihm wohl wieder beilegen – forttrug, aus den Blicken, als Benito auf Manoel zuging.

»Was weißt du?« fragte er.

»Ich weiß, daß dein Vater unschuldig ist! Ja, unschuldig!« wiederholte Manoel, »und daß vor dreiundzwanzig Jahren über ihn ein Todesurteil gefällt worden war wegen eines Verbrechens, das er nicht begangen hatte.«

»Er hat dir das alles mitgeteilt, Manoel?«

»Alles, lieber Benito«, erwiderte der junge Mann. »Der ehrenhafte Fazender wollte nicht, daß seine Vergangenheit für den ein Rätsel sein sollte, der durch die Vermählung mit seiner Tochter als zweiter Sohn in seine Familie einzutreten wünschte.«

»Und die Beweise für seine Unschuld? Wird mein Vater imstande sein, solche beizubringen?«

»Diesen Beweis, Benito, liefert schon genügend ein dreiundzwanzigjähriges ehrliches und geehrtes Leben, schon der Entschluß Joam Dacostas, selbst vor den Richter zu treten und zu sagen: ›Hier bin ich! Ich etrag' es nicht mehr, solche falsche Rolle zu spielen, und mag mich nicht mehr unter einem Namen verbergen, der nicht der meinige ist. Ihr hattet einen Unschuldigen verurteilt, jetzt gebt ihm seine Ehre wieder!‹«

»Und du hast, als mein Vater so zu dir sprach, an der Wahrheit seiner Worte niemals gezweifelt?«

»Keinen Augenblick, mein Bruder!« antwortete Manoel.

Die beiden jungen Männer reichten einander die Hände und besiegelten ihre Übereinstimmung durch einen herzlichen Druck.

Benito begab sich hierauf zu dem Padre Passanha.

»Padre«, begann er, »geleiten Sie meine Mutter und Schwester nach ihren Zimmern – verlassen Sie dieselben heute nicht! Hier – das wissen Sie – zweifelt niemand an der Unschuld meines Vaters, niemand! . . . Morgen werden wir den Chef der Polizei aufsuchen. Er wird uns den Eintritt in das Gefängnis nicht verwehren. Nein, das wäre zu grausam! Dort sehen wir unseren Vater und werden mit ihm überlegen, welche Schritte zu tun seien, um seine Befreiung von so schwerer Anklage zu erwirken!«

Yaquita war zuerst einer Ohnmacht nahe gewesen; wenn der unerwartete Schlag die mutige Frau aber auch fast niederschmetterte, so gewann sie doch bald wieder die Herrschaft über sich; als Yaquita Dacosta mußte sie ja dieselbe bleiben, wie früher als Yaquita Garral. Sie zweifelte nicht im geringsten an der Schuldlosigkeit ihres Gatten, ja, es kam ihr nicht einmal der Gedanke, Joam Garral deshalb zu tadeln, weil er sie unter fremdem Namen geheiratet hatte. Vor ihrer Erinnerung stand nur das lange Leben voll reinen Glücks, das ihr dieser ehrenwerte, unrechterweise verdächtigte Mann beschert hatte. Ja, am nächsten Tage wollte sie an die Tür seines Kerkers eilen und diese nicht eher verlassen, als bis sie sich vor ihr geöffnet hätte.

Der Padre Passanha führte sie und ihre Tochter, welche sich der Tränen nicht erwehren konnte, hinweg, und alle drei zogen sich in das Wohnhaus zurück.

Die beiden jungen Männer blieben allein.

»Und jetzt, lieber Manoel«, nahm Benito wieder das Wort, »jetzt mußt du mir alles mitteilen, was mein Vater dir anvertraut hat.«

»Ich habe keine Ursache, dir etwas zu verhehlen, Benito.«

»So sage, was hatte Torres an Bord der Jangada überhaupt für einen Zweck?«

»Er wollte Joam Dacosta die Lösung des Rätsels aus einem früheren Leben verkaufen.«

»Demnach hatte Torres, als wir ihn in den Wäldern von Iquitos trafen, schon die Absicht, sich mit meinem Vater in Verbindung zu setzen?«

»Daran ist kaum zu zweifeln«, bestätigte Manoel. »Der Schurke befand sich eben auf dem Wege nach der Fazenda, um dort ein von langer Hand vorbereitetes, schmähliches Tauschgeschäft abzuschließen.«

»Und als wir gegen ihn äußerten«, sagte Benito, »daß mein Vater nebst der ganzen Familie im Begriff sei, über die Grenze zu gehen, hat er seinen Plan plötzlich geändert?«

»Gewiß, Benito. Schon weil Joam Dacosta, wenn er auf brasilianisches Gebiet übertrat, mehr in seiner Gewalt war, als auf dem Boden Perus. Das erklärt hinlänglich, warum wir Torres in Tabatinga wiedertrafen, wo er unsere Ankunft erwartete, wo er uns auflauerte.«

»Und ich Unglückseliger«, rief Benito, sich selbst anklagend, »ich mußte so unvorsichtig sein, ihm einen Platz auf der Jangada anzubieten!«

»Liebster Bruder«, redete Manoel ihm zu, »mach' dir

darüber keine Vorwürfe. Torres würde eher oder später sich an uns anzuschließen gewußt haben. Er war nicht der Mann dazu, die einmal gefundene Fährte aus den Augen zu verlieren. Entgingen wir ihm in Tabatinga, so hätte er in Manao unseren Weg gekreuzt.«

»Gewiß, Manoel, damit hast du wohl recht! Doch jetzt handelt es sich nicht mehr um das Vorhergegangene, sondern um die Gegenwart . . . fort mit nutzlosen Selbstvorwürfen! Halten wir die Augen offen für das Notwendigste!«

Benito strich sich bei diesen Worten mit der Hand über die Stirn, so als suchte er sich alle Einzelheiten dieser traurigen Angelegenheit wieder vor Augen zu führen.

»Wie in aller Welt«, fragte er, »konnte Torres davon Kenntnis erlangt haben, daß mein Vater vor dreiundzwanzig Jahren wegen jenes abscheulichen Verbrechens in Tijuco verurteilt worden war?«

»Das weiß ich nicht«, erwiderte Manoel, »und alles bestärkt mich in dem Glauben, daß das auch deinem Vater selbst unbekannt ist.«

»Und dennoch wußte Torres von dem Namen Garral, unter dem Joam Dacosta sich verbarg?«

»Offenbar.«

»Er wußte auch, daß mein Vater in Peru, in Iquitos, seit so langen Jahren Zuflucht gesucht und gefunden hatte?«

»Ohne Zweifel«, versicherte Manoel; »wie er das jedoch erfahren haben mag, kann ich nicht begreifen.«

»Noch eine Frage«, sagte Benito. »Welchen Vorschlag hat Torres wohl meinem Vater während der kurzen Verhandlung gemacht, nach welchem wir ihn ans Land setzten?«

»Er hatte gedroht, bei der Behörde Anzeige zu machen, daß Joam Garral jener vermißte Joam Dacosta sei, im Fall er sich weigerte, seine Verschwiegenheit zu erkaufen.«

»Und um welchen Preis?«

»Um den Preis der Hand seiner Tochter!« antwortete Manoel ohne Zögern, aber bleich vor Zorn.

»Der Unselige hätte es gewagt . . .«, rief Benito.

»Du weißt selbst, lieber Benito, welche Antwort dein Vater auf dieses schmähliche Ansinnen erteilte.«

»Gewiß, Manoel, gewiß! Die einem Ehrenmanne einzig mögliche Antwort – er gab Torres den Laufpaß! Damit ist die Sache aber leider nicht abgetan; ist mein Vater nicht auf Torres' Denunziation hin verhaftet worden?«

»Das wohl.«

»Nun, bei Gott«, rief Benito, den Arm drohend gegen das linke Ufer erhebend, »ich muß Torres auffinden, ich muß erfahren, wie er in Besitz dieses Geheimnisses gelangt ist. Er muß mir sagen, ob er es von dem wirklichen Urheber jenes Verbrechens erhalten hat – er wird sich nicht weigern, mir Rede zu stehen – und wenn er das doch wagte, so weiß ich, was mir zu tun übrigbleibt.«

»Was zu tun übrigbleibt, aber dir nicht mehr als mir!« fügte Manoel zwar etwas kälter, aber nicht minder entschlossen hinzu.

»Nein, Manoel, nein! . . . nur mir allein!«

»Wir sind jetzt Brüder, Benito«, entgegnete Manoel, »die Rache gehört uns beiden!«

Benito erwiderte nichts. Offenbar war sein Entschluß in dieser Frage schon gefaßt.

Da trat der Steuermann Araujo, der den Strom in der Nähe betrachtet hatte, an die beiden jungen Männer heran.

»Haben Sie sich entschieden«, fragte er, »ob die Jangada bei der Insel Muras verankert bleiben oder in den Hafen von Manao geführt werden soll?«

Hierüber mußte man jedenfalls vor Anbruch der Nacht schlüssig werden und das Für und Wider also sofort erwägen.

Die Neuigkeit von der Verhaftung Joams Dacostas

mußte sich in der Stadt wohl bereits verbreitet haben. Unzweifelhaft reizte sie die Neugier der Bewohner Manaos. Konnte sie aber nicht auch noch mehr erregen als bloße Neugier wegen des Verurteilten, wegen des Urhebers des schmachvollen Verbrechens in Tijuco, das seinerzeit in aller Munde gewesen war? Wenn das Volk nun gar unruhig wurde und seinen Abscheu gegen jene Untat, welche noch nicht einmal gesühnt schien, Ausdruck gab? Wenn das zu befürchten war, so schien es doch ratsamer, die Jangada bei der Insel Muras, am rechten Stromufer und einige Meilen von Manao entfernt, liegen zu lassen.

Die Entscheidung schwankte mehrfach nach der einen und der anderen Seite.

»Nein«, rief endlich Benito, »wenn wir hierbleiben, so hieße das, meinen Vater verlassen und an seiner Unschuld zweifeln; es erschiene, als fürchteten wir, mit ihm gemeinschaftliche Sache zu machen. Wir müssen nach Manao gehen und das ohne Zögern!«

»Du hast recht, Benito«, antwortete Manoel, »laß uns dahin aufbrechen!«

Araujo nickte ebenfalls beistimmend mit dem Kopfe und traf die notwendigen Maßregeln, um von der Insel abzustoßen. Dieses Manöver erheischte einige Vorsicht. Es galt ja, in schräger Linie durch den Amazonenstrom und auch noch gegen die Wassermassen des Rio Negro anzufahren, welche sich zwölf Meilen weiter flußabwärts durch dessen weite Einmündung wälzten.

Die an der Insel befestigten Taue wurden gelöst. In die Strömung zurückgeschoben, begann die Jangada langsam in schräger Richtung weiterzutreiben. Araujo benutzte verständig die natürlichen Bögen der sich an Landvorsprüngen brechenden Strömung, um das ungeheure Floß in gewünschtem Kurse zu erhalten, wozu die langen Bootshaken noch weiter beitrugen.

Zwei Stunden später lag die Jangada am anderen Ufer des Amazonenstromes, etwas oberhalb der Mündung des Rio Negro, wo die einen Strudel bildende Strömung sie nach dem unteren Ufer der weiten Bucht an der linken Seite jenes Nebenstromes hintrieb.

Um fünf Uhr endlich lag die Jangada fest vertaut längs dieses Uferlandes, nicht im Hafen von Manao selbst, den sie nur durch mühsames Ankämpfen gegen das schnell dahineilende Wasser hätte erreichen können, aber doch auch nur eine kleine Meile unterhalb desselben.

Der Holztrain ruhte jetzt auf den schwarzen Fluten des Rio Negro, dicht an einer erhöhten Uferwand mit braunrot knospenden Cecropias und einer Art Schutzwand aus jenen geradstengeligen, »Froxas« genannten Rosenbüschen, aus denen die Indianer sich Schußwaffen herzustellen pflegen.

Einzelne Bewohner der Stadt lustwandelten am Strande. Allem Anscheine nach mochte sie die Neugier bis nach dem Ankerplatz der Jangada verlockt haben. Die Nachricht von der Verhaftung Joam Dacostas verbreitete sich gewiß schnell in der Ortschaft; die Neugier der Manaoenser verleitete diese jedoch nicht bis zur Indiskretion, sie hielten sich wenigstens in anständiger Entfernung.

Benito gedachte eigentlich noch denselben Abend ans Land zu gehen; Manoel riet ihm aber davon ab.

»Warte bis morgen«, sagte er, »schon kommt die Nacht, und es scheint mir besser, wir verlassen die Jangada während derselben nicht.«

»Du hast recht, also morgen!« antwortete Benito.

Eben trat Yaquita, gefolgt von ihrer Tochter und dem Padre Passanha, aus dem Wohnhause. Wenn Minha noch in Tränen schwamm, so waren die Augen der Mutter trocken, und Energie und Entschlossenheit sprach aus deren ganzen Erscheinung. Man fühlte es heraus, daß diese Frau jetzt zu allem bereit war, ebenso ihre Pflicht zu tun, wie ihr Recht zu beanspruchen.

Yaquita ging langsam auf Manoel zu.

»Manoel, hören Sie, was ich Ihnen zu sagen habe, denn ich darf nicht zögern, dem Drange meines Gewissens Genüge zu tun.«

»Ich höre!« antwortete Manoel.

Yaquita sah ihm voll und frei ins Angesicht.

»Als Sie gestern«, fuhr sie fort, »ein Gespräch mit Joam Dacosta, meinem Manne, hatten, kamen Sie darauf zu mir und nannten mich: Meine Mutter! Sie ergriffen die Hand Minhas und sagten zu ihr: Mein Weib! Sie wußten da schon alles; die Vergangenheit Joam Dacostas lag klar vor Ihren Augen.«

»Gewiß«, gab Manoel zur Antwort, »und Gott soll mich strafen, wenn ich deshalb einen Augenblick . . .«

»Halt, halt, Manoel, ich glaube Ihnen«, unterbrach ihn Yaquita, »gestern war Joam Dacosta jedoch noch nicht verhaftet. Jetzt hat sich die Lage sehr wesentlich geändert. Wie schuldlos er auch sein mag, mein Gatte befindet sich in den Händen des Gerichtes; seine Vergangenheit wird öffentlich bekannt; Minha ist die Tochter eines zum Tode Verurteilten . . .«

»Minha Dacosta oder Minha Garral – ist darin ein Unterschied?« rief Manoel leidenschaftlich; »bleibt meine Minha nicht dieselbe?«

»Manoel!« schluchzte das junge Mädchen.

Sie wäre sicher umgesunken vor Erregung, wenn Linas Arme sie nicht gehalten hätten.

»Mutter«, sagte Manoel, »wenn Sie sie nicht töten wollen, so nennen Sie mich Ihren Sohn!«

»Mein Sohn, mein Kind!«

Das war alles, was Yaquita antworten konnte, und wieder stürzten die mühsam zurückgehaltenen Tränen ihr aus den Augen.

Alle kehrten nach dem Wohnhause zurück. Langsam schlich die lange, lange Nacht den schwer Geprüften hin, und keine Stunde Schlaf ließ sie den Gram und Schmerz des letzten Tages vergessen.

Drittes Kapitel

Ein Rückblick

Das Ableben des Oberrichters Ribeiro, auf den Joam Dacosta mit Sicherheit zählen konnte, kam jetzt gewiß recht ungelegen.

Bevor er als Gerichtspräsident, das heißt als erster Beamter der Provinz, nach Manao versetzt wurde, hatte Ribeiro Joam Dacosta schon gekannt, zur Zeit, als der junge Beamte wegen jenes grausigen Raubmordes und Diamantendiebstahls verfolgt wurde.

Ribeiro lebte damals als Advokat in Villa Rica. Ihm wurde der Auftrag zuteil, den Angeklagten vor den Geschworenen zu verteidigen. Er nahm sich dieser Sache mit Liebe an, er machte sie zu der seinigen. Durch Prüfung der Akten wie der Einzelergebnisse der Untersuchung gewann er nicht nur eine gewisse Überzeugung, welche ein Verteidiger sozusagen *a priori* haben muß, sondern wirklich die Gewißheit, daß sein Klient fälschlicherweise angeklagt sei, daß er keinen Anteil, weder an der Ermordung der Begleitmannschaften, noch an dem Diamantenraube gehabt habe, daß die ganze Untersuchung einer falschen Fährte folge – mit einem Worte, daß Joam Dacosta vollständig unschuldig sei.

Trotz seiner Redegabe, trotz seiner Hingebung gelang es dem Advokat Ribeiro jedoch nicht, auch die Jury für seine Überzeugung zu gewinnen. Freilich vermochte er auch niemand anderen der Urheberschaft jenes Verbrechens zu beschuldigen.

Wenn es Joam Dacosta, der sich doch am ehesten dazu in der Lage befand, nicht gewesen war, der den Raubmördern die geheimgehaltene Zeit des Aufbruchs jener Mannschaft mit dem Diamantentransport verraten hatte, wer sollte es dann gewesen sein? Der Beamte, welcher die Eskorte begleitete, war mit dem größten Teile der Soldaten umgekommen; auf ihn konnte der Verdacht sich also nicht wohl lenken. Alles deutete vielmehr darauf hin, Joam Dacosta als den einzigen und tatsächlichen Urheber jenes Verbrechens zu bezeichnen.

Ribeiro verteidigte ihn mit Wärme, er tat, was ihm zu tun möglich war – umsonst, er vermochte ihn nicht zu retten. Die Geschworenen bejahten alle Schuldfragen des Prokurators. Joam Dacosta wurde wegen überlegten Mordes für überführt erachtet und, da ihm keinerlei mildernde Umstände zugute kamen, selbstverständlich zum Tode verurteilt.

Jetzt war für den Ärmsten jede Hoffnung geschwunden. Eine Umänderung der Strafe schien in diesem Falle, wo das Verbrechen das Diamantenregal des Staates betraf, unmöglich. Der Verurteilte war verloren ... Während der letzten, seiner Hinrichtung vorhergehenden Nacht, als der Galgen für ihn schon errichtet war, gelang es Joam Dacosta, aus dem Gefängnisse von Villa Rica zu entfliehen. Das Übrige ist bekannt.

Zwanzig Jahre später wurde der Advokat Ribeiro zum Oberrichter in Manao ernannt. In dem Schlupfwinkel, wohin er sich geflüchtet, hörte der Fazender von Iquitos von dieser Veränderung und erkannte dieselbe als einen glücklichen Umstand, um eine Revision seines Prozesses mit einiger Aussicht auf Erfolg einleiten zu lassen. Er setzte dabei mit Recht voraus, daß der Advokat heute noch wie früher von seiner Unschuld überzeugt sein werde, und beschloß, alles zu versuchen, um jetzt wenigstens seine Rehabilitation zu erlangen. Ohne jene Ernennung Ribeiros zum Oberrichter in der Provinz Amazonas hätte er, bei dem Mangel jedes weiteren Beweises seiner Unschuld, einen solchen Schritt vielleicht kaum gewagt. Obwohl er als Ehrenmann gewiß furchtbar davon leiden mußte, sich in freiwilliger Verbannung in Iquitos zu verbergen, so hätte er doch vielleicht noch länger gewartet, um die Erinnerung an jene Bluttat noch weiter erbleichen zu lassen, wenn ihn nicht andere Gründe veranlaßt hätten, mit Erledigung der auch ihm am Herzen liegenden Angelegenheit nicht länger zu säumen.

Schon lange, ehe Yaquita ihm davon sprach, hatte er einmal bemerkt, daß Manoel seine Tochter liebe. Die einstige Verbindung des jungen Militärarztes mit dem jungen Mädchen erschien ihm nach allen Seiten passend und wünschenswert. Er sah es voraus, wie es nicht lange dauern könne, bis jener um seiner Tochter Hand anhalten werde, und er wollte sich davon nicht überraschen lassen.

Gerade deshalb aber quälte ihn der Gedanke mehr als je, daß er hier unter falschem Namen lebte, und daß Manoel Valdez, wenn er in die Familie Garral einzutreten glaubte, in Wahrheit in die Joam Dacostas eintrat, deren Haupt ein Flüchtling war, über dem das Todesurteil aus früherer Zeit noch immer gleich einem Damoklesschwert hing. Nein! Unter denselben Umständen wie seine eigene Heirat sollte diese Vermählung einmal nicht stattfinden – nein, nimmermehr!

Der Leser erinnert sich der Vorgänge aus jener Zeit. Vier Jahre nach dem Eintritte des jungen Mannes in die Fazenda von Iquitos und als derselbe schon der Teilhaber Magelhaẽs' war, wurde der alte Portugiese durch einen Unfall tödlich verletzt. Nur wenige Tage Leben waren ihm noch übrig. Mehr als alles bekümmerte ihn der Gedanke, daß seine Tochter allein, ohne Schutz und Stütze bleiben sollte; da er jedoch wußte, daß Joam und Yaquita einander liebten, so lag es ihm am Herzen, dieselben ohne Zögern für immer vereinigt zu sehen.

Joam wollte anfangs auf seinen Wunsch nicht eingehen. Er erbot sich, der Beschützer, der Diener Yaquitas bleiben zu wollen, nicht aber deren Gatte zu werden . . . Magelhaẽs' dringenden Bitten konnte er jedoch nicht widerstehen. Yaquita legte ihre Hand in die Joams, und dieser zog die seinige nicht zurück.

Es mochten für ihn schwere Stunden sein. Entweder mußte Joam Dacosta alles gestehen oder für immer dieses Haus fliehen, in dem er so gastfreundlich Aufnahme gefunden und zu dessen Aufblühen er so wesentlich beigetragen hatte. Gewiß wollte er lieber alles zugestehen, als der Tochter seines Wohltäters einen Namen geben, der nicht der seinige war, den Namen eines wegen Mordes, wenn auch unschuldig, zum Tode Verurteilten!

Doch die Umstände drängten; der alte Fazender war dem Tode nahe, er streckte zitternd die Hände gegen die jungen Leute aus. Joam Dacosta schwieg, die Ehe wurde geschlossen und der junge Farmer widmete sein ganzes Leben dem Glücke und Wohlergehen Yaquitas, die sein Weib geworden war.

»Wenn ich ihr einst ein Geständnis ablege«, sagte sich Joam, »wird Yaquita mir verzeihen. Sie wird keinen Augenblick an meiner Unschuld zweifeln. Wenn ich sie aber hintergehen mußte, so werde ich doch den jungen Mann, der sich durch seine Verbindung mit Minha unserer Familie anschließt, nicht täuschen. Nein! Eher laufe ich selbst der Gerechtigkeit in die Arme und endige ein Leben, das mir stets zur Last war!«

Gewiß dachte Joam Dacosta hundertmal daran, seiner Gattin von der Vergangenheit zu sprechen. Das Geständnis schwebte schon auf seinen Lippen, als sie mit der Bitte an ihn herantrat, sie nach Brasilien zu führen, ihr und seiner Tochter die Freude zu bereiten, den schönen Amazonenstrom kennenzulernen. Er kannte Yaquita genügend, um zu wissen, daß jene Aufklärung die Liebe, die sie zu ihm hegte, nicht vermindern werde . . . und doch, doch fehlte ihm der Mut.

Wer könnte sich nicht in seine Lager versetzen, wenn er bedenkt, wie glücklich seine ganze Familie lebte durch seine Mühe, durch die Arbeit seines Lebens, wenn vielleicht ein Wort von ihm das alles für immer vernichten konnte?

Mit solchen Zweifeln quälte er sich lange Jahre hindurch, hier war die Quelle seiner Leiden zu suchen, die er vor jedem Auge zu verhüllen suchte, das war das Leben dieses Mannes, der keine Handlung seines Lebens zu verbergen Ursache hatte und sich jetzt doch eines ungerechten Richterspruches wegen selbst verborgen halten mußte.

Als er aber an Manoels herzlicher Zuneigung für Minha nicht mehr zweifeln konnte, als er sich sagte, daß wahrscheinlich kaum ein Jahr vergehen werde, bis er in die Lage kommen mußte, seine väterliche Zustimmung zu der Verbindung der beiden jungen Leute zu geben, da litt es ihn nicht mehr, da mußte er alles versuchen, diesem qualvollen Zustande ein Ende zu machen.

In einem Briefe an den Richter Ribeiro machte er diesen nicht nur mit dem Geheimnisse des Lebens Joam Dacostas bekannt, nannte diesem den Namen, unter dem er verborgen war, den Ort, wo er mit seiner Familie lebte, sondern gab auch seinen festen Entschluß zu erkennen, sich den Gerichten seines Vaterlandes selbst zu stellen und eine Revision seines Prozesses zu veranlassen, aus dem er entweder schuldlos und frei hervorgehen mußte, oder der im anderen Falle mit der Vollziehung des in Villa Rica gefällten Urteils endigen sollte. Es ist leicht zu erraten, welche Gefühle diese Eröffnung in dem Herzen des hochachtbaren Beamten erregen mochten. Jetzt wendete sich nicht ein Angeklagter an den geschickten Advokaten, sondern ein Verurteilter an den höchsten Beamten der Provinz. Joam Dacosta vertraute sich ihm nicht allein an, sondern bestand auch nicht einmal auf der Bewahrung seines Geheimnisses.

Der Richter Ribeiro war über das unerwartete Auftauchen eines längst Verschollenen zuerst erstaunt, dachte über die ganze Sache aber doch reiflich nach und suchte sich klarzumachen, welche Pflichten seine jetzige Stellung ihm auferlegte. Ihm kam es ja vor allem zu, Verbrecher zu verfolgen, und hier überlieferte sich ein solcher freiwillig seinen Händen. Freilich hatte er gerade diesen ehemals selbst verteidigt und nicht im mindestens daran gezweifelt, daß jener damals ungerechterweise verurteilt wurde; ebenso gewährte ihm die glückliche Flucht desselben vor Vollstreckung des Urteils eine wirkliche Freude; ja er wäre imstande gewesen, seine Entweichung selbst zu begünstigen ... aber was der Rechtsanwalt von früher getan, durfte das auch der Beamte von heute?

»Ja, ohne Zweifel«, sprach der Richter für sich, »mein Gewissen befiehlt mir, diesen Gerechten nicht zu verlassen! Gerade der Schritt, den er heute tut, ist ein neuer Beweis für seine Schuldlosigkeit, freilich nur ein moralischer Beweis, da er einen anderen nicht vorzubringen vermag, aber vielleicht gerade der überzeugendste. Nein, nein, ich werde ihn nicht im Stich lassen!«

Von jenem Tage ab bestand ein geheimer Schriftwechsel zwischen dem Gerichtsbeamten und Joam Dacosta. Ribeiro warnte seinen Klienten zunächst, sich nicht durch einen vorschnellen Schritt zu kompromittieren. Er versprach, die Sache wieder aufzunehmen, die ergangenen Akten zu prüfen und deren Unterlagen einzusehen. Gleichzeitig kam es ihm darauf an, zu erfahren, ob im Diamantengebiete bezüglich jenes schrecklichen Vorfalles gar nichts ans Licht gekommen sei. Vielleicht war von den Teilnehmern an dem Verbrechen doch einer oder der andere später der Justiz in die Hände gefallen und hatte ein vollkommenes oder doch ein halbes Geständnis abgelegt. Joam Dacosta galt freilich noch immer als der Hauptschuldige und mußte sich darauf beschränken, seine Unschuld zu beteuern. Dem Gesetze genügte das freilich nicht, und deshalb bemühte sich der Richter Ribeiro, aus allem ihm zugänglichen Material herauszufinden, wem die Schuld für das Verbrechen wohl beizumessen sein mochte.

Joam Dacosta sollte also vorsichtig sein. Er versprach es. Immerhin fühlte er es im Innern als einen großen Trost, bei seinem früheren Verteidiger und dem jetzigen Oberrichter die Überzeugung von seiner Unschuld wiederzufinden. Trotz seiner Verteidigung war und blieb

Joam Dacosta doch ein Opfer, ein Märtyrer, ein Ehrenmann, dem das Gesetz eine glänzende Genugtuung schuldig war. Und als der Beamte den Lebenslauf des Fazenders von Iquitos seit der Zeit seiner Verurteilung zum Tode kennengelernt hatte, als er sich über dessen Familienverhältnisse unterrichtet, von seinem Leben voller Arbeit und Mühe und dem Streben gehört, nur das Glück der Seinigen zu begründen, so überzeugte ihn das zwar nicht mehr, aber es rührte ihn, und er schwor sich heimlich, alles daranzusetzen, um dem ehemaligen Verurteilten von Tijuco wieder zu seinem ehrlichen Namen und zu der ihm gebührenden Stellung im menschlichen Leben zu verhelfen.

So währte der Briefwechsel zwischen beiden Männern schon gegen sechs Monate.

Als die Bitte der Seinigen ihn dann besiegt und er zu der Fahrt auf dem Amazonenstrome zugestimmt hatte, meldete er das dem Richter Ribeiro.

»Binnen zwei Monaten«, so lauteten seine Worte, »werde ich mich bei Ihnen einfinden und dem ersten Beamten der Provinz bedingungslos zur Verfügung stehen.«

»So kommen Sie!« antwortete Ribeiro.

Die Jangada lag zu jener Zeit schon bereit, die Reise anzutreten. Joan Garral schiffte sich darauf mit seinen Angehörigen, mit Dienern, Bootsleuten und deren Frauen ein. Im Verlaufe der Fahrt ging er zur Verwunderung seiner Gattin und seines Sohnes nur sehr selten ans Land. Meist verschloß er sich in sein Zimmer, schrieb und arbeitete, nicht in Handelsbüchern oder Rechnungen, sondern an dem von ihm bisher vor jedem Auge verborgen gehaltenen Memoire, das er die »Geschichte meines Lebens« nannte, und welche er bei Aufnahme seines Prozesses eingeben wollte.

Acht Tage vor seiner zweiten, auf Torres' Denunziation hin erfolgten Verhaftung, hatte er, aus Besorgnis, jener könnte ihm zuvorkommen und seine Absichten vereiteln, einem Indianer ein Schreiben an Ribeiro anvertraut, in welchem er dem Oberrichter der Provinz seine binnen acht Tage bevorstehende Ankunft anmeldete.

Der Brief ging ab, erreichte auch glücklich seine Adresse, und der Beamte wartete nur noch auf Joam Dacosta selbst, um die Untersuchung des schwierigen Falles, die er jetzt doch zu glücklichem Ausgange zu führen hoffte, wieder aufzunehmen.

Die letzte Nacht vor der Landung der Jangada bei Manao traf den Richter Ribeiro ein Schlaganfall. Die Denunziation Torres' aber, dessen Tauschgeschäft an der ehrenhaften Weigerung seines Opfers scheiterte, hatte zunächst den erwünschten Erfolg. Joam Dacosta wurde mitten aus dem Schoße seincr Familie weg verhaftet und hatte nun nicht einmal mehr seinen alten Advokaten, um von diesem verteidigt zu werden.

O, das war freilich ein entsetzlicher Schlag! Doch der Würfel war einmal gefallen, an Rückzug war nicht mehr zu denken.

Joam Dacosta beugte sich also unter dem Schlage, der ihn so unerwartet traf. Jetzt stand nicht allein mehr seine Ehre, sondern auch die aller seiner Angehörigen auf dem Spiele.

Viertes Kapitel

Moralische Beweise

Der gegen Joam Dacosta, genannt Joam Garral, erlassene Haftbefehl war von dem Vertreter des Richters Ribeiro ausgefertigt, der die Funktion dieses Beamten in der Provinz Amazonas bis zur Ernennung eines Nachfolgers zu versehen hatte.

Dieser Stellvertreter hieß Vicente Jarriquez. Er war ein kleiner barscher Mann, den vierzig Jahre richterlicher Tätigkeit nicht eben wohlwollend gegen Angeklagte gestimmt hatten. Nachdem er so viele Kriminalfälle unter den Händen gehabt, so viele Verbrecher verhört und verurteilt, erschien ihm die Annahme, daß ein Angeklagter, wer das auch wäre, unschuldig sein könne, a priori unzulässig. Er verurteilte zwar gewiß nicht gegen seine Überzeugung, aber diese im voraus feststehende Überzeugung ließ sich nicht so leicht durch die Ergebnisse des Verhörs oder die Beweisgründe der Verteidigung erschüttern. Wie so viele Vorsitzende von Assisenhöfen widersetzte auch er sich gern der oft beobachteten Milde der Jury, und wenn ein Angeklagter, nachdem er glücklich dem Fegefeuer der Kreuzverhöre, der unerwarteten Fragestellung usw. entgangen war, vor ihm erschien, so betrachtete er ihn anfänglich gewiß eher für zehnfach schuldig als für schuldlos.

Ein böser Mensch war dieser Jarriquez indes nicht, aber nervös, unruhig, wortreich, listig und scharfsinnig, überhaupt sonderbar anzusehen mit seinem großen Kopfe auf dem kleinen Körper, dem wildzerzausten Haare, den wie mit einem Bohrer ausgehöhlten Augen, aus denen die Blicke wie spitzige Pfeile hervorschossen, mit der weitvorragenden Nase, mit der er gewiß gestikuliert hätte, wenn sie sonst beweglich gewesen wäre, mit seinen weit abstehenden Ohren, welche geschaffen schienen, sogar das aufzufangen, was außer der gewöhnlichen Tragweite menschlicher Hörwerkzeuge vorging, mit den unausgesetzt auf die Tafel trommelnden Fingern – so als wenn ein Pianist sich auf dem stummen Klavier übte – mit dem für die kurzen Beine viel zu langgemessenen Oberkörper, und den Füßen, die er einmal um das andere kreuzweise übereinanderschlug und wieder lang ausstreckte, wenn er auf dem Richterstuhle saß.

In seinem Privatleben ein verhärteter Hagestolz, verließ der Richter Jarriquez seine juristischen Folianten niemals, als wenn er zur Tafel ging, die er nicht verachtete, oder zum Whistspiel, dem er mit Leib und Seele ergeben war, wenn er gerade nicht Schach spielte, worin er als Meister gelten konnte, oder wenn er sich endlich mit chinesischen Kopfzerbrechereien, mit Rätseln, Charaden, Rebussen, Anagrammen, Logogryphen und dergleichen die Zeit vertrieb, was ganz so wie bei manchem europäischen Beamten – eine wahre Sphynx aus Neigung und Profession – nicht so gar selten der Fall war.

Auf den ersten Blick erschien er als ein Original, und man sieht unschwer ein, wieviel ungünstiger Joam Dacostas Sache durch den plötzlichen Tod Ribeiros lag, da sie nun in die Hände dieses wenig zugänglichen Beamten kam.

Jarriquez' ganze Aufgabe war übrigens eine ziemlich einfache. Er entging der Verpflichtung, erst eine ausgedehnte Voruntersuchung zu führen, er brauchte keine Debatte zu leiten, keinen Urteilsspruch zu fällen, er hatte nicht nötig, sich um diese oder jene Paragraphen des Strafgesetzbuches zu kümmern, um ein Strafmaß festzusetzen. Alle diese Formalitäten waren zum Unglück für den Fazender von Iquitos hier überflüssig. Joam Dacosta war schon verhaftet gewesen, abgeurteilt, vor dreiundzwanzig Jahren in Tijuco mit der Todesstrafe belegt, welche auch durch Verjährung noch nicht aufgehoben war; von einer Strafumwandlung konnte ebensowenig die Rede sein, wie an eine etwaige Begnadigung zu denken war. Für ihn handelte es sich also nur darum, die Identität der Person festzustellen, damit die Gerechtigkeit, nachdem die Bestätigung von Rio de Janeiro eingetroffen, ihren Lauf haben konnte.

Joam Dacosta würde natürlich nicht unterlassen, seine Unschuld zu beteuern und zu behaupten, daß er ungerechterweise verurteilt worden sei. Welche Ansicht das Gericht und dessen Vorsitzender auch haben mochten, jedenfalls blieb letzterer verpflichtet, seinen Einspruch anzuhören. Dann kam es vorzüglich darauf an, mit welchen Beweisen der Verurteilte seine Aussagen zu bestärken imstande war. Wenn er solche aber früher den ersten Richtern nicht beibringen konnte, so erschien es doch fraglich, ob er das jetzt vermöge.

In der Entscheidung dieses Punktes gipfelte also füglich das ganze vorzunehmende Verhör.

Immerhin erschien die Tatsache, daß ein zum Tode Verurteilter, der in fremdem Land sicher und noch dazu unter glücklichen Verhältnissen lebte, alles freiwillig verließ, um sich der Justiz zu stellen, von der er allem Anscheine nach doch nicht viel Gutes zu erwarten hatte, auffällig und mußte selbst einen hartgesottenen Kriminalbeamten, der schon eine lange Erfahrung hinter sich hatte, mindestens stutzig machen. Ob der Verurteilte lebensmüde war, ob ihm nur das Gewissen keine Ruhe ließ, so daß er sich selbst stellte, weil er eine Stimme in seinem Innern auch nach so langer Zeit nicht zum Schweigen bringen konnte, das verlieh der Angelegenheit doch ein mehr als gewöhnliches Interesse.

Am Morgen nach der Verhaftung Joam Dacostas begab sich der Richter Jarriquez also nach dem Arresthause in der Straße Gottes des Sohnes, in welchem der Gefangene sich befand.

Das Haus war ein ehemaliges Missionarkloster, erbaut an einem der Hauptkanäle der Stadt. Anstelle der freiwillig Detinierten wohnten jetzt unfreiwillige Gefangene in dem, seinem Zwecke nur notdürftig entsprechenden Gebäude. Das Zimmer, in welchem Joam Dacosta eingeschlossen war, ähnelte auch keineswegs einer jener traurigen Zellen, welche das moderne Strafsystem eingeführt hat. Es bestand aus einer alten Mönchsklause, mit einem Fenster ohne Laden, aber vergittert, und mit der Aussicht nach einer wüsten Gegend; in der einen Ecke eine Bank, eine Art Pritsche in der andern, nebst einigen rohen Utensilien, das war die ganze Ausstattung.

Am 25. August wurde Joam Dacosta gegen elf Uhr aus diesem Zimmer geholt und zum Verhör geführt, das in dem früheren Speisesaale des Klosters stattfand.

Hier saß der Richter Jarriquez auf hohem Stuhle vor seinem Schreibtisch, mit dem Rücken nach dem Fenster gewendet, so daß sein Gesicht immer im Schatten blieb, während dasjenige des Inkulpaten voll beleuchtet wurde. An einem Ende des Tisches hatte der Aktuar, die Feder hinter dem Ohre, Platz genommen und erschien so gleichgültig, wie man diese Leute, welche Fragen und Antworten mit gleichem Mangel an Interesse niederschreiben, meist zu sehen gewöhnt ist.

Joam Dacosta wurde in den Saal eingeführt, und die Wärter, welche ihn begleitet hatten, zogen sich auf einen Wink des Gerichtsvorsitzenden lautlos zurück.

Der Richter Jarriquez faßte den Angeklagten längere Zeit scharf ins Auge. Dieser hatte sich vor ihm verneigt und stand nun in ungezwungener, weder herausfordernder noch kriechender Haltung da in Erwartung der Fragen, die man an ihn richten würde.

»Ihr Name«, begann der Richter Jarriquez.

»Joam Dacosta.«

»Ihr Alter?«

»Zweiundfünfzig Jahre.«

»Sie wohnten?«

»In Peru, im Dorfe Iquitos.«

»Unter welchem Namen?«

»Unter den Namen Garral, dem Namen meiner Mutter.«

»Und weshalb legten Sie sich diesen bei?«

»Um mich, vor nun dreiundzwanzig Jahren, der Verfolgung der brasilianischen Behörden zu entziehen.«

Diese Antworten klangen so bestimmt, sie schienen darauf hinzudeuten, daß Joam Dacosta entschlossen sei, über seine Vergangenheit und Gegenwart ein unumwundenes Geständnis abzulegen, daß der Richter Jarriquez, dem das in seiner Praxis weniger oft vorkam, die Nase vertikaler stellte als gewöhnlich.

»Und warum«, fuhr er fort, »hatten die brasilianischen Behörden Ursache, Sie zu verfolgen?«

»Weil ich im Jahre 1826 wegen der bekannten Diamanten-Angelegenheit in Tijuco zum Tode verurteilt war.«

»Sie gestehen also zu, daß Sie Joam Dacosta sind?«

»Ich bin Joam Dacosta.«

Der Angeklagte sagte das alles mit größter Ruhe, als handle es sich um die gleichgültigsten Dinge von der Welt. Selbst die kleinen Augen des Richters wurden hinter den Lidern etwas heller, so als wollten sie sagen: »Nun, die Geschichte geht ja ihren Weg ganz allein!«

Bald sollte jedoch der Moment kommen, wo an den Inkulpaten die stets gleichmäßige Frage gerichtet wurde, auf welche von allen stets ein und dieselbe Antwort, die Versicherung ihrer Unschuld, zu erfolgen pflegt.

Die Finger des Richters Jarriquez begannen auf dem Tische einen leichten Triller zu trommeln.

»Was treiben Sie in Iquitos, Joam Dacosta?« fragte er.

»Ich bin Fazender und leite ein umfängliches, wirtschaftliches Etablissement!«

»Gedeiht dasselbe gut?«

»Es befindet sich in bestem Zustand.«

»Seit wann haben Sie Ihre Fazenda verlassen?«

»Etwa seit neun Wochen.«

»Weshalb?«

»Was diese Frage betrifft, mein Herr«, erwiderte Joam Dacosta, »so habe ich mich dabei eines Vorwandes bedient, obgleich ich einen wichtigen Grund hatte.«

»Und worin bestand dieser Vorwand?«

»Ich erklärte, einen großen Holztrain und eine Ladung verschiedener Waren auf dem Amazonenstrome nach Para hinunterschaffen zu wollen.«

»Ah so«, bemerkte der Richter Jarriquez, »und der wirkliche Grund Ihrer Reise?«

Als er diese Frage stellte, sagte er für sich: »Nun wären wir ja dahin, wie gewöhnlich leugnen und lügen zu hören!«

»Der wirkliche Grund«, antwortete Joam Dacosta mit fester Stimme, »war der, daß ich mich entschlossen hatte, mich der Justiz meines Vaterlandes zu stellen.«

»Sich selbst zu stellen!« rief der Richter, der sich in seinem Lehnstuhl etwas erhob. »Sich selbst . . . freiwillig zu stellen?«

»Freiwillig.«

»Und warum?«

»Weil ich diese Existenz, unter falschem Namen zu leben, nicht mehr ertragen konnte, weil ich das meiner Gattin und meinen Kindern gegenüber nicht länger verantworten zu können glaubte, und endlich, mein Herr, weil . . .«

»Nun, weil?«

». . . ich unschuldig bin!«

»Das wußte ich vorher«, murmelte der Richter Jarriquez für sich hin.

Und während er mit den Fingern einen Marsch in schnellerem Tempo anfing, machte er Joam Dacosta ein Zeichen mit dem Kopfe, welches deutlich sagte: »Nun vorwärts! Erzählen Sie Ihre Geschichte! Ich kenne sie schon, aber ich will Sie nicht hindern, dieselbe nach Ihrer Weise vorzutragen!«

Obwohl Joam Dacosta die wenig ermutigende Stimmung des Beamten vollkommen erkannte, so schien er dieselbe doch nicht zu beachten. Er entrollte also ein Bild seines ganzen Lebens, sprach ruhig und gelassen, wie vorher, und überging keinen Umstand, der aus der Zeit vor oder nach seiner Verurteilung von einiger Bedeutung erscheinen mochte. Dabei hob er keineswegs das ehrenhafte und allgemein anerkannte Leben, das er seit seiner Flucht geführt, besonders hervor, so wenig wie seine Pflichten als Haupt der Familie, als Gatte und Vater, die er so würdig erfüllt hatte. Er betonte nur eines, den Entschluß, der ihn nach Manao geführt hatte, um eine Revision seines Prozesses und seine Rehabilitation zu erlangen, wozu ihn doch eigentlich nichts gedrängt hatte.

Der gegen jeden Angeklagten von vornherein eingenommene Richter Jarriquez unterbrach ihn mit keinem Worte. Er begnügte sich, die Augen abwechselnd zu schließen und wieder zu öffnen, wie ein Mensch, der dieselbe Geschichte zum hundertsten Male erzählen hört; und als Joam Dacosta auf den Tisch sein Memoire niederlegte, rührte er sich nicht im mindesten, um dasselbe entgegenzunehmen.

»Sind Sie fertig?« fragte er.

»Ja, mein Herr!«

»Und Sie bleiben bei der Aussage, daß Sie Iquitos nur verlassen haben, um eine Revision Ihres Prozesses zu erstreben?«

»Das war mein einziger Grund.«

»Womit wollen Sie das beweisen? Wer sagt uns, daß Sie sich ohne die Denunziation, welche zu Ihrer Verhaftung führte, freiwillig bei Gericht gestellt hätten?«

»Zunächst dieses Schriftstück«, antwortete Joam Dacosta, auf seine Arbeit weisend.

»Recht schön; doch eben das befand sich bis jetzt in Ihrer Hand, und nichts beweist, daß Sie, wenn Sie nicht gefänglich eingezogen wurden, davon den vorgegebenen Gebrauch gemacht hätten.«

»Es gibt noch ein anderes Beweisstück, welches nicht mehr in meinem Besitz ist und dessen Authentizität nicht wohl in Zweifel gezogen werden dürfte.«

»Und das wäre?«

»Ein Brief, den ich an Ihren Vorgänger, den Richter Ribeiro geschrieben und in dem ich diesem meine nahe bevorstehende Ankunft angezeigt habe.«

»Ah, Sie hatten geschrieben?«

»Ja, und dieser Brief muß wohl an seine Adresse gelangt sein und wird jedenfalls bald nun auch in Ihre Hände kommen.«

»Wirklich?« versetzte der Richter Jarriquez mit etwas

ungläubigem Tone. »Sie hatten an den Oberrichter Ribeiro geschrieben?«

»Bevor er zu dieser von Ihnen genannten Stellung in dieser Provinz berufen wurde«, antwortete Joam Dacosta, »war der Oberrichter Ribeiro Advokat in Villa Rica. Er hat mich seinerzeit in dem Kriminalprozesse in Tijuco verteidigt und zweifelte gewiß nicht an der Rechtmäßigkeit meiner Sache. Er hat alles versucht, mich zu retten. Zwanzig Jahre später, als er hier in Manao seine hohe Stellung innehatte, habe ich ihm mitgeteilt, wer und wo ich war, sowie was ich vorhatte. Seine Ansicht bezüglich meines Falles erlitt bis zuletzt keine Änderung, und auf seinen Rat hin bin ich jetzt aus meiner Fazenda aufgebrochen, um hier persönlich meine Rehabilitation zu betreiben. Leider mußte ihn ein plötzlicher Tod überraschen, und ich bin vielleicht verloren, wenn ich in dem Jarriquez nicht einen zweiten Ribeiro wiederfinde!«

Der Beamte wollte, als er seine Person ins Spiel gezogen sah, ganz gegen die Gewohnheit ehrbarer Gerichtspersonen, fast in die Höhe springen; er gewann jedoch noch die nötige Herrschaft über sich und murmelte nur:

»Das ist stark, in der Tat sehr stark!«

Der Richter Jarriquez hatte offenbar Knorpel im Herzen und war gegen jede Überraschung gefeit.

Eben trat ein Wächter ein und lieferte ein versiegeltes Kuvert auf den Tisch des Vorsitzenden ab.

Dieser erbrach das Siegel und zog einen Brief daraus hervor. Er entfaltete diesen, durchlas ihn, wobei sich seine Augenbrauen merkwürdig zusammenzogen, und sagte endlich:

»Ich habe keine Ursache, Joam Dacosta, Ihnen zu verheimlichen, daß mir hier eben jener Brief zur Hand gekommen ist, von dem Sie sprachen, und der wirklich an den Richter Ribeiro adressiert war. Was Ihre diesbezüglichen Aussagen betrifft, so fällt damit für mich jeder Grund weg, an deren Richtigkeit zu zweifeln.«

»Ebenso wenig bezüglich dieser Tatsachen«, fiel Joam Dacosta ein, »wie bezüglich aller anderen Umstände und Vorgänge aus meinem Leben, die ich Ihnen mitgeteilt habe.«

»Oho, nicht so schnell, Joam Dacosta«, unterbrach ihn der Richter lebhafter, »Sie beteuern natürlich Ihre Unschuld, das tun aber auch alle Angeklagten. Alles in allem bringen Sie dafür jedoch nur moralische Beweise bei. Besitzen Sie keine greifbaren Beweise?«

»Vielleicht doch, mein Herr«, antwortete Joam Dacosta.

Auf dieses Wort hin verließ der Richter Jarriquez seinen Sitz. Das war zu stark für ihn, und er mußte mehrere Male im Zimmer auf und abgehen, um sich genügend zu sammeln.

Fünftes Kapitel

Materielle Beweise

Als der selbstbewußte Beamte, gleich einem Manne, der über sich Herr geworden ist, seinen Platz wieder einnahm, lehnte er sich in dem Armsessel weit zurück, heftete die Augen an die Decke und sprach im Tone vollster Gleichgültigkeit, ohne den Angeklagten nur dabei anzusehen:

»So reden Sie!«

Joam Dacosta schwieg noch einen Augenblick, als zögerte er auf diesen Gedankengang einzugehen, entschloß sich aber doch zu folgender Antwort:

»Bisher, Herr Richter, brachte ich Ihnen für meine Unschuld nur moralische Beweise bei, welche sich auf die Art und Weise meines Lebens, dessen ich mich nicht schämen zu brauchen glaube, gründeten. Ich nahm an, solche Beweise hätten auch vor Gericht den durchschlagendsten Wert . . .«

Der Richter Jarriquez konnte sich nicht enthalten, mit den Achseln zu zucken, als wolle er damit sagen, daß das seine Ansicht nicht sei.

»Da dieselben nicht hinzureichen scheinen, so vernehmen Sie die materiellen Beweise, welche ich vielleicht anzuführen imstande bin«, fuhr Joam Dacosta fort. »Ich sage absichtlich ›vielleicht‹, denn es ist mir unbekannt, wieviel Wert ihnen beizumessen sein dürfte. Meiner Frau und meinen Kindern gegenüber habe ich davon nichts erwähnt, um in diesen nicht eine am Ende doch ungerechtfertigte Hoffnung zu erwecken.«

»Zur Sache«, murmelte der Richter Jarriquez.

»Ich habe Ursache anzunehmen, daß meine Verhaftung am Tage vor dem Eintreffen der Jangada in Manao auf Grund einer an den Chef der Polizei gerichteten Denunziation erfolgte.«

»Es ist, wie Sie sagen, Joam Dacosta, ich muß Ihnen freilich bemerken, daß diese Denunziation eine anonyme war.«

»Das tut nichts, denn ich weiß, daß sie nur von einem elenden Schurken namens Torres ausgehen konnte.«

»Mit welchem Rechte«, fragte der Richter Jarriquez, »wagen Sie jenen Denunzianten in dieser Weise zu beschimpfen?«

»Ja, ich wiederhole, in meinen Augen ist er ein erbärmlicher Schurke, Herr Richter«, antwortete Joam Dacosta schnell. »Dieser Mann, den ich gastfreundlich aufgenommen, hatte sich nur an mich gedrängt, um sich sein Stillschweigen abkaufen zu lassen; er versuchte, mich zu einem verabscheuungswürdigen Handel zu drängen, den abgelehnt zu haben ich niemals bereuen werde, mögen die Folgen seiner Denunziation auch sein, welche sie wollen.«

»'s ist doch immer die alte Geschichte«, dachte der Richter Jarriquez, »man klagt andere an, um sich selbst reinzuwaschen!«

Nichtsdestoweniger lauschte er mit ungewöhnlicher Aufmerksamkeit der Schilderung Joam Dacostas über dessen Beziehungen zu dem Abenteurer bis zu dem Augenblicke, wo Torres jenem mitteilt, daß er den wirklichen Urheber jenes Überfalles bei Tijuco kenne und auch mit Namen zu bezeichnen wisse.

»Und wie hieß der Schuldige?« fragte der Richter Jarriquez, der allmählich aus seiner Indifferenz aufgerüttelt wurde.

»Das weiß ich nicht«, antwortete Joam Dacosta, »Torres hütete sich wohl, mir dessen Namen zu nennen.«

»Ist er noch am Leben?«

»Soviel ich weiß, nein.«

Die Finger des Richters Jarriquez trommelten »allegro«.

»Derjenige, der den Beweis für die Unschuld eines Angeklagten liefern soll, ist gewöhnlich tot, das ist mir nichts Neues!«

»Wenn der wirklich Schuldige tot ist, Herr Richter«, fuhr Joam Dacosta fort, »so lebt doch der genannte Torres noch und hat mir versichert, den schriftlichen Beweis in Händen zu haben, wer der Urheber jenes Verbrechens gewesen sei. Er bot mir diesen Beweis zum Kauf an.«

»Ei, Joam Dacosta, ein solches Beweismittel hätten Sie mit Ihrem ganzen Vermögen nicht zu teuer bezahlt.«

»Hätte Torres nichts anderes dafür verlangt als mein Hab und Gut, so würde ich es ohne Zögern hingegeben haben, und gewiß hätte niemand von den Meinigen dagegen Einspruch erhoben. Gewiß, Sie haben völlig recht, daß man seine Ehre nicht teuer genug erkaufen kann. Der Elende, der mich in seiner Gewalt zu haben glaubte, forderte aber mehr als mein Vermögen.«

»Was denn . . .?«

»Er wollte als Preis für den Handel die Hand meiner Tochter haben, das schlug ich ihm ab, er denunzierte mich, und so kam es, daß Sie mich hier vor sich sehen.«

»Und wenn Torres Sie nicht angezeigt hätte«, fragte der Richter Jarriquez, »wernn er Ihnen auf der Reise hierher überhaupt nicht begegnet wäre, was würden Sie getan haben, wenn Sie hier von dem Ableben des Oberrichters Ribeiro hörten? Hätten Sie sich auch dann dem Gerichte gestellt?«

»Das unterliegt keinem Zweifel«, versicherte Joam Dacosta mit fester Stimme, »da ich, wie ich hiermit wiederhole, schon bei der Abfahrt von Iquitos nach Manao keine andere Absicht hatte.«

Der Fazender sprach diese Worte in so überzeugender Weise, daß der Richter im Herzen doch eine gewisse Erregung empfand; er widerstand jedoch noch, derselben nachzugeben.

Man darf sich darüber wohl nicht wundern. Dem Beamten waren, als er dieses Verhör vornahm, ja alle Nebenumstände nicht so bekannt, wie denen, welche Torres seit Anfang unserer Erzählung folgten. Diese konnten nicht daran zweifeln, daß Torres den schriftlichen, unumstößlichen Beweis der Unschuld Joam Dacostas in den Händen hatte. Sie haben die feste Überzeugung, daß jenes Dokument vorhanden ist, und vielleicht neigen sie zu dem Glauben, daß der Richter Jarriquez eine unverantwortliche Ungläubigkeit beweise. Freilich sollten sie nicht vergessen, daß der Justizbeamte sich mit ihnen nicht in gleicher Lage befindet und gewöhnt ist, von allen Angeschuldigten ähnliche Ausreden, welche meist grundlos sind, mit anhören zu müssen; das Dokument, auf welches Joam Dacosta sich berief, liegt ihm zur Ansicht nicht vor; er weiß nicht einmal mit Sicherheit, ob es überhaupt vorhanden ist, und endlich steht er einem Manne gegenüber, dessen Schuld durch eine frühere Untersuchung dargetan und durch schwere Verurteilung besiegelt ist.

Immerhin bemühte er sich, vielleicht aus reiner Neugier, Joam Dacosta in die Enge zu treiben.

»Ihre ganze Hoffnung«, begann er aufs neue, »beruht

also auf den Erklärungen, welche Ihnen Torres abgegeben hat.«

»Ja freilich, Herr Richter«, antwortete Joam Dacosta, »wenn mein bisher geführtes Leben gar nicht in Anschlag kommt.«

»Wo glauben Sie, daß jener Torres sich jetzt aufhalten möge?«

»Soweit ich das wissen kann, hier in Manao.«

»Und Sie hoffen, daß er auch vor Gericht eine solche Erklärung abgeben und Ihnen freiwillig jenes Dokument überlassen werde, das Sie mit dem von ihm geforderten Preise nicht einlösen wollten?«

»Das hoffe ich, Herr Richter«, erwiderte Joam Dacosta. »Die Sachlage hat sich jetzt, für Torres wenigstens, geändert. Er hat mich angezeigt und kann infolgedessen keinen Schimmer von Hoffnung hegen, daß aus dem Handel in der von ihm vorgeschlagenen Weise je etwas werden könne. Das Dokument könnte für ihn aber doch noch einen großen Kaufwert haben, der ihm, ob ich nun freigesprochen oder verurteilt werde, auf jeden Fall entgeht. Da es nun in seinem Interesse liegt, mir jenes Schriftstück zu verkaufen, ohne daß ihm das doch in irgendeiner Weise Schaden bringen kann, so denke ich, er wird sich durch sein Interesse bestimmen lassen.«

Gegen Joam Dacostas Darstellung war nicht wohl etwas einzuwenden, das fühlte der Richter Jarriquez recht gut. Er machte dagegen nur noch eine Bemerkung.

»Zugegeben«, sagte er, »daß es in Torres' Interesse liegt, Ihnen jenes Dokument zu verkaufen . . . vorausgesetzt, daß dasselbe überhaupt existiert!«

»Wenn das nicht der Fall wäre, Herr Richter«, antwortete Joam Dacosta mit eindringlicher Stimme, »so bleibt mir nichts übrig, als der menschlichen Gerechtigkeit ihren Lauf zu lassen, um vor dem Throne Gottes freigesprochen zu werden!«

Auf diese Worte erhob sich der Richter Jarriquez.

»Joam Dacosta«, fuhr er in weniger indifferentem

Tone als bisher fort, »wenn ich Sie in der Weise fragte, wie das eben geschehen ist, Sie alle Einzelheiten aus Ihrem Leben erzählen ließ und die Beteuerungen Ihrer Schuldlosigkeit mit anhörte, so bin ich eigentlich weitergegangen, als mein Mandat das vorschreibt. In Ihrer Angelegenheit ist ja schon ein Wahrspruch abgegeben worden. Wegen Anstiftung und Teilnahme an der Ermordung der Soldaten und wegen des Diamantenraubes ist gegen Sie das Todesurteil ja schon ausgesprochen, und nur Ihrer Flucht aus dem Gefängnis verdanken Sie es, der Hinrichtung bisher entgangen zu sein. Jetzt, nach dreiundzwanzig Jahren sind Sie, ob es nun in Ihrer Absicht lag, sich den Gerichten zu stellen oder nicht, jedenfalls wieder in Haft gekommen. Ich frage Sie also zum letzten Male, sind Sie jener Joam Dacosta, der wegen Raubmordes im Diamantendistrikte verurteilt worden war?«

»Ich bin Joam Dacosta.«

»Sind Sie auch bereit, diese Aussage schriftlich zu bezeugen?«

»Auf der Stelle!«

Mit vollkommen ruhiger Hand setzte Joam Dacosta seinen Namen unter das Protokoll und unter den Bericht, welchen der Richter Jarriquez durch seinen Aktuar aufsetzen ließ.

»Dieser, an den Justizminister adressierte Bericht wird nach Rio de Janeiro abgesendet werden«, sagte der Beamte. »Es wird immerhin einige Zeit vergehen, bevor wir die Order erhalten, das Urteil, welches über Sie gefällt wurde, auszuführen. Wenn jener Torres, wie Sie angeben, das wichtige Dokument besitzt, das Ihre Unschuld beweist, so bemühen Sie sich selbst, durch Ihre Familie und durch Vermittlung jedes anderen darum, daß dasselbe rechtzeitig bei Gerichtsstelle eingeliefert werde. Trifft die Order einmal ein, so kann von weiterem Aufschube keine Rede sein, und die Gerechtigkeit muß ihren Lauf haben!«

Joam Dacosta verneigte sich.

»Wird es mir nun gestattet sein, mein Weib und meine Kinder zu sehen?« fragte er.

»Von jetzt ab, wann Sie wollen«, antwortete der Richter Jarriquez; »Sie kommen nicht wieder in so strenge Haft, und man wird jene zu Ihnen führen, sobald sie sich anmelden lassen.«

Der Beamte klingelte. Einige Wärter traten in den Saal und führten Joam Dacosta ab.

Als Jarriquez ihn zur Tür gehen sah, schüttelte er den Kopf.

»Hm, hm«, murmelte er, »die Sache scheint mir doch eigentümlicher, als ich zu Anfang geglaubt hätte!«

Sechstes Kapitel

Der letzte Schicksalsschlag

Während Joam Dacosta dieses Verhör bestand, erhielt Yaquita infolge einer Anfrage Manoels Nachricht, daß sie und ihre Kinder noch an demselben Tage nachmittags vier Uhr zu dem Gefangenen Zutritt haben sollten. Seit dem vorigen Tage hatte Yaquita ihr Zimmer nicht verlassen. Minha und Lina blieben bei ihr bis zu der Stunde, wo es ihr gestattet sein würde, den unglücklichen Gatten wiederzusehen. Ob Yaquita Garral oder Yaquita Dacosta – jedenfalls sollte er in ihr das treuliebende Weib, die unerschrockene Genossin seines ganzen Lebens wiederfinden.

Gegen elf Uhr desselben Tages trat Benito an Manoel und Fragoso, welche auf dem Vorderteil der Jangada plauderten, heran.

»Manoel«, begann er, »ich hätte eine Bitte an dich.«

»Und welche?«

»Auch an Sie, Fragoso.«

»Ich stehe Ihnen zu Befehl, Herr Benito«, antwortete der Barbier.

»Was meinst du?« fragte Manoel mit aufmerksamem Blicke auf seinen Freund, der durch seine Haltung verriet, daß in seinem Innern ein unerschütterlicher Entschluß gereift sei.

»Ihr glaubt doch noch immer an die Unschuld meines Vaters, nicht wahr?« fragte Benito.

»O«, rief Fragoso, »so fest, daß ich mich eher selbst jenes Verbrechens für schuldig halten könnte.«

»Nun denn, heute gilt es das Vorhaben auszuführen, das ich gestern schon andeutete.«

»Torres aufzusuchen?«

»Ja, und von ihm zu erfahren, wie er den Zufluchtsort meines Vaters entdeckt haben kann. Hier liegen noch irgendwelche Geheimnisse verborgen. Sollte er ihn schon früher gekannt haben? Das ist nicht möglich, denn mein armer Vater hat Iquito seit mehr als zwanzig Jahren niemals verlassen, und jener Schurke zählt selbst kaum dreißig. Dieser Tag geht aber nicht zu Ende, ohne daß ich darüber Aufklärung habe, oder wehe dem schändlichen Torres!«

Über Benitos Entschluß ließ sich nicht rechten, auch versuchten weder Manoel noch Fragoso ihn von seinem Vorhaben abzubringen.

»Ich ersuche euch beide also«, fuhr Benito fort, »mich zu begleiten. Wir brechen sofort auf, denn wir dürfen Torres nicht erst Zeit lassen, aus Manao zu entweichen. Sein Stillschweigen zu verkaufen hat er keine Aussicht mehr, so dürfte ihm dieser Gedanke doch bald kommen. Vorwärts also!«

Alle drei gingen am Ufer des Rio Negro ans Land und schlugen den Weg nach der Stadt ein.

Manao war nicht so groß, als daß man es nicht binnen wenigen Stunden hätte durchsuchen können. Wenn es nicht anders ging, sollte Haus für Haus nach Torres geforscht werden; vorerst erschien es jedoch ratsam, sich an die Wirte der Gasthäuser oder Lojas zu wenden, wo der Abenteurer vielleicht Unterkommen gesucht hatte. Wahrscheinlich mochte der vormalige Waldkapitän seinen wahren Namen verheimlicht haben, aus wohlbegründeter Vorsicht, mit der Polizei nicht selbst in Berührung zu kommen. Befand er sich aber überhaupt noch in Manao, so konnte er den Nachforschungen der jungen Leute doch unmöglich entgehen. An die Polizei brauchte man sich deshalb offenbar nicht zu wenden, denn es war anzunehmen – wir wissen, daß diese Annahme völlig richtig war – daß die Denunziation des Schurken anonym erfolgt sei.

Eine Stunde lang liefen Benito, Manoel und Fragoso durch die Hauptstraßen der Stadt, fragten alle Kaufleute in ihren Läden, die Wirte in den Lojas, selbst die ihnen Begegnenden, ohne daß jemand derselben sich erinnern konnte, eine Persönlichkeit wie die von ihnen genau beschriebene, gesehen zu haben.

Sollte Torres Manao schon verlassen haben? Mußte man alle Hoffnung aufgeben, ihn wiederzufinden?

Vergebens suchte Manoel Benito, der in höchster Aufregung war, zu beruhigen. Dieser hatte nur den einen Gedanken, er mußte Torres haben!

Der Zufall begünstigte ihn, und Fragoso war es, der endlich die richtige Fährte entdeckte.

In einem Wirtshause der Straße Gottes des heiligen Geistes erfuhr er, auf seine Beschreibung des Abenteurers, daß ein Individuum, welches diesem Signalement entsprach, tags vorher in der Loja eingekehrt sei.

»Hat er hier übernachtet?« fragte Fragoso.

»Ja«, antwortete der Wirt des Hauses.

»Und befindet er sich auch jetzt noch hier?«

»Nein, er ist ausgegangen.«

»Hat er seine Rechnung abgemacht, als ob er abreisen wolle?«

»Nein, nein, er verließ sein Zimmer vor etwa einer Stunde und wird jedenfalls zum Nachtessen wieder zurückkehren.«

»Wissen Sie vielleicht, welchen Weg er eingeschlagen hat?«

»Er soll durch die untere Stadt nach dem Amazonenstrome zu gegangen sein; dort könnten Sie ihn wohl antreffen.«

Fragoso wußte genug; bald nachher gesellte er sich wieder zu den beiden jungen Männern.

»Ich bin Torres auf der Spur!« rief er.

»Er steckt in diesem Hause?«

»Nein, er ist ausgegangen; man hat ihn nach dem Amazonenstrome zu wandeln sehen.«

»So eilen wir ihm nach!« sagte Benito.

Die kleine Gesellschaft schlug also wieder den Weg nach dem Strome ein, den nächsten, der am Rio Negro hinführte.

Bald hatten Benito und seine Begleiter die letzten Häuser der Stadt hinter sich gelassen und folgten dem Ufergelände, wobei sie nur einen kleinen Umweg machten, um nicht in der Nähe der Jangada vorüberzukommen.

Die Landschaft war zu dieser Stunde menschenleer. Rings bot sich durch die Campine, wo angebaute Felder die Stelle früherer Urwälder eingenommen hatten, eine weitgestreckte Aussicht.

Benito sprach nicht – er hätte kein Wort hervorbringen können. Manoel und Fragoso ehrten sein Schweigen. So gingen sie alle drei scharf dahin, spähten rings umher und gelangten so längs des Rio Negro-Ufers bis zum großen Strome. Eine Dreiviertelstunde, nachdem sie Manao verlassen, konnten sie noch nichts sehen.

Mehrere Male trafen sie wohl Indianer, welche auf den Feldern arbeiteten; Manoel fragte auch diese und erfuhr von einem derselben, daß ein dem Beschriebenen ähnlicher Mann vor kurzem vorübergekommen sei, der sich nach dem Winkel, beim Zusammenflusse beider Ströme, begeben habe.

Ohne auf weitere Erklärungen zu warten, stürmte Benito, von unwiderstehlichem Drange getrieben, voraus, und seine Begleiter hatten alle Mühe, ihn nur nicht aus den Augen zu verlieren.

Da ward das linke Ufer des Amazonenstromes in der Entfernung einer Viertelmeile sichtbar. Dort erhob sich eine höhere Uferwand, welche den Horizont teilweise verbarg und die Aussicht auf den Raum von wenigen hundert Schritten beschränkte.

Benito eilte vorwärts und verschwand bald hinter einem jener Sandhügel.

»Schneller! Schneller!« sagte Manoel zu Fragoso, »wir dürfen ihn nicht einen Augenblick allein lassen!«

Beide folgten derselben Richtung, so schnell sie konnten, als sie plötzlich einen Ausruf hörten.

Hatte Benito den Gesuchten gefunden? Hatte Torres auch ihn gesehen? Standen die beiden Feinde einander schon gegenüber?

Fünfzig Schritte weiter hin bemerkten Manoel und Fragoso, als sie um eine Ecke jener Strandhügel kamen, wie zwei Männer sich mit starren Blicken maßen.

Torres war es und Benito.

Einen Augenblick später standen Manoel und Fragoso an ihrer Seite.

Bei dem hocherregten Zustand Benitos hätte man fürchten können, daß er nicht imstande sein werde, sich zu beherrschen, wenn er sich dem Abenteurer Auge in Auge gegenüber sah.

Doch nein, er ließ sich nicht übermannen.

Als der junge Mann einmal Torres soweit habhaft geworden, daß er die Gewißheit hatte, das Entweichen desselben verhindern zu können, änderte sich sein ganzes Auftreten, seine fieberhaft schnellen Atemzüge wurden langsamer, er gewann die gewohnte Kaltblütigkeit und Herrschaft über sich selbst vollständig wieder.

Seit einigen Augenblicken sahen sich die Männer, ohne ein Wort zu sprechen, an.

Torres brach zuerst das Schweigen.

»Ah, Sie hier, Herr Benito Garral!« begann er mit dem gewöhnlichen, unverschämten Ausdruck.

»Nein, Benito Dacosta!« gab ihm der junge Mann zur Antwort.

»Ja freilich«, fuhr Torres fort, »Herr Benito Dacosta, in Begleitung des Herrn Manoel Valdez und meines Freundes Fragoso!«

Empört über diese unverschämte Bezeichnung, wollte sich Fragoso schon über den Abenteurer stürzen, um ihm eine handgreifliche Antwort zu erteilen, als Benito ihn mit aller Gemütsruhe zurückhielt.

»Was fällt Ihnen denn ein?« rief Torres, einige Schritte zurückweichend. »Es scheint mir geraten, hier etwas auf meiner Hut zu sein!«

Bei diesen Worten zog er eine Manchetta aus seinem Poncho, jene zum Angriff wie zur Verteidigung gleich dienliche Waffe, welche jeder Brasilianer stets bei sich führt. Halb zusammengebückt, legte er sich wie zum Kampfe aus.

»Ich kam allerdings nur, um Sie aufzusuchen, Torres«, erklärte Benito vollkommen ruhig, ohne sich durch diese herausfordernde Stellung beirren zu lassen.

»Mich aufzusuchen?« erwiderte der Abenteurer, »nun, ich bin ja nicht so schwer zu finden. Was veranlaßte Sie aber dazu?«

»Ich muß aus Ihrem Munde hören, was Sie von der Vergangenheit meines Vaters wissen.«

»Wirklich?«

»Gewiß! Mich verlangt es, zu wissen, wie Sie ihn wiedererkennen konnten, warum Sie in den Wäldern von Iquitos umherschweiften und weshalb Sie ihm in Tabatinga auflauerten . . .«

»Nun, das liegt doch offenbar klar vor Augen«, antwortete Torres höhnisch lächelnd. »Ich wartete ihn ab, um mit an Bord der Jangada zu gehen, und tat das wiederum in der Absicht, um einen sehr einfachen Vorschlag zu machen ... den er vielleicht unrecht tat, abzuweisen!«

In Manoel kochte es bei diesen Worten. Mit erbleichtem Gesicht und glühenden Augen trat er näher an Torres heran.

Benito, der kein Mittel einer gütlichen Auseinandersetzung unversucht lassen wollte, stellte sich zwischen den Abenteurer und seinen Freund.

»Beruhige dich, Manoel«, bat er, »ich muß mich ja auch beherrschen können!«

Dann fuhr er fort:

»So hören Sie, Torres, daß mir recht wohl bekannt ist, was Sie veranlaßte, auf der Jangada Unterkunft zu suchen. Als Besitzer eines Geheimnisses, welches Ihnen ohne Zweifel von anderer Seite anvertraut worden ist, wollten Sie einen Tauschhandel abschließen! Doch darum handelt es sich jetzt weniger.«

»Und um was denn?«

»Ich wünsche zu erfahren, wie Sie in dem Fazender von Iquitos den früheren Joam Dacosta wiedererkennen konnten.«

»Wie ich ihn wiedererkannte?« antwortete Torres, »ich dachte, das ginge mich allein an, und ich verspüre auch verteufelt wenig Lust, Ihnen darüber Rechenschaft zu geben. Die Hauptsache bleibt immer, daß ich mich nicht getäuscht habe, als ich in seiner Person den tatsächlichen Urheber jenes abscheulichen Verbrechens in Tijuco zur Anzeige brachte.«

»Sie werden mir Rechenschaft geben«, schrie Benito auf, dem allmählich die Galle überlief.

»Ich? Niemals!« versetzte Torres. »Joam Dacosta hat meine Vorschläge zurückgewiesen, hat es verweigert, mich in seine Familie aufzunehmen ... Nun wohl! Jetzt, da sein Geheimnis offenbart und er in den Händen der Behörde ist, jetzt würde ich es abschlagen, in seine Familie, in die Familie eines Diebes, eines Mörders und eines zum Tode Verurteilten, dessen der Galgen harrt, einzutreten!«

»Elender Bube!« rief Benito, der jetzt auch eine Manchetta aus dem Gürtel zog und sich zum Angriff bereitete.

Gleichzeitig hatten auch Manoel und Fragoso die Waffen ergriffen.

»Drei gegen einen, Schmach euch!« sagte Torres.

»Nein, einer gegen einen!« gab Benito zurück.

»Wahrhaftig! Ich hätte mich von dem Sohne eines Mörders allerdings eher eines gemeinen Mordes versehen.«

»Torres!« rief Benito. »Wehre dich, oder ich schlage dich nieder wie einen tollen Hund!«

»Einen tollen Hund, meinetwegen!« erwiderte Torres, »aber ich beiße, hüte dich vor meinen Zähnen!«

Er nahm die Manchetta näher an sich heran und setzte sich in Bereitschaft, auf seinen Gegner loszudringen.

Benito war einige Schritte zurückgewichen.

»Torres«, begann er noch einmal, ruhiger als in der letzten Minute, »Ihr wart der Gast meines Vaters, Ihr habt ihn bedrängt, verraten, habt ihn denunziert, einen Unschuldigen angeklagt – mit Gottes Hilfe werde ich das durch Euer Blut nun sühnen!«

Auf Torres' Lippen schwebte dabei ein teuflisches Lächeln. Vielleicht kam dem Schurken jetzt der Gedanke, einem Kampfe mit Benito womöglich auszuweichen, und er hätte einen solchen ja verhindern können. Er hörte ja aus allem heraus, daß Joam Dacosta von dem Dokument mit dem materiellen Beweise seiner Unschuld nichts gesagt haben konnte.

Gestand er Benito, daß er, Torres, in Besitz desselben sei, so hätte er den Gegner gewiß augenblicklich entwaffnet. Abgesehen davon aber, daß er den letzten Moment abwarten wollte, jedenfalls um aus dem Handel den größtmöglichen Vorteil zu ziehen, so ließen ihn doch die beleidigenden Worte des jungen Mannes und der Haß, den er gegen alle Angehörigen desselben empfand, zuletzt selbst das eigene Interesse aus den Augen setzen.

Sehr gewöhnt an die Handhabung der Manchetta, deren er sich schon bei mehr als einer Gelegenheit bedient, glaubte sich der starke und gewandte Abenteurer gegen einen jungen Mann von kaum zwanzig Jahren, der weder seine Kraft, noch seine Geschicklichkeit besitzen konnte, in offenbarem Vorteil.

Noch einmal trat Manoel vor, um sich an Benitos Stelle mit dem frechen Burschen zu schlagen.

»Nein, lieber Manoel«, antwortete der junge Mann kalt, »nur mir kommt es zu, meinen Vater zu rächen, und da wir auch die gewohnten Kampfregeln nicht verletzen wollen, so wirst du mir als Sekundant dienen.«

»Benito!«

»Und Sie, Fragoso, werden mir in diesem Augenblicke die Bitte nicht abschlagen, der Sekundant dieses Mannes zu sein!«

»Es sei«, antwortete Fragoso, »wenn dabei auch keine Ehre zu holen ist. Wäre ich an Ihrer Stelle«, setzte er hinzu, »ich hätte ihn wie ein wildes Tier niedergemacht!«

Der Ort, wo der Zweikampf vor sich gehen sollte, war ein flaches Stück Uferland von etwa vierzig Schritt Breite, gegen fünfzig Fuß über der Wasserfläche des Amazonenstromes, nach dem hin es schroff abfiel. Am Fuße des Abhanges strömte das Wasser nur ganz langsam und benetzte die Wurzeln der wilden Rosen, welche den Strand umsäumten.

In der Breite bot diese Stelle also sehr beschränkten Spielraum, und wer von den Kämpfern nach dieser Seite nur wenig zurückgedrängt wurde, der mußte unwillkürlich in die Tiefe hinabstürzen.

Manoel gab das Zeichen zum Beginn des Kampfes, und Torres und Benito drangen aufeinander ein.

Benito beherrschte sich jetzt vollständig. Als Verfechter einer guten Sache gewährte ihm seine Kaltblütigkeit einen wesentlichen Vorteil gegenüber Torres, dem das böse Gewissen, wenn er sonst darauf auch noch so wenig achtete, in diesem Augenblicke doch das Herz schneller schlagen ließ.

Als beide nahe genug waren, fiel von Benito der erste Schlag. Torres parierte denselben. Die beiden Gegner traten einen Schritt zurück, stürmten aber sofort wieder aufeinander zu und packten sich mit der linken Hand an der Schulter . . . Sie wollten einander nicht wieder loslassen.

Der an Kraft überlegene Torres hieb mit seiner Manchetta von seitwärts, ein Schlag, dem Benito nicht ganz ausweichen konnte, er traf vielmehr seine rechte Hüfte – der Poncho darüber färbte sich rot. Er ergab sich deshalb natürlich nicht, im Gegenteile gelang es ihm, Torres an der Hand leicht zu verwunden.

Noch mehrere Schläge wurden gewechselt, ohne zu einer Entscheidung zu führen. Benitos Blick bohrte sich in Torres' Augen wie eine Klinge in des Feindes Herz. Offenbar erlahmte der Schurke. Er wich allmählich zurück, gedrängt von dem unversöhnlichen Richter, dem es mehr am Herzen lag, den herzlosen Denunzianten seines Vaters in die Hölle zu schicken, als sein eigenes Leben zu verteidigen. Nur schlagen, schlagen wollte Benito, während der andere kaum Zeit gewann, des Gegners wuchtige Hiebe zu parieren.

Bald sah Torres sich nach dem Rande des Abhanges gedrängt, und zwar an eine Stelle, wo derselbe etwas vorsprang und bis über das Ufer hinaushing. Er durchschaute die drohende Gefahr und versuchte noch einmal, die Offensive zu ergreifen und das verlorene Terrain wiederzugewinnen . . . Seine Verwirrung steigerte sich – sein Blick erlosch fast unter den Augenlidern . . . Er mußte sich endlich beugen vor der Faust, die ihn bedrohte.

»So stirb, Elender!« rief Benito.

Er stieß die Manchetta direkt gegen des Feindes Brust, aber die Spitze der Waffe traf auf einen harten Körper, den Torres' Poncho überdeckte.

Benito drang mit verdoppelter Wut auf den Schurken ein. Torres, dessen nächster Stoß den Gegner verfehlt hatte, fühlte sich verloren. Er mußte wieder zurückweichen. Da wollte er rufen – rufen, daß das Leben Joam Dacostas an dem seinem hänge ... er gewann nicht mehr die Zeit dazu.

Ein zweiter Stoß der Manchetta traf das Herz des Abenteurers. Er sank rückwärts nieder – unter den Füßen fehlte ihm der Boden und mit ersticktem Schrei stürzte er den Abhang hinab. Mit den letzten Kräften versuchte er sich noch an den Rosenbüschen des Wasserrandes anzuklammern, vergebens – er verschwand in den Wellen des Stromes.

Benito hatte sich auf Manoels Schulter gestützt; Fragoso drückte ihm die Hand. Er ließ seinen Freunden kaum Zeit, seine Wunde, die er nur für leicht erklärte, zu verbinden.

»Nach der Jangada«, rief er, »nach der Jangada!«

Aufs tiefste erregt folgten ihm Manoel und Fragoso nach.

Eine Viertelstunde später trafen alle an der Stelle, wo die Jangada verankert lag, ein. Benito und Manoel eilten in das Zimmer Yaquitas und Minhas und teilten ihnen mit, was geschehen war.

»Mein Sohn! Mein Bruder!«

In demselben Augenblicke wurden diese Rufe laut.

»Jetzt nach dem Gefängnis!« drängte Benito.

»Ja! Ja! Komm! Komm!« sagte Yaquita.

Gefolgt von Manoel, führte Benito seine Mutter fort.

Sie gingen ans Land, schlugen die Richtung nach Manao ein und standen eine halbe Stunde später vor dem Gefängnisse der Stadt.

Auf die von dem Richter Jarriquez ergangene Verfügung fanden sie sofort Einlaß und wurden nach der

Zelle des Verhafteten geführt.

Die schwere Tür öffnete sich.

Joam Dacosta sah seine Gattin, seinen Sohn und Manoel eintreten.

»Ach, Joam, mein Joam!« schluchzte Yaquita.

»Yaquita, mein Weib, meine Kinder!« rief der Gefangene, der die Arme ausbreitete und alle an die Brust drückte.

»Mein Joam ist unschuldig!«

»Unschuldig und gerächt!« setzte Benito hinzu.

»Gerächt? Was willst du damit sagen?«

»Torres ist tot, mein Vater, er fiel durch meine Hand!«

»Tot! ... Torres! ... Tot! ...« rief Joam Dacosta. »Ach, mein Sohn ... Du hast mich ins Verderben gestürzt!«

Siebtes Kapitel

Entschlüsse

Wenige Stunden später war die ganze Familie wieder in dem großen Saale der Jangada versammelt. Alle befanden sich daselbst – bis auf den Gerechten, den eben der letzte schwere Schicksalsschlag getroffen. Benito stand zerknirscht da und klagte sich an, seinem Vater die letzte Aussicht auf Rettung geraubt zu haben. Ohne das Flehen Yaquitas, seiner Schwester, und ohne die ernsten Ermahnungen Padre Passanhas und Manoels wäre der junge Mann in den ersten Stunden seiner Verzweiflung wohl jeder unüberlegten Tat fähig gewesen. Man hatte ihn aber stets im Auge behalten und keine Minute allein gelassen. Und doch hatte nur der Edelmut seine Schritte geleitet, für seinen armen Vater Rache zu nehmen an dem elenden Denunzianten.

Ach, warum hatte Joam Dacosta nicht alles gesagt, bevor er von der Jangada geführt wurde! Warum hatte er sich vorbehalten, erst vor dem Richter jenes materiellen Beweises seiner Schuldlosigkeit zu erwähnen! Weshalb hatte er selbst nach der Aussetzung Torres' bei seiner Unterredung mit Manoel nicht von jenem Dokument gesprochen, das der Abenteurer im Besitz zu haben behauptete! Freilich konnte oder mochte er den Versuchungen des erbärmlichen Wichtes nicht allzuviel Glauben beimessen, und ganz sicher konnte er ja unmöglich sein, daß Torres jenes wichtige Schriftstück wirklich auch in Händen habe.

Doch wie dem auch sei, jetzt wußte die trauernde Familie alles aus Joam Dacostas eigenem Munde. Alle hatten erfahren, daß nach Torres' Aussagen ein Beweis für die Unschuld des Verurteilten von Tijuco wirklich vorhanden, daß dieses Dokument von der Hand des wirklichen Urhebers des Überfalles niedergeschrieben sei, und daß der von Gewissensbissen gefolterte Verbrecher dasselbe im Angesichte des Todes seinem Gefährten Torres übergeben habe, der niedrig genug gesinnt war, mit demselben, statt dem Wunsche des nun Verstorbenen nachzukommen, ein vorteilhaftes Geschäft verbinden zu wollen. Sie wußten freilich auch, daß Torres nun im Zweikampfe gefallen, daß sein Körper von den Wogen des Amazonenstromes verschlungen und er dahingegangen sei, ohne nur den Namen des wirklich Schuldigen zu nennen!«

Ohne ein Wunder schien Joam Dacosta jetzt unwiderruflich verloren. Der Tod des Oberrichters Ribeiro einerseits und der gewaltsame Tod Torres' andererseits – von diesen zwei unerwarteten Schlägen schien er sich nicht mehr erheben zu können.

Wir müssen hier einfügen, daß die, wie gewöhnlich leicht erregte öffentliche Meinung sich in Manao ganz gegen den Gefangenen kehrte. Die so unerwartete Verhaftung Joam Dacostas frischte die Erinnerung an das seit dreiundzwanzig Jahren fast vergessene Verbrechen von Tijuco von neuem auf. Die Gerichtsverhandlungen über den jungen Bergbeamten aus dem Diamantenbezirke, seine Verurteilung zum Tode und seine Flucht kurz vor der Hinrichtung, alles wurde wieder besprochen, beurteilt und womöglich noch ausgeschmückt. Auch ein in dem Diario d'o Grand Para, der verbreitetsten Zeitung dieser Gegend, erschienener Artikel schilderte ausführlich alle Einzelheiten des grausigen Ereignisses, aber immer voller Gehässigkeit gegen den Gefangenen. Wie sollte auch jemand ohne Kenntnis der näheren, nur den Angehörigen Joam Dacostas klar vor Augen liegenden Umstände an die Unschuld des Angeklagten glauben können?

In der ganzen Bevölkerung von Manao herrschte eine Gärung schlimmster Art. Ein Haufe von verblendeten Indianern und Schwarzen umschwärmte das Gefängnis und stieß drohende Rufe aus.

In diesem Lande Amerikas, in dem das schreckliche Lynchgesetz so oft zur Anwendung kommt, verfällt auch das Volk selbstverständlich leicht grausamen Gewohnheiten, und bei der gegebenen Gelegenheit konnte man wohl fürchten, daß die tolle Menge auch hier am liebsten mit eigener Hand Justiz geübt hätte.

Welch traurige Nacht für die Passagiere der Jangada! Herrschaft und Diener fühlten sich gleichmäßig von dem Unglücke des Hauptes ihrer Gemeinschaft getroffen, denn auch das Personal der Fazenda gehörte ja gewissermaßen zur Familie. Alle waren bereit, für die Sicherheit Yaquitas und der Ihrigen zu wachen. Am Ufer des Rio Negro strömten unaufhörlich Eingeborene hin und her, erhitzt von der Neuigkeit der Verhaftung Joam Dacostas, und wer weiß, zu welcher Ausschreitung sich diese Halbwilden hinreißen lassen konnten.

Indes verging die Nacht, ohne daß es zu einer Demonstration gegen die Jangada kam.

Am nächsten Tage, als kaum die Sonne ihre Strahlen

spendete, versuchten Manoel und Fragoso, welche Benito während dieser Nacht der Angst und des Schrekkens nicht einen Augenblick verlassen hatten, diesen seiner verzweifelten Stimmung zu entreißen. Sie führten ihn ins Freie und bemühten sich, ihn zu überzeugen, daß jetzt keine Minute zu verlieren sei, daß sie sich entschließen müßten, zu handeln.

»Benito«, begann Manoel, »bemeistere dich, werde wieder ein Mann, werde wieder der Sohn deiner Eltern!«

»Ach, mein armer Vater«, rief Benito, »und ich, ich habe ihn dem Tode überliefert . . .«

»Nein, nein«, fiel Manoel ein, »mit Gottes Hilfe ist noch nicht alles verloren!«

»Hören Sie uns an, Herr Benito!« sagte Fragoso.

Der junge Mann strich sich mit der Hand über die Stirn und bemühte sich, seine Fassung wiederzugewinnen.

»Benito«, fuhr Manoel fort, »Torres hat niemals ein Wort fallenlassen, das uns über seine Vergangenheit nur die geringste Aufklärung gab. Wir konnten also nicht wissen, wer der Urheber des Verbrechens in Tijuco ist, noch unter welchen Umständen es begangen wurde. Mit Nachforschungen nach dieser Seite würden wir also nur die Zeit vergeuden.«

»Und die Stunden sind uns kostbar«, meinte Fragoso.

»Und selbst wenn es uns gelänge, zu erfahren, wer jener Gefährte Torres' gewesen ist, so weilt dieser doch nicht mehr unter den Lebenden und könnte für die Unschuld Joam Dacostas kein Zeugnis ablegen. Nicht minder gewiß ist aber, daß ein Beweis dieser Unschuld existiert, und auch an dem Vorhandensein des betreffenden Schriftstückes dürfte nicht zu zweifeln sein, weil Torres sich dadurch Vorteile zu sichern versuchte. Das hat er selbst eingestanden. Dieses Dokument enthielt ein umfassendes, von der eigenen Hand des Schuldigen niedergeschriebenes Geheimnis und rehabilitiert, neben der ausführlichen Schilderung aller Einzelheiten jenes Verbrechens, unseren Vater vollständig. Ja, tausendmal ja, jenes Dokument ist vorhanden!«

»Aber Torres nicht mehr«, rief Benito, »und das Dokument ist mit dem Schurken zu Grunde gegangen!«

»Gemach, gemach, und verzweifle nicht vorzeitig!« antwortete Manoel. »Du entsinnst dich gewiß, unter welchen Umständen wir Torres kennenlernten. Das war tief in den Wäldern von Iquitos. Er verfolgte einen Affen, der ihm eine Metallkapsel geraubt hatte, auf welche er besonders Wert zu legen schien, denn er bemühte sich deshalb schon mehrere Stunden, als jener Affe unter unseren Kugeln fiel. Glaubst du nun etwa, daß Torres wegen einiger darin enthaltener Goldstücke so darauf versessen gewesen wäre, jenes Etui wiederzuerlangen, und steht dir nicht noch immer die hohe Befriedigung vor Augen, welche er offenbar nicht heuchelte, als du ihm die aus den Klauen des Affen gerissene Kapsel zurückgabst?«

»Ja . . . Ja!« antwortete Benito. »Jenes Etui, das ich in der Hand hielt und wieder auslieferte . . . vielleicht enthielt es wirklich . . .«

»O, nicht nur vielleicht, nein, gewiß!« versicherte Manoel.

»Da fällt auch mir etwas ein«, bemerkte Fragoso. »Während Sie Ega besuchten und ich auf Linas Rat zur Überwachung Torres' an Bord zurückgeblieben war, sah ich ihn . . . ja, ja, ich sah ihn ein altes, vergilbtes Papier lesen und wieder lesen, wozu er Worte murmelte, welche ich nicht verstehen konnte.«

»Das war das Dokument!« rief Benito, der sich an diesen Hoffnungsanker, den einzigen, der ihm blieb, anklammerte. »Sollte er es aber nicht aus Vorsicht an einem sicheren Orte verborgen haben?«

»Nein«, entgegnete Manoel, »nein! . . . Es war Torres viel zu wertvoll, als daß er sich je davon hätte trennen können. Er trug es Tag und Nacht bei sich, und offenbar in jenem Etui!«

»Warte, warte, Manoel«, rief Benito, »jetzt erinnere ich mich ... ja, richtig ... jetzt wird's mir klar ... Bei dem Duell, als ich den ersten Stoß nach Torres' Brust führte, traf meine Manchetta auf einen harten Gegenstand unter seinem Poncho, wie auf eine Metallplatte ...«

»Das war das Etui!« rief Fragoso.

»Gewiß«, bestätigte Manoel, »da ist kein Zweifel mehr! Das Etui befindet sich in einer Tasche seines Kittels!«

»Aber wo finden wir Torres' Leichnam?«

»O, den müssen wir wiederentdecken!«

»Ja, aber das Papier«, erwiderte Benito, »das Wasser wird es zerweicht, zerstört, unleserlich gemacht haben!«

»Warum das«, antwortete Manoel, »wenn das Etui, welches dasselbe enthält, hermetisch verschlossen war?«

»Manoel«, rief Benito, dem ein freundlicher Hoffnungsstern aufging, »ja, du hast recht. Wir müssen Torres' Leichnam wiederfinden. Wir durchsuchen den ganzen Teil des Flusses, wenn es sein muß, aber wir finden ihn wieder!«

Der Pilot Araujo wurde herbeigerufen und von dem Vorhaben unterrichtet.

»Schön!« sagte Araujo. »Ich kenne die Wirbel und Strömungen am Zusammenflusse des Rio Negro mit dem Amazonenstrome ganz genau, und wir könnten wohl Erfolg haben und Torres' Körper wieder auffischen. Nehmen wir zwei Pirogen, die beiden Ubas, ein Dutzend unserer Indianer und fahren wir schleunigst ab.«

Da trat der Padre Passanha aus dem Zimmer Yaquitas. Benito teilte auch ihm mit kurzen Worten mit, was sie unternehmen wollten, um in den Besitz des so wichtigen Dokuments zu gelangen.

»Erwähnen Sie meiner Mutter und Schwester davon

noch nichts«, fügte er hinzu. »Wenn diese letzte Hoffnung fehlschlüge, wäre es ihr Tod!«

»Geh, mein Sohn, gehe«, antwortete Padre Passanha, »und Gott stehe dir bei deinem Unternehmen bei!«

Fünf Minuten später stießen die vier Fahrzeuge von der Jangada ab, glitten den Rio Negro hinunter und gelangten nach dem Uferabhange des Amazonenstromes an jene Stelle, an der Torres, zu Tode getroffen, in den Wogen des Flusses verschwunden war.

Achtes Kapitel

Erste Versuche

Die Nachsuchungen sollten ohne Zögern vorgenommen werden, und das aus zwei gleich wichtigen Gründen.

Der erste, an dem das Leben oder der Tod des geliebten Vaters hing, war der, daß jener Beweis für die Unschuld Joam Dacostas eher herbeigeschafft werden mußte, als die Bestätigung des Urteils von Rio de Janeiro eintraf. Die aus der Hauptstadt erwartete Antwort konnte ja, wenn die Identität des Angeklagten anerkannt wurde, nur den Befehl zur Vornahme der Hinrichtung enthalten. Der zweite lag darin, daß man Torres' Körper sobald wie möglich aus dem Wasser holen mußte, um das Etui und dessen Inhalt unversehrt wiederzufinden.

Araujo legte unter diesen Umständen nicht nur für seinen Eifer und seine Intelligenz, sondern auch von seiner gründlichen Kenntnis des Stromes an dessen Zusammenfluß mit dem Rio Negro die vollgültigsten Proben ab.

»Wenn Torres«, sagte er zu den jungen Leuten, »von der Strömung überhaupt ergriffen worden ist, so werden wir das Bett des Flusses auf eine große Strecke hin absuchen müssen, denn es dürfte mehrere Tage erfordern, wenn wir abwarten wollten, bis der Leichnam desselben infolge beginnender Zersetzung selbst wieder nach der Oberfläche käme.«

»Das können wir nicht«, sagte Manoel, »wenn möglich, müssen wir noch heute zum Ziele gelangen.«

»Wenn der tote Körper dagegen«, fuhr der Pilot fort, »in dem Gezweig oder den Rosenbüschen unten am Ufer hängengeblieben wäre, so würden wir denselben wahrscheinlich schon binnen einer Stunde entdeckt haben.«

»Ans Werk also!« mahnte Benito.

Es gab in der Tat keinen anderen Weg. Die Fahrzeuge näherten sich dem Ufer, und die mit langen Bootshaken versehenen Indianer begannen die Stelle des Flusses zu untersuchen, welche nahe der steilen Wand lag, über der vorher der Zweikampf auf dem beschränkten Plateau stattgefunden hatte.

Der Ort selbst war leicht wiederzuerkennen. Längs der Kreidewand des Uferabhanges zog sich ein blutiger Streifen herab bis zur Oberfläche des Wassers; hier aber verrieten noch viele einzelne Blutstropfen auf den Blättern die Stelle, wo der Leichnam verschwunden war.

Eine etwa fünfzig Fuß stromabwärts vorspringende Landspitze verursachte hier eine Art Wirbel und hielt das Wasser wie in einem geschlossenen Gefäße zurück. Am Strande selbst zeigte sich nicht die geringste Strömung, und die Stengel der Rosenbüsche ragten völlig unbewegt in die Höhe. Dieser Umstand ließ wohl darauf hoffen, daß auch Torres' Körper nicht in das bewegtere Wasser hinausgezogen worden sein werde. Neigte sich selbst der Grund des Flusses nach der Mitte zu ziemlich stark, so konnte er doch nur wenige Meter vom Ufer weggeglitten sein, und auch da war eine regelmäßige Bewegung des Wassers noch nicht zu bemerken.

Die Ubas und die Pirogen teilten untereinander die Arbeit, begaben sich nach den äußersten Grenzen des

Wasserwirbels und begannen vom Umkreise nach dem Mittelpunkte zu jeden Fuß breit dieses Terrains genau abzusuchen.

Trotz aufmerksamsten Sondierens aber wurde der Körper des Abenteurers hierbei nicht gefunden, weder in dem verworrenen Rosengebüsch, noch auf dem Grunde des Flußbettes, dessen Neigungsverhältnisse bei dieser Gelegenheit sorgfältig festgestellt wurden.

Zwei Stunden nach Beginn der Arbeit gelangte man zu der Überzeugung, daß der Leichnam jedenfalls in schräger Richtung ins Wasser gelangt und so weiter hinaus geglitten sei, wo jenseits der Grenze des Wasserwirbels die gewöhnliche Strömung hinabtrieb.

»Deshalb haben wir noch nicht zu verzweifeln«, sagte Manoel, »und vor allen Dingen ist das keine Ursache, unsere Nachforschungen etwa gar aufzugeben.«

»Müssen wir vielleicht«, rief Benito, »den Fluß in seiner ganzen Breite und in seiner ganzen Länge durchsuchen?«

»In seiner ganzen Breite, das könnte sein«, antwortete Araujo, »in seiner ganzen Länge glücklicherweise nicht.«

»Und warum das nicht?« fragte Manoel.

»Weil der Amazonenstrom eine Meile stromaufwärts von seiner Vereinigung mit dem Rio Negro einen sehr scharfen Winkel bildet und sein Bett sich gleichzeitig ziemlich steil erhebt. Dort befindet sich also sozusagen ein natürlicher Damm, den die Schiffer unter dem Namen der Barre von Frias hinlänglich kennen und den nur auf der Oberfläche des Wassers schwimmende Gegenstände passieren können. Diejenigen aber, welche die Strömung am Boden mit dorthin führt, bleiben unbedingt an dieser unsichtbaren steilen Wand hängen!«

Wenn Araujo sich nicht täuschte, so bot dieser Umstand eine unerwartete glückliche Chance, und auf den alten Praktikus, der halb auf dem Amazonenstrome lebte, durfte man sich wohl einigermaßen verlassen. Seit dreißig Jahren schon diente er hier als Steuermann, und der Übergang über die Barre von Frias, wo die Strömung des Wassers sich infolge einer gleichzeitigen Einengung des Bettes nicht unerheblich steigerte, hatte ihn schon manche Stunde Arbeit und manchen Schweißtropfen gekostet. Die geringe Breite des schiffbaren Kanals, neben dem das Wasser nur sehr flach war, machte diese Passage außerordentlich schwierig, so daß hier schon mehr als ein Holztrain aus Rand und Band gegangen war.

Araujo hatte also ganz recht zu sagen, daß Torres' Leichnam, wenn ihn das spezifische Gewicht noch auf dem Sandboden des Strombettes festhielt, über diese Barre nicht herausgeschwemmt sein konnte.

Freilich später, wenn der Körper durch die Ausdehnung der Gase wieder auf die Oberfläche kam, unterlag es keinem Zweifel, daß derselbe, leichter als vorher, über die ihn jetzt festhaltende Barre hinausgetrieben werden mußte und dann als verloren zu betrachten war. Dieser rein physische Effekt konnte jedoch vor Ablauf mehrerer Tage nicht wohl eintreten.

Kaum mochte es einen Mann geben, der die Stromverhältnisse der großen Wasserader Brasiliens besser gekannt hätte als der Pilot Araujo.

Da er nun versicherte, daß der Leichnam nicht weiter als höchstens eine Meile bis nach jenem engen Kanal habe geschwemmt worden sein können, so mußte man ihn, wenn dieser Teil des Flusses sorgfältig untersucht wurde, offenbar wieder auffinden.

Keine Insel, kein Eiland unterbrach übrigens in dieser Gegend das Bett des Amazonenstromes. Hieraus folgte, daß man, wenn die beiden Ufer bis nach jener Barre hin abgesucht waren, das nicht über fünfhundert Fuß breite Bett des Stromes selbst auf das genaueste durchsuchen mußte.

So ging man denn auch zu Werke. Die Fahrzeuge folgten dem rechten und dem linken Ufer; alle Rosenbüsche, alles andere Strauchwerk wurde mit den Bootshaken visitiert. Selbst von den kleinsten Vorsprüngen des Landes, an denen nur ein Körper hätte haften können, entging keiner der peinlichsten Nachforschung Araujos und seiner Indianer.

Leider erwies sich alles vergebens, und schon war der halbe Tag verstrichen, ohne daß der unauffindbare Körper auf die Oberfläche befördert worden wäre.

Jetzt wurde den Indianern eine Stunde Rast gegönnt. Während derselben stärkten sie sich durch einige Nahrung und gingen dann von neuem an die Arbeit.

Nun verteilten sich die vier, von dem Piloten, von Benito, Manoel und Fragoso geführten Boote auf die ganze Strecke bis zur Barre von Frias in vier Zonen, denn jetzt galt es, das Bett des Stromes selbst abzusuchen. An einigen Stellen reichten freilich die Bootshaken nicht zu, um den Boden selbst zu betasten, man stellte also eine Art Schleppanker oder vielmehr Rechen her, indem man starke Netze teilweise mit Steinen und Eisenstücken füllte, diese an den Booten befestigte und langsam mit nachzog, so daß sie über den Grund hinstreifen mußten.

Mit dieser etwas mühseligen Arbeit beschäftigten sich Benito und seine Begleiter bis zum einbrechenden Abend. Die mit Rudern fortgetriebenen Ubas und die Pirogen strichen langsam über die Wasserfläche bis zur Barre von Frias hin.

Dabei gab es manche erwartungsvolle Minute, wenn diese improvisierten Schleppnetze an irgendeinem Gegenstande hängenblieben. Man zog sie dann vorsichtig herauf, aber statt des so begierig gesuchten Leichnams brachte man damit nur einige schwere Steine oder Pakete von Wasserpflanzen ans Licht, welche von dem sandigen Grunde abgestreift worden waren.

Niemand dachte jedoch daran, die einmal angefangene Untersuchung aufzugeben. Wo es der Rettung des geliebten Herrn galt, vergaßen die Leute alles andere. Benito, Manoel und Araujo hatten es gar nicht nötig, die

Indianer zum Fleiße anzuhalten. Die braven Leute wußten, daß sie für den Fazender von Iquitos arbeiteten, für den Mann, dem sie in treuer Dankbarkeit ergeben waren, für das Haupt der großen Familie, zu welcher alle fast ohne Unterschied gehörten.

Wenn es nötig gewesen wäre, würden sie gewiß die ganze Nacht über das weite Bassin sondiert haben, denn alle waren sich bewußt, wieviel der Verlust jeder Minute bedeuten könne.

Kurz vor Sonnenuntergang gab Araujo, der die Fortsetzung der Arbeit in dieser Weise für nutzlos hielt, den Booten ein Zeichen, zusammenzukommen, und alle vereinigten sich wieder am Ausflusse des Rio Negro, um nach der Jangada zurückzukehren.

Trotz aller Anstrengung, trotz aller Sorgsamkeit hatte man kein Resultat erzielt!

Als Manoel und Fragoso eintrafen, wagten sie in Gegenwart Benitos über diesen Mißerfolg kaum ein Wort zu äußern, da sie fürchteten, daß ihn die Entmutigung zu irgendeinem verzweifelten Schritte treiben könnte.

Jetzt verließ den jungen Mann aber weder der Mut, noch die kühle Überlegung auch nur einen Augenblick. In seinem Herzen stand der Entschluß fest, diesen letzten Kampf um das Leben, um die Ehre seines Vaters bis zum Ende auszufechten.

»Morgen weiter!« rief er den anderen zu. »Wir beginnen unser Werk aufs neue und wenn möglich unter günstigeren Verhältnissen.«

»Ja«, antwortete Manoel, »du hast recht, Benito. Wir dürfen doch kaum annehmen, das ganze Strombecken schon gründlich genug untersucht zu haben.«

»Nein, gewiß nicht«, fiel Araujo ein, »und ich wiederhole, was ich schon früher behauptete, daß der Leichnam Torres' nicht hinausgekommen sein kann, daß er vor Ablauf mehrerer Tage nicht mit der Strömung weggeführt werden könne. Wahrhaftig, hier liegt er noch am Grunde, und meine Lippen sollen keinen Tropfen Tafia wieder kosten, wenn ich ihn nicht wiederfinde!«

Diese Versicherung aus dem Munde des Piloten erweckte neue und begründete Hoffnung.

Dennoch glaubte Benito, der sich nicht mit Worten allein begnügen, sondern die Umstände so nüchtern wie möglich geprüft wissen wollte, einen Einwurf machen zu müssen.

»Gewiß, Araujo«, sagte er, »Torres' Körper wird noch in diesem Bassin sein und wir finden ihn wieder, wenn . . .«

»Nun wenn?« fragte der Pilot.

»Wenn er nicht eine Beute der Kaimans geworden ist!«

Manoel und Fragoso erwarteten gespannt die Antwort Araujos.

Der Pilot schwieg einige Minuten. Es schien, als müsse er sich auf eine Antwort besinnen.

»Herr Benito«, begann er dann, »es ist nicht meine Gewohnheit, so leichtsinnig ins Blaue zu reden. Auch mir kam derselbe Gedanke; doch merken Sie wohl: Ist Ihnen während der zehn Stunden, die wir in dem Strome umherfischten, auch nur ein einziger Kaiman zu Gesicht gekommen?«

»Nicht ein einziger«, versicherte Fragoso.

»Und wenn Sie keinen sahen«, fuhr der Pilot fort, »so kommt das einfach daher, daß sich hier keine solchen Bestien aufhalten, und das wiederum erklärt sich durch den Umstand, daß jene gar keine Veranlassung haben, sich in das klare Wasser zu wagen, wenn sich eine Viertelmeile von hier dunkles Wasser findet, das sie von Natur vorziehen. Als die Jangada einmal von diesen Tieren überfallen wurde, kam es daher, daß in der Nähe kein Nebenfluß in den Amazonenstrom einmündete, in dem sie hätten Zuflucht finden können. Gehen Sie nach dem Rio Negro, und Sie werden Kaimans zu Dutzenden sehen. Wäre Torres' Leichnam in jenen Nebenarm gestürzt, so müßten wir wohl alle Hoffnung aufgeben, ihn seinem nassen Grabe wieder zu entreißen. Er versank aber im Amazonenstrome und dieser wird ihn uns wieder ausliefern!«

Benito verlor einen Stein vom Herzen, ergriff die Hand des Piloten, drückte diese voll Erkenntlichkeit, und sagte:

»Also morgen, meine Freunde!«

Zehn Minuten später befanden sich alle an Bord der Jangada.

Im Laufe des Tages hatte Yaquita einige Stunden bei ihrem Gatten zugebracht. Als sie sich jedoch auf den Weg machte, merkte sie aus der Nichtanwesenheit des Piloten, Manoels und Benitos, und aus dem Fehlen jener Boote, was diese wohl vorzunehmen willens seien. Nichtsdestoweniger hütete sie sich, Joam Dacosta schon davon zu sprechen, in der Hoffnung, ihm am nächsten Tage von einem günstigen Erfolge Mitteilung machen zu können.

Sobald aber Benito nur einen Fuß auf die Jangada setzte, erkannte sie auch, daß er von keinem erwünschten Resultate zu berichten habe.

Sie trat einige Schritte auf ihn zu.

»Nichts?« fragte sie.

»Nichts«, antwortete Benito, »noch ist aber der morgige Tag unser!«

Jeder zog sich in trüber Stimmung nach seinem eigenen Zimmer zurück, und von dem Vorgefallenen war nicht mehr die Rede.

Manoel wollte Benito bestimmen, sich niederzulegen, um wenigstens eine Stunde Ruhe zu genießen.

»Wozu?« entgegnete Benito, »glaubst du, ich würde schlafen können?«

Neuntes Kapitel

Weitere Versuche

Am nächsten Tage, am 27. August, vor Aufgang der Sonne, nahm Benito Manoel beiseite und sagte:

»Unsere gestrigen Versuche erwiesen sich leider als erfolglos. Wenn wir sie heute in derselben Weise wiederholen, dürften wir vielleicht nicht glücklicher sein.«

»Es wird aber nichts anderes übrigbleiben«, erwiderte Manoel.

»Freilich«, antwortete Benito, »im Falle wir Torres' Leiche aber nicht wiederfinden, kannst du mir doch wohl sagen, wie lange es dauern möchte, bis er von selbst wieder nach der Oberfläche kommt.«

»Wenn Torres«, erklärte Manoel, »lebend ins Wasser gefallen wäre und nicht erst nach gewaltsamem Tode, würde es wohl fünf bis sechs Tage dauern können. Da er aber offenbar erst versunken ist, als er schon tot oder doch schon besinnungslos war, dürften zwei bis drei Tage genügen, bis der Körper wieder sichtbar wird.«

Diese in der Tag ganz richtige Antwort Manoels erheischt eine kurze Erklärung.

Jeder menschliche Körper, der ins Wasser fällt, schwimmt eigentlich, wenn er nur in die Verhältnisse kommt, wo sich das Gleichgewicht zwischen der Dichtigkeit desselben und der des Wassers herstellen kann. Wohl zu merken, handelt es sich um eine Person, welche nicht zu schwimmen versteht. Wenn eine solche mit dem ganzen Körper untertaucht und nur Nase und Mund über dem Wasser hält, so wird sie allemal schwimmen. Meist verhalten sich Menschen, welche unversehens ins Wasser gerieten, aber anders. Sie bemühen sich in jeder Art und Weise, möglichst weit daraus hervorzuragen, erheben den Kopf und die Arme, und sowie diese Teile nicht mehr vom Wasser getragen werden und dadurch ihr Gewicht ausgeglichen wird, sinkt dann der Körper, wenigstens vorübergehend, vollständig unter. Gelangt dann erst Wasser in den Mund und von da aus, unter Verdrängung der Luft, gar in die Lungen, so vermehrt sich das spezifische Gewicht so sehr, daß der Körper auf den Grund hinabsinkt.

Wenn ein Mensch dagegen schon tot ins Wasser gerät, so befindet er sich in wesentlich anderen und zum Schwimmen weit günstigeren Bedingungen, da von den oben erwähnten Bewegungen natürlich keine Rede sein kann, und wenn er auch untersinkt, weil allmählich Wasser in die Lungen dringt, so ist das doch nur in geringem Maße der Fall, da jede Atembewegung fehlt, und so erscheint der Körper auch schneller wieder auf der Oberfläche.

Manoel hatte also ganz recht, als er den Unterschied zwischen einem lebenden und einem toten ins Wasser fallenden Menschen betonte. Im ersteren Falle vergeht bis zum Wiedererscheinen auf der Oberfläche entschieden mehr Zeit als im zweiten.

Hat ein Körper nun mehr oder weniger lange Zeit völlig unter Wasser gelegen, so taucht er allein wieder auf durch die beginnende Zersetzung, infolge welcher sich in ihm Gase entwickeln, die das Zellgewebe der Organe anschwellen machen; so wächst das Volumen desselben, ohne daß sein Gewicht zunimmt, und da er nun leichter wird als die von ihm verdrängte Wassermasse, muß er natürlich nicht nur schwimmen, sondern auch in die Höhe steigen.

»Obwohl also alle Bedingungen günstig sind«, fuhr Manoel fort, »da Torres nicht mehr lebte, als er in den Fluß fiel, so kann er doch, selbst wenn die Zersetzung des Leichnams nicht durch irgendwelche unbekannte Ursache verzögert wird, vor Ablauf dreier Tage nicht wieder sichtbar werden.«

»Drei Tage sind aber nicht unser«, antwortete Benito, »du weißt, daß wir nicht warten können. Wir müssen also neue Nachsuchungen beginnen, aber dabei anders zu Werke gehen.«

»Was willst du damit sagen?« fragte Manoel.

»Ich denke selbst auf den Grund des Flusses hinabzutauchen«, erwiderte Benito, »mit eigenen Augen, mit eigenen Händen zu suchen . . .«

»Ja, ja, hundertmal, tausendmal hinabtauchen!« rief Manoel; »ich bin zwar ganz deiner Meinung, daß wir direkte Nachforschungen anstellen müssen und nicht mehr gleich Blinden mit Schleppnetzen und Bootshaken suchen dürfen; doch wenn wir tauchen, emporkommen und wieder hinuntergehen, so bleibt dabei nur sehr kurze Zeit für die eigentliche Nachsuchung übrig. Nein, das ist unzureichend, nutzlos, wir liefen dabei ein zweites Mal Gefahr, uns vergeblich zu bemühen, und müssen doch noch vor Verlauf dreier Tage ein Resultat erreicht haben.«

»Bist du imstande, ein wirksameres Mittel vorzuschlagen, Manoel?« fragte Benito, der den Freund mit ängstlicher Erwartung anblickte.

»Nun, höre mich. Ein ganz zufälliger Umstand könnte uns sehr zustatten kommen.«

»So sprich doch! Sprich!«

»Als ich gestern durch Manao ging, bemerkte ich, daß man mit der Reparatur eines der Kais am Ufer des Rio Negro beschäftigt war. Die Arbeiten unter dem Wasser wurden da mit Hilfe eines Skaphanders ausgeführt. Nehmen, leihen, kaufen wir diesen Apparat um jeden Preis, so werden wir imstande sein, unsere Nachforschungen unter den günstigsten Bedingungen wieder aufzunehmen.«

»Rufe Araujo, Fragoso, die anderen Leute, und wir brechen unverzüglich auf!« gab Benito zur Antwort.

Der Pilot und der Barbier wurden von dem gefaßten Entschlusse und von Manoels Vorschlag in Kenntnis gesetzt. Man kam darin überein, daß beide sich mit den Indianern und vier Booten nach dem Bassin von Frias begeben und dort die beiden jungen Männer erwarten sollten.

Manoel und Benito gingen sofort ans Land und begaben sich nach dem Kai von Manao. Daselbst boten sie dem Unternehmer der Uferarbeiten eine solche Summe, daß dieser ihnen seinen Taucherapparat ohne Zögern für den ganzen Tag zur Verfügung stellte.

»Wünschen Sie, daß Sie einer meiner Leute begleitet«, fragte er, »der Ihnen helfen könnte?«

»Geben Sie uns einen Werkführer und einige Mann zur Bedienung der Luftpumpe mit«, antwortete Manoel.

»Wer wird aber den Skaphander anziehen?«

»Ich«, erklärte Benito.

»Du, Benito!« rief Manoel.

»Ich will es!«

Jeder Widerspruch schien hier überflüssig.

Eine Stunde später glitt das Floß mit der Pumpe und den notwendigen Nebenapparaten längs des Ufers hinab nach der Stelle, wo die Boote der Jangada schon warteten.

Bekanntlich gestattet ein solcher Skaphander, unter das Wasser hinabzutauchen und daselbst fast beliebig lange zu verweilen, ohne daß die Funktion der Lungen irgendwie gestört wird. Der Taucher bekleidet sich nämlich mit einer wasserdichten Kautschukhülle; unter den, mit den Beinkleidern gleich zusammenhängenden Stiefeln, wenn man so sagen darf, sind dicke Bleisohlen befestigt, welche inmitten der Flüssigkeit die vertikale Körperstellung sichern. Am Halsteile dieses Universalrockes befindet sich ein Ring aus Kupfer, an dem eine metallene Kugel befestigt wird, deren Vorderseite eine Glasscheibe enthält. Diese Kugel umfaßt also des Tauchers Kopf, der sich darin unbehindert bewegen kann. Von letzterer aus gehen zwei Schläuche, deren einer zum Austritt der ausgeatmeten, für die Lungen also unbrauchbar gewordenen Luft dient, während der andere mit einer auf einem Floße angebrachten Pumpe in Verbindung steht, welche fortwährend neue, zur Atmung taugliche Luft in die Kugel hinabpreßt. Hat der Taucher nur an einer Stelle zu arbeiten, so bleibt das Floß natürlich stets über ihm; soll er auf dem Grunde aber hin und her gehen, so folgt das Floß seinen Bewegungen oder er denen des Floßes, je nachdem das vorher verabredet wurde.

Die jetzt mehrfach verbesserten Skaphander bieten nun auch weit weniger Gefahr als früher. Der im Wasser befindliche Mensch gewöhnt sich sehr leicht an den ungewohnten Druck der Flüssigkeit. Wenn in dem gegebenen Falle an irgendeine Gefahr zu denken war, so beschränkte sich diese höchstens auf das Zusammentreffen mit einem Kaiman in der Tiefe des Flusses. Wie Araujo jedoch am vorhergehenden Tage bemerkt hatte, schienen sich hier ja keine jener schrecklichen Amphien umherzutummeln, da diese, wie man weiß, die dunkleren Fluten der Nebenflüsse des Amazonenstromes bevorzugen. Um auch gegen unerwartete Zwischenfälle gesichert zu sein, kann der Taucher an einem nach einer Klingel auf dem Floße führenden Seile ziehen, worauf er sofort emporgewunden wird.

Benito bewahrte, nachdem der Beschluß einmal gefaßt war, seine gewohnte Ruhe und bekleidete sich mit dem Skaphander; sein Kopf verschwand in der metallenen Hülle; in der Hand führte er eine Art Spieß, um die Gewächse und alles, was sich etwa auf dem Grunde abgelagert haben konnte, durchsuchen zu können, und auf ein von ihm gegebenes Zeichen ließ man ihn hinabgleiten.

Die an diese Arbeit gewöhnten Leute auf dem Floße setzten die Luftpumpe sofort in Gang, während vier Indianer von der Jangada den ganzen Apparat unter Leitung Araujos mit langen Stangen in der vorher bestimmten Richtung weiterschoben.

Die beiden Pirogen, in der einen Fragoso, in der anderen Manoel mit einigen Leuten, begleiteten das Floß und hielten sich jeden Augenblick bereit, schnell nach vorn oder nach rückwärts zu gleiten, sowie Benito, wenn er Torres' Leichnam wiederfand, diesen an die Oberfläche des Amazonenstromes brachte.

Zehntes Kapitel

Ein Kanonenschuß

Benito war also unter die breite Wasserfläche, die ihm den Körper des Abenteurers noch verbarg, hinabgegangen. O, wenn er imstande gewesen wäre, diese Wogen abzuleiten, das Wasser zu verdunsten, das Bett des gewaltigen Stromes auszutrocknen, das Becken von Frias von der Barre im Strome an bis zur Einmündung des Rio Negro freizulegen, gewiß wäre das in der Kleidung von Torres' verborgene Etui schon längst in seiner Hand gewesen. Die Unschuld seines Vaters hätte nicht länger bezweifelt werden können. Der Freiheit zurückgegeben, hätte Joam Dacosta mit den Seinigen die Reise auf dem Strome fortsetzen können, und wie vielem Ungemach, wie großer Angst und Pein wären alle entgangen!

Benito stand jetzt auf dem Grunde des Flußbettes. Unter seinen schweren Sohlen knirschten die Kiesel. Er befand sich gegen zehn oder fünfzehn Fuß unter Wasser, an der übrigens ziemlich steilen, abschüssigen Uferstelle, wo Torres verschwunden war.

Hier erhob sich ein fast undurchdringliches Gewirr von Rosenbuschwurzeln, einzelnen Stämmen und Wasserpflanzen, welche die Bootshaken bei der gestrigen Nachsuchung unmöglich hatten vollständig durchdringen können. Es war also immerhin möglich, daß der von dem Gezweig unter dem Wasser zurückgehaltene Körper sich doch noch an derselben Stelle befand, wo er herabgestürzt war.

Da, wie erwähnt, eine unweit von hier vorspringende

Landspitze eine Art Wirbel erzeugte, machte sich die Strömung glücklicherweise fast gar nicht bemerkbar. Benito folgte also allen den langsamen Bewegungen des Floßes, das die Stangen der Indianer über seinem Haupte wegtrieben.

In das klare Wasser drang Licht genug herab, denn eben brannte die Sonne am wolkenlosen Himmel und sendete ihre Strahlen fast senkrecht zur Erde. Unter gewöhnlichen Verhältnissen kann man unter Wasser bei einer Tiefe von zwanzig Fuß kaum noch deutlich sehen; hier schien aber das ganze Fluidum von einem glänzenden Lichtschein imprägniert zu sein, und Benito konnte bequem noch weiter hinabsteigen, ohne daß es auf dem Boden des Flusses für ihn zu dunkel geworden wäre.

Langsam ging der junge Mann längst des Uferrandes hin. Mit dem Eisenstocke durchwühlte er die Pflanzenmassen zu seinen Füßen. Ganze Schwärme von Fischen, wenn man so sagen darf, entflohen vor ihm, wie Vögel, wenn sie aus dichtem Buschwerk aufgejagt werden. Es glitzerte wie von tausend Stückchen eines zerbrochenen Spiegels, welche durch das Wasser glitten. Gleichzeitig krochen Hunderte von Schalentieren über den gelblichen Sand, gleich riesigen Ameisen, die aus ihrem Bau vertrieben wurden.

Obwohl Benito nicht die kleinste Stelle des Grundes am Ufer ununtersucht ließ, glückte es ihm doch nicht, das zu finden, was er so emsig suchte. Er beobachtete zuletzt, daß der Grund sich immer steiler und steiler hinabsenkte, und schloß daraus, daß Torres' Leichnam wohl über den Wasserwirbel hinaus und nach der Mitte des Stromes zu gerollt sein möchte. Wenn sich diese Annahme bestätigte, so durfte er sich dort wahrscheinlich noch befinden, da ihn die Strömung in so großer und noch stetig zunehmender Tiefe schwerlich mit hinwegführen konnte.

Benito entschied sich also dafür, nach beendigter Durchsuchung des Pflanzengewirrs im Grunde längs des Ufers, seine Nachforschungen nach jener Seite hin fortzusetzen. Vorläufig schritt er in der nämlichen, früher verabredeten Richtung, der auch das Floß noch eine Viertelstunde lang folgen sollte, weiter.

Auch nach Verlauf dieser Zeit hatte Benito noch nichts entdeckt. Dagegen fühlte er nun das Bedürfnis, wieder an die Oberfläche hinaufzugelangen, um unter normale physiologische Verhältnisse zu kommen und neue Kräfte zu sammeln. An manchen Stellen, wo das Flußbett sich plötzlich senkte, hatte er bis auf dreißig Fuß Tiefe hinabsteigen müssen; dann lastete also beinahe der Druck einer ganzen Atmosphäre auf ihm – was jeden mit Taucherarbeiten minder Vertrauten notwendigerweise körperlich ungemein erschöpft und dessen geistige Fähigkeiten zu lähmen pflegt.

Benito zog also an der Glockenleine, und die Leute auf dem Floße begannen ihn emporzuwinden; sie verfuhren damit aber sehr langsam, indem sie ihn binnen einer Minute nicht mehr als zwei bis drei Fuß hoben, um seine inneren Organe nicht durch zu schnell abnehmenden Druck zu schädigen.

Sobald der junge Mann auf dem Floße Fuß gefaßt hatte, wurde ihm der metallene Skaphanderhelm abgenommen; er holte tief Atem und setzte sich nieder, um ein wenig auszuruhen.

Die Pirogen glitten alsbald heran. Manoel, Fragoso und Araujo kamen herbei, um sich nach den Resultaten seines kühnen Versuches zu erkundigen.

»Nun, wie steht's?« fragte Manoel.

»Noch nichts . . . nichts!«

»Du hast keine Spur gefunden?«

»Keine.«

»Soll ich nun an deiner Stelle suchen?«

»Nein, nein, lieber Manoel«, erwiderte Benito, »ich habe das einmal angefangen und weiß, wohin ich mich da unten zu wenden habe . . . überlaß das mir!«

Benito setzte darauf dem Steuermanne auseinander,

daß und warum es seine Absicht sei, den weiter nach der Mitte zu liegenden Teil des abschüssigen Strombettes bis zu der Barre von Frias hin abzusuchen, wo die Bodenerhebung Torres' Körper aufgehalten haben mußte, wenn dieser, in der Grenze zwischen dem stilleren Grundwasser und der Strömung schwimmend, von letzterer auch mit fortgetrieben worden war. Zuerst gedachte er jedoch, weiter nach der Mitte des Strombettes hinzugehen und die dortigen tieferen, für die Bootshaken unerreichbaren Stellen abzusuchen.

Araujo billigte dieses Vorhaben und beeilte sich, die nötigen Vorbereitungen zu treffen und die Leute zu instruieren.

Manoel hielt es für angezeigt, Benito einige gute Ratschläge zu erteilen.

»Da du die nächsten Nachforschungen nach jener Seite hin unternehmen willst«, sagte er, »wird dir das Floß nachfolgen; sei dabei aber nicht unvorsichtig, Benito. Du wirst tiefer hinabgelassen als vorher, vielleicht fünfzig bis sechzig Fuß tief, was dich dem Drucke von fast zwei Atmosphären aussetzt. Gehe also nur sehr langsam vorwärts, denn du läufst sonst Gefahr, die Besinnung zu verlieren. Glaube mir, du weißt dann vielleicht gar nicht mehr, wo du bist oder was du vorhattest. Wenn dir der Kopf, wie zwischen den Backen eines Schraubstockes, zusammengepreßt wird, wenn dir's ohne Unterlaß in den Ohren summt, so gib sofort das gewöhnliche Zeichen, damit wir dich emporhissen. Du magst später, wenn das notwendig wäre, wieder hinunter gehen; dann bist du es doch ein wenig gewöhnt, dich in den tieferen Wasserschichten des Stromes zu bewegen.«

Benito versprach Manoel, seine Ratschläge, deren Bedeutung er wohl begriff, stets im Auge zu behalten. Freilich belästigte ihn der Gedanke, daß er gerade dann der nötigen geistigen Klarheit ermangeln könnte, wo diese vielleicht am notwendigsten war.

Benito drückte innig Manoels Hand; wieder wurde die Skaphanderglocke luftdicht um seinen Hals befestigt, dann begann die Pumpe ihre Tätigkeit und der Taucher verschwand zum zweiten Male unter dem Wasser.

Das Floß hatte sich jetzt gegen vierzig Fuß vom linken Ufer entfernt; als es nun, mit dem Fortschreiten nach der Mitte des Flusses zu, mehr und mehr von der Strömung erfaßt wurde, vertaute man die Ubas mit demselben und die Ruderer hielten es zurück, so daß es nur außerordentlich langsam vorwärtstrieb.

Benito wurde mit größter Vorsicht hinabgelassen und erreichte glücklich den Grund. Als seine schweren Sohlen in den Sand des Flußbettes einsanken, zeigte die Länge des Taues, welches er mit sich zog, daß das Wasser fünfundsechzig bis siebzig Fuß Tiefe hatte. Hier befand sich also eine weit über das Durchschnittsniveau des Flußbettes hinabreichende Einsenkung.

Wenn es da unten auch etwas dunkler war, so drang bei der Klarheit des Wassers doch noch genug Licht hinab, welches Benito gestattete, die auf dem Grunde des Flußbettes verstreuten Gegenstände zu unterscheiden und mit einiger Sicherheit vorwärtszuschreiten. Der mit Glimmerblättchen gemischte Sand bildete übrigens eine Art Reflektor, und man hätte dessen einzelne Körnchen zählen können, welche gleich leuchtendem Staube erglänzten.

Benitos Augen suchten bei jedem Schritte, und er sondierte mit seinem Stocke auch die geringsten Vertiefungen, wobei er allmählich weiter in die Tiefe kam. Das Seil wurde ihm nach Bedarf nachgelassen, und da auch die zur Ein- und Ausatmung dienenden Schläuche niemals durch Zerrung verengt wurden, so ging die Funktionierung der Pumpe ohne Störung vor sich.

Benito gelangte also nach und nach weiter nach der Mitte des Amazonenstrombettes zu, wo sich die tiefste Bodensenkung befand.

Zuweilen herrschte rings um ihn, aber nur in beschränktem Umkreise, so tiefe Finsternis, daß er ganz und gar nichts zu erkenenn vermochte; das währte aber niemals lange Zeit; diese Erscheinung rührte nur von dem Floße her, welches, wenn es über seinem Kopfe hinglitt, natürlich die Sonnenstrahlen auffing und, solange es in dieser Lage verweilte, rings um ihn das Bett des Stromes in Dunkel hüllte. Meist verschwand der tiefe Schatten sehr bald und der Sand warf das Licht zurück wie vorher.

Noch immer stieg Benito nach abwärts. Er empfand das auch aus der Zunahme des Druckes, den die Wassermasse auf seinen Körper ausübte. Das Atmen wurde etwas beschwerlicher und seine Gliedmaßen gehorchten dem Impuls des Willens nicht mit derselben Leichtigkeit, wie inmitten einer innerhalb und außerhalb des Körpers gleich stark drückenden Atmosphäre. Er befand sich jetzt unter dem Einflusse veränderter physiologischer Bedingungen, an welche der Organismus bisher nicht gewöhnt war. In seinen Ohren begann es zu summen und zu brummen, da er sich aber geistig vollkommen frei fühlte und sein Gehirn ungestört, vielleicht gar etwas energischer als sonst funktionierte, so stand er davon ab, das Zeichen zum Emporwinden zu geben und schritt vielmehr immer weiter in die Tiefe.

Einmal erregte in dem Halbdunkel, das ihn umgab, eine unförmige Masse seine besondere Aufmerksamkeit. Sie schien ihm einem unter verworrenen Wasserpflanzen vergrabenen Körper zu ähneln.

Da klopfte sein Herz unruhiger. Er schritt darauf zu und suchte die leblose Masse mit seinem Stocke aufzuheben.

Es war nur der, schon bis zum Skelett reduzierte Kadaver eines gewaltigen Kaimans, welchen die scharfe Strömung des Rio Negro bis ins Bett des Amazonenstromes geschwemmt haben mochte.

Benito wich entsetzt zurück, und trotz der entgegenstehenden Versicherungen des Steuermannes kam ihm doch der Gedanke, daß sich auch ein lebender Kaiman bis in die tieferen Wasserschichten des Beckens von Frias verirrt haben könnte! ...

Er erwehrte sich jedoch jeder Furcht und setzte seinen Weg fort, um auch den Grund der Bodensenkung zu erreichen.

Jetzt mochte er bis zur Tiefe von neunzig oder hundert Fuß vorgedrungen sein und also den Druck von ungefähr drei Atmosphären auf sich tragen. Wenn jene Bodensenkung noch weiter hinabreichte, so mußte er bald zur Einstellung seiner Nachforschungen genötigt sein.

Die Erfahrung hat nämlich gelehrt, daß eine Tiefe von hundertzwanzig bis hundertdreißig Fuß die äußerste Grenze darstellt, deren Überschreitung bei submarinen Untersuchungen mit ernstlicher Gefahr verknüpft ist, nicht allein, weil der menschliche Organismus unter dem über ihm lastenden Druck nicht mehr ausreichend funktioniert, sondern weil auch schon die Hilfsmaschinen atembare Luft nicht mehr mit der nötigen Regelmäßigkeit liefern.

Benito war jedoch entschlossen, so weit vorzudringen, bis ihm die körperlichen Kräfte und die geistige Energie den Dienst versagten. Er fühlte sich durch eine Art unerklärlicher Ahnung nach jenem Abgrunde hingezogen; es schien ihm, als habe der tote Körper auf den Boden dieser Aushöhlung hinabrollen müssen, als werde sich Torres, beladen mit schwerwiegenden Gegenständen, wie etwa mit einem Gürtel mit Silber- oder Goldmünzen oder mit Waffen darin, in der bedeutenden Tiefe gehalten haben.

Plötzlich bemerkte er in einer dunkleren Vertiefung einen Leichnam, ja, einen noch angekleideten Leichnam in der Lage eines Schlafenden, der den Kopf mit den Armen unterstützte!

War das wohl Torres? Bei dem düsteren Lichte konnte er das nur schwierig unterscheiden; jedenfalls war es der

Körper eines Menschen, der kaum zehn Schritte von ihm entfernt unbeweglich ausgestreckt lag.

Eine qualvolle Erregung übermannte Benito. Sein Herz stand einen Augenblick still – er glaubte, die Besinnung zu verlieren. Noch einmal gewann sein fester Wille die Oberhand. Er schritt auf den Kadaver zu. Da, ganz unerwartet, durchzuckte ein heftiger Schlag seinen bebenden Körper. Gleich einem langen Riemen wand sich ihm etwas um den Leib, und trotz der dicken Taucherkleidung fühlte er sich wie von wuchtigen Peitschenhieben getroffen.

»Ein Zitteraal!« sagte er.

Es war ihm unmöglich, noch ein Wort über die Lippen zu bringen.

In der Tat hatte ihn ein »Puraqué« – der Name, mit dem die Brasilianer die Gymnoten mit elektrizitäterzeugenden Organen nennen – überfallen. Bekanntlich sind das eine Art Aale mit schwärzlicher, schleimig-klebriger Haut, welche längs des Rückens und Schwanzes einen, aus großen, der Länge nach, und kleinen, quer verlaufenden Lamellen gebildeten Apparat besitzen, der durch das Nervensystem des Tieres erregt werden kann und dadurch, in eigentümliche elektrische Spannung versetzt, wirklich furchtbar erschütternde Schläge abzugeben vermag. Einzelne Abarten dieser Gymnoten erreichen kaum die Länge der gewöhnlichen Natter, andere werden bis zehn Fuß lang; zuweilen, jedoch nur selten, findet man Exemplare von fünfzehn bis zwanzig Fuß Länge bei einem Durchmesser von acht bis zehn Zoll.

Die Zitteraale kommen ebenso im Amazonenstrome wie in dessen Zuflüssen sehr häufig vor, und eine dieser »lebendigen Batterien« von fast zehn Fuß Länge war es, die, sich zuerst lang ausstreckend, auf den Taucher zuschnellte.

Benito wußte recht wohl, was er von dem Angriffe dieses schrecklichen Geschöpfes zu fürchten hatte. Seine Kleidung erwies sich als unzulänglich, ihn zu schützen. Die anfänglich schwachen elektrischen Schläge des Zitteraales wurden allmählich heftiger und mußten weiter und weiter bis zu dem Moment zunehmen, wo jener sich durch Abgabe des elektrischen Fluidums selbst erschöpfte.

Außerstande, so gewaltige Erschütterungen zu ertragen, sank Benito langsam zu Boden. Die Ausströmungen des Zitteraales, der langsam an ihm hinstrich und dann seinen Körper umringelte, lähmten dem jungen Manne alle Glieder. Bald vermochte er nicht einmal mehr die Arme zu erheben. Der Stock entfiel ihm und seine Hände besaßen nicht mehr Kraft genug, die Glokkenleine zu erfassen, um ein Signal zu geben.

Benito betrachtete sich als verloren. Weder Manoel noch die anderen konnten eine Vorstellung davon haben, welch entsetzlicher Kampf jetzt tief unter ihnen stattfand zwischen dem fürchterlichen Puraqué und dem unglücklichen Taucher, der sich vor Schmerzen wand, aber nicht wirksam verteidigen konnte.

Und das mußte sich gerade in dem Augenblicke zutragen, wo ihm ein menschlicher Körper – ohne allen Zweifel die Leiche des gesuchten Torres – vor Augen kam!

Noch einmal raffte Benito alle ihm gebliebene Geistesgegenwart zusammen – er wollte um Hilfe rufen – vergebliches Bemühen! Seine Stimme erstickte in der metallenen Kugel, welche keinen Laut hindurchdringen ließ.

Jetzt verdoppelte der Puraqué noch die Wut seines Angriffes und traf den jungen Mann mit den heftigsten Schlägen, unter deren Wucht sich dieser wie ein zerschnittener Wurm auf dem sandigen Strombette krümmte, während seine Muskeln infolge der elektrischen Entladungen krampfhaft erzitterten.

Benito entschwanden alle Gedanken; vor seinen Augen ward es allmählich dunkel, seine Glieder erstarrten.

Bevor er jedoch das Sehvermögen vollständig verloren und seine Geistesfähigkeiten gänzlich erlahmten, ereignete sich ein unerwarteter, unerklärlicher und eigenartiger Zwischenfall, den er wenigstens noch bemerkte.

Durch die mächtigen Wassermassen verbreitete sich plötzlich ein Nachhall einer dumpfen Detonation, ähnlich einem Donnerschlage, dessen Rollen durch die tiefen, von den Bewegungen des Gymnoten erregten Schichten hinlief. Benito umsummte es wie ein höllisches Getöse, welches das Echo aus der Tiefe des Stromes verdoppelt wiedergab.

Da entrang sich seinen Lippen noch ein unwillkürlicher Schrei – er wußte nicht, ob er seinen Augen trauen durfte, was sie ihm da zeigten.

Der bisher ausgestreckt am Boden liegende Körper des Ertrunkenen begann sich emporzurichten! . . . Die Wellenbewegung des Wassers machte seine Arme schaukeln, als ob sie ein bewußtloser Lebender bewege . . . ein entsetzlich anzusehendes Zucken rüttelte den toten Körper!

Es war wirklich der Leichnam Torres'. Ein Sonnenstrahl drang eben in die dämmerige Tiefe hinab, und Benito erkannte dabei das etwas gedunsene, grünliche Gesicht des Schurken, dem seine Hand den Todesstoß gegeben, dessen letztes Röcheln das Wasser des Stromes erstickt hatte.

Und während Benito jetzt unfähig war, seine gelähmten Glieder zu rühren, während die schweren Sohlen ihn zurückhielten, als wäre er auf das sandige Bett festgenagelt, erhob sich vor ihm die Leiche, deren Kopf auf- und abschwankte, und aus der Vertiefung, in welcher sie einzelne Wasserpflanzen zurückgehalten haben mochten, schwebte der Körper – ein entsetzlicher Anblick – kerzengerade hinauf bis zur Oberfläche des Amazonenstromes.

Elftes Kapitel

Was sich in dem Etui befand

Die ganze, so wunderbare Erscheinung hatte eine rein physikalische Ursache, und zwar folgende:

Das Kanonenboot »Santa-Ana«, das auf der Fahrt nach Manao den Amazonenstrom hinaufsegelte, hatte eben das Fahrwasser von Frias passiert. Kurz vor dem Einlaufen in die Mündung des Rio Negro hißte es seine Flagge und begrüßte das grün und gelbe Banner Brasiliens durch einen Kanonenschuß. Durch den Knall kam zunächst die Oberfläche des Wassers in eine zitternde Bewegung, welche sich weiter und weiter durch die Wasserschichten fortpflanzte und eben hinreichte, den durch beginnende Zersetzung schon spezifisch etwas leichteren Körper Torres' aufzuheben, indem sie die Ausdehnung seines Zellgewebesystems begünstigte. Der Leichnam des Versunkenen stieg also aus sehr natürlichen Ursachen nach der Oberfläche des Wassers empor.

Diese sehr bekannte Erscheinung erklärte wohl das Wiederauftauchen des Leichnams, aber man wird zugeben, daß die »Santa-Ana« gerade im rechten Augenblicke an der Stelle, wo die Nachsuchung vor sich ging, eingetroffen war.

Auf einen Ausruf Manoels hin, den dessen Begleiter wiederholten, steuerte die eine Piroge sofort auf den Körper zu, während der Taucher wieder nach dem Floße emporgewunden wurde.

Wie schmerzlich erschrak aber Manoel da, als Benito bis zur Plattform heraufgeholt, daselbst vollkommen bewußtlos niedergelegt wurde, ohne daß nur eine sichtbare Bewegung desselben verraten hätte, daß er überhaupt noch lebte.

Sollten die Wellen des Amazonenstromes, statt des einen gesuchten Leichnams, jetzt deren zwei zurückgegeben haben?

Der Taucher wurde so schnell als tunlich von der beengenden Rüstung befreit.

Benito hatte unter den wiederholten elektrischen Schlägen des riesigen Zitteraales alle Besinnung verloren.

Voller Verzweiflung rief ihn Manoel beim Namen, suchte von Mund zu Mund seine Atmung zu unterstützen und sich zu überzeugen, ob das Herz des Freundes noch klopfte.

»Es schlägt, es schlägt noch!« rief er erleichtert.

Benitos Herz stand wirklich noch nicht still, und Manoels geschickte Sorgfalt rief den jungen Mann nach wenigen Minuten wieder ins Leben zurück.

»Der Leichnam! Der Leichnam!«

Das waren die ersten Worte, welche aus Benitos Munde kamen.

»Er ist gefunden!« antwortete Fragoso, nach der Piroge zeigend, die sich mit Torres' Körper dem Floße näherte.

»Aber du, Benito, was ist dir widerfahren?« fragte Manoel. »Fehlte es dir an Luft?«

»Nein!« erwiderte Benito. »Ein Puraqué hat mich da unten überfallen ... Aber jener Lärm, jener Knall ...«

»Rührte von einem Kanonenschuß her«, belehrte ihn Manoel. »Ein Kanonenschuß ist es gewesen, der den Kadaver wieder nach oben beförderte!«

Da legte die Piroge an dem Floße an. Auf dem Boden desselben lag Torres' Körper, den die Indianer aus dem Wasser gezogen hatten. Noch zeigte er sich äußerlich nicht auffallend verändert, so daß ihn die Beteiligten leicht wiedererkannten. Nach dieser Seite konnte ein Zweifel also nicht aufkommen.

In der Piroge kniend, hatte Fragoso sich schon darüber hergemacht, dem Ertrunkenen die Kleider vom Leibe zu reißen, welche sich in Fetzen loslösten.

Da erregte der entblößte rechte Arm Torres' seine besondere Aufmerksamkeit. Es zeigte sich darauf nämlich die Narbe von einer früheren, offenbar durch ein Messer hervorgebrachten Verwundung.

»Seht, diese Narbe!« rief Fragoso. »Aber ... mein Gott ... ja, richtig, jetzt erinnere ich mich ...«

»An was denn?« fragte Manoel.

»An einen Streithandel ... ja, an einen Kampf in der Provinz Madeira, dessen Zeuge ich wurde ... es mag so gegen drei Jahre her sein. Wie konnte mir das nur entfallen! Dieser Torres gehörte damals zur Miliz der Waldkapitäne. Ich wußte es doch, daß ich den Schurken schon früher einmal gesehen hatte!«

»Was kümmert das uns heute?« sagte Benito. »Das Etui, das Etui! ... Trägt er es noch bei sich?«

Benito wollte schon die letzten Hüllen von dem Leichnam wegreißen, um diese zu durchsuchen.

Da tat ihm Manoel Einhalt.

»Verzeihe, Benito, einen Augenblick!« rief er.

Dann wandte er sich an die nicht zum Personal der Jangada gehörigen Leute auf dem Floße, deren Zeugnis später nicht wohl angefochten werden konnte.

»Ich bitte, beachtet alle genau, was wir hier vornehmen, um nötigenfalls an Gerichtsstätte aussagen zu können, was hier vorgegangen ist.«

Die Leute kamen näher an die Piroge heran.

Fragoso löste nun den Gürtel, der unter dem zerrissenen Poncho um Torres' Körper geschnallt war, und suchte nach den Taschen seiner Jacke.

»Das Etui!« rief er.

Benito entrang sich ein Freudenschrei. Er beeilte sich schon, die sehnlichst gesuchte Metallkapsel hervorzuholen, um sie zu öffnen und ihren Inhalt kennenzulernen ...

»Nein, gemach«, ließ sich Manoel, bei dem die kühle Überlegung stets die Oberhand behielt, vernehmen. »Wir müssen vor allem danach trachten, jedem uns etwa von seiten der Behörden zu machenden Einwurf im voraus zu begegnen. So erscheint es mir ratsam, zunächst uninteressierte Zeugen dafür zu gewinnen, daß dieses Etui sich wirklich an Torres' Körper vorfand.«

»Du hast recht«, stimmte ihm Benito bei.

»Lieber Freund«, richtete Manoel das Wort an den Vormann der Floßmannschaft, »greifen Sie einmal selbst in die Tasche dieser Jacke.«

Der Vormann willfahrte ihm. Er brachte eine Metallkapsel zum Vorschein, deren Deckel sich hermetisch verschloß und die durch das Liegen im Wasser nicht beschädigt zu sein schien.

»Das Papier ... ist das Papier noch darin?« rief Benito, der seine Ungeduld kaum zu zügeln vermochte.

»Es wird Sache des Gerichtes sein, dieses Etui zu öffnen«, erwiderte Manoel. »Dem Richter allein kommt es zu, zu konstatieren, ob sich ein Dokument darin befindet oder nicht.«

»Ja ... freilich ... da hast du wiederum recht«, antwortete Benito. »Auf nach Manao also, liebe Freunde, nach Manao!«

Benito, Manoel, Fragoso und der Vormann vom Floße, der das Etui bei sich behielt, bestiegen also die eine Piroge und wollten schon abfahren, als Fragoso sagte:

»Und was wird aus Torres' Leichnam?«

Die Piroge hielt an.

Die Indianer hatten den Körper des Abenteurers nämlich schon wieder ins Wasser geworfen, und dieser trieb mit der Strömung hinab.

»Torres war nur ein erbärmlicher Bösewicht«, begann Benito. »Ich habe mein Leben offen und ehrlich gegen das seine gewagt – Gott hat ihn durch meine Hand mit seinem Richterspruche ereilt, aber die entseelte Hülle soll wenigstens nicht unbeerdigt bleiben.«

Die zweite Piroge wurde demnach beordert, Torres' Kadaver wieder aufzufischen, nach dem Ufer zu schaffen und dort zu begraben.

In demselben Augenblicke stürzte sich aber ein

Schwarm von Raubvögeln, der über dem Strome schwebte, auf den schwimmenden Leichnam herab. Es waren Urubus, eine Art kleiner, nackthalsiger Geier mit langen Krallen und schwarz wie Raben, welche in Südamerika gewöhnlich »Gallinazos« genannt werden und die sich durch beispiellose Gefräßigkeit auszeichnen. Aus dem durch ihre Schnabelhiebe zerhackten Körper entwichen die Gase, welche ihn bisher anschwellten; das spezifische Gewicht der Leiche nahm infolgedessen wieder zu, sie versank allmählich, und zum letzten Male verschwand, was von Torres noch übrig war, unter den Wellen des Amazonenstromes.

Zehn Minuten später traf die schnell dahingleitende Piroge im Hafen von Manao ein. Benito und seine Begleiter gingen ans Land und eilten durch die Straßen der Stadt.

Bald trafen sie an der Wohnung des Richters Jarriquez ein und ließen diesem durch einen seiner Diener melden, daß sie ihn unverzüglich zu sprechen wünschten.

Der Beamte ließ sie in sein Privatzimmer führen.

Hier erstattete Manoel Bericht über alles, was vorgegangen war seit der Stunde, wo Torres in regelrechtem Zweikampfe von Benito den Todesstoß erhalten hatte, bis zu dem Augenblicke, wo das Etui am Kadaver des Erschlagenen wiedergefunden und durch den Obmann des Floßes aus der Jackentasche hervorgezogen worden war.

Obgleich diese Darstellung Joam Dacostas Aussagen über Torres und den ihm von diesem angebotenen Handel allseitig bekräftigte, konnte der Richter Jarriquez ein ungläubiges Lächeln doch nicht ganz unterdrücken.

»Hier ist das Etui, Herr Richter«, fuhr Manoel fort. »In unseren Händen befand es sich noch keinen Augenblick, und der Mann, welcher es Ihnen ausliefert, hat es auf Torres' Körper selbst gefunden!«

Der Beamte ergriff die Kapsel, prüfte sie sorgfältig

und wendete sie nach allen Seiten, wie einen Gegenstand von höchstem Werte. Dann schüttelte er dieselbe und einige darin befindliche Stücke gaben dabei einen metallischen Klang.

Sollte das Etui wirklich das mit solchem Opfermute gesuchte Dokument, das von der eigenen Hand des Urhebers jenes halbverjährten Verbrechens beschriebene Papier nicht enthalten, welches Torres gegen den Preis eines unwürdigen Tausches an Joam Dacosta verschachern wollte? Sollte der materielle Beweis für die Unschuld des Verurteilten unwiederbringlich verloren sein?

Die unbeschreibliche Erregtheit der Zuschauer dieser Szene wird sich der Leser leicht vorstellen können. Benito war keines Wortes mächtig; er fühlte, daß sein Herz zu springen drohte.

»Öffnen Sie, Herr Richter, öffnen Sie nur das Etui!« bat er mit halb gebrochener Stimme.

Jarriquez bemühte sich, den Deckel abzuziehen; als ihm das gelungen, wendete er die offene Seite des Etuis nach unten, aus dem einige Goldstücke auf den Tisch rollten.

»Aber das Papier ... das Papier!« rief Benito noch einmal, während er sich an den Tisch anklammerte, um nicht zu Boden zu sinken.

Der Beamte fuhr mit den Fingern in die Kapsel und zog daraus mit einiger Schwierigkeit ein schon vergilbtes, aber sorgsam zusammengefaltetes Papier hervor, welches vom Wasser verschont zu sein schien.

»Das Dokument! Das ist das Dokument!« rief Fragoso erfreut, »ja, ja, das ist das nämliche Papier, welches ich in Torres' Händen gesehen habe!«

Der Richter Jarriquez schlug das Papier auseinander, betrachtete es prüfend und sah die Vorder- und die Rückseite an, welche mit ziemlich großen Schriftzügen bedeckt waren.

»Ein Dokument«, sagte er, »freilich, daran ist kaum

zu zweifeln. Ein Dokument ist das sicherlich!«

»Gewiß«, setzte Benito hinzu, »und zwar ein Dokument, welches die Unschuld meines Vaters nachweist.«

»Das weiß ich noch nicht«, meinte der Richter Jarriquez, »und ich fürchte sogar, es wird seine Schwierigkeiten haben, das zu erfahren.«

»Warum?« rief Benito, bleich wie der Tod.

»Weil dieses Dokument in einer Geheimschrift abgefaßt ist«, antwortete der Richter Jarriquez, »und weil ...«

»Nun was?«

»... uns der Schlüssel dazu fehlt!«

Zwölftes Kapitel

Das Dokument

Das war freilich ein sehr mißlicher Umstand, den weder Joam Dacosta noch die Seinigen vorhersehen konnten. In der Tat – diejenigen unserer Leser, welche den Anfang dieser Erzählung nicht vergessen haben, wissen es – erwies sich das Dokument abgefaßt nach der schwierig zu enträtselnden Methode eines der zahlreichen, in der Kryptologie gebräuchlichen Systeme.

Aber nach welchem?

Das herauszufinden, erheischte allen Scharfsinn eines schon geübten Menschengehirnes.

Der Richter Jarriquez ließ, bevor er Benito und dessen Begleiter verabschiedete, eine genaue Kopie des Dokuments anfertigen, da er das Original selbst zurückbehalten wollte, und lieferte jene nach sorgfältiger Kollationierung den beiden jungen Männern aus, damit diese sie dem Verhafteten zukommen lassen könnten.

Nachdem sie versprochen, sich am folgenden Tage wieder einzufinden, zogen sie sich zurück und begaben sich, um keinen Augenblick zu zögern und voll Verlangen, Joam Dacosta wiederzusehen, sofort nach dessen Gefängnisse.

Dort teilten sie dem Verhafteten in kurzen Worten alles mit, was inzwischen vorgefallen war.

Joam Dacosta ergriff erregt das für ihn so wichtige Schriftstück und betrachtete es aufmerksam. Dann gab er es kopfschüttelnd seinem Sohne zurück.

»Vielleicht«, sagte er gefaßt, »enthalten diese Zeilen den Beweis, den ich bisher nicht beizubringen vermochte. Doch wenn es nicht der Fall wäre und ein ganzes ehrenhaftes Leben keinen Ausschlag zu meinen Gunsten gibt, und habe ich von der menschlichen Gerechtigkeit nichts mehr zu erwarten, so liegt mein Schicksal allein noch in Gottes Hand.«

Alle empfanden die Wahrheit dieser Worte. Wenn das Dokument ungelöst blieb, so gestaltete sich die Lage des Verurteilten zum Schlimmsten.

»Wir werden das Rätsel lösen, liebster Vater!« rief Benito vertrauensvoll. »Es gibt keine Geheimschrift dieser Art, zu der sich nicht der Schlüssel finden ließe. O, fasse Mut... habe Vertrauen! Der Himmel hat uns, ich möchte sagen durch ein Wunder, das Schriftstück mit dem Beweise deiner Unschuld wiederfinden lassen, und nachdem er unsere Hand so gnädig geleitet, kann es nicht sein Wille sein, unseren Geist nicht zu erleuchten, um dessen Sinn zu fassen!«

Joam Dacosta drückte Benitos und Manoels Hand; darauf entfernten sich die beiden jungen Leute, um schleunigst nach der Jangada zurückzukehren, wo Yaquita ihrer Ankunft entgegenharrte.

Joam Dacostas Gattin wurde sofort von allen Vorfällen seit dem gestrigen Tage unterrichtet, von dem Auftauchen des Leichnams Torres', wie von der Wiederauffindung des Dokuments und der ungewöhnlichen Form, in welcher der wirkliche Urheber des Attentats dasselbe abfassen zu müssen geglaubt hatte – wahrscheinlich, um sich selbst nicht zu kompromittieren, wenn jenes zufällig in fremde Hände käme.

Natürlich erfuhr auch Lina von jener unerwarteten Erschwerung und von Fragosos Entdeckung, daß Torres ein früherer Waldkapitän und Mitglied jener etwas zweifelhaften Miliz gewesen sei, die an den Mündungen des Madeira ihr Wesen trieb.

»Wie bist du aber mit ihm zusammengetroffen?« fragte die junge Mulattin.

»Das war gelegentlich einer meiner Wanderungen durch die Amazonas-Provinz«, antwortete Fragoso, »als ich in Ausübung meines Geschäftes von Dorf zu Dorf pilgerte.«

»Nun, und jene Narbe?«

»Ja, das ging folgendermaßen zu: Ich langte eines schönen Tages in der Gegend von Aranas gerade in dem Augenblicke an, als Torres, den ich niemals vorher gesehen hatte, mit einem seiner Kameraden – lauter schuftige Kerle das – in Streit gekommen war, der damit endigte, daß der Waldkapitän einen Messerhieb in den Arm erhielt. Weil kein Arzt zur Hand war, mußte ich die Wunde einstweilen verbinden, und so habe ich seine Bekanntschaft gemacht.«

»Ja, was nützt es aber«, erwiderte das junge Mädchen, »zu wissen, was Torres früher gewesen ist. Er war der Urheber jenes Verbrechens offenbar nicht, und folglich wird deine Entdeckung der Klarlegung der Verhältnisse auch nicht besonders förderlich sein.«

»Freilich nicht«, antwortete Fragoso, »aber, zum Teufel, es wird doch gelingen, das verwünschte Dokument zu entziffern, und dann muß Joam Dacostas Unschuld doch allen klar vor Augen treten!«

Yaquita, Benito, Manoel und Minha hegten dieselbe Hoffnung. Alle verbrachten in dem allgemeinen Wohnzimmer lange Stunden, um der Geheimschrift auf den Grund zu kommen.

Wenn sie aber darauf rechneten, so hoffte – und das

verdient wohl hervorgehoben zu werden – der Richter Jarriquez ganz dasselbe.

Nachdem er einen Bericht aufgesetzt, der auf Grundlage des stattgehabten Verhörs die Identität Joam Dacostas außer Zweifel stellte, hatte der Beamte denselben an die Kanzlei abgeliefert in der Meinung, diese Angelegenheit, soweit er dabei in Betracht kam, zum Abschluß gebracht zu haben. Es sollte anders kommen.

Mit der Auffindung des fraglichen Dokuments sah sich der Richter Jarriquez nämlich plötzlich in sein Lieblings-Fahrwasser versetzt. Er, der geübte Löser arithmetischer Aufgaben, amüsanter Probleme, der Entzifferer von Logogryphen, Rebussen, Charaden und dergleichen, er befand sich damit in seinem Element.

Bedachte er nun überdies, daß jenes Dokument die Rechtfertigung des verurteilten Joam Dacosta enthalten konnte, so regte sich sein analytischer Instinkt nur mit verdoppelter Lebhaftigkeit. Er hatte ja einmal ein Kryptogramm von reeller Bedeutung vor Augen! Da lag ihm denn nichts mehr am Herzen als der Wunsch, hinter dessen Sinn zu kommen. Nur wer ihn nicht kannte, hätte daran zweifeln können, daß er Essen und Trinken wegen einer solchen Aufgabe zu vergessen imstande war.

Nach der Entfernung der jungen Leute verschloß sich der Richter Jarriquez in seinem Privatkabinett. Der Eintritt dahin wurde jedermann verwehrt, so daß er mehrere Stunden über ungestört nachsinnen und suchen konnte. Die Brille setzte er sorglich auf die Nase, die Tabaksdose neben sich auf den Tisch. Er nahm eine tüchtige Prise, um seine geistigen Fähigkeiten zu schärfen, ergriff das rätselhafte Schriftstück und verlor sich in so tiefes Nachsinnen, daß sich seine Gedanken unwillkürlich in die Form eines Monologs einkleideten. Der ehrenwerte Beamte gehörte überhaupt zu den Leuten, welche lieber laut als heimlich denken.

»Nur alles mit Methode angefaßt«, sprach er so für sich. »Ohne Methode keine Logik. Ohne Logik kein Gedanke an erwünschten Erfolg.«

Das Dokument enthielt hundert, in sechs Absätze getrennte Linien.

»Hm«, murmelte der Richter Jarriquez nach reiflicher Erwägung, »jeden Absatz einzeln zu studieren, wäre unnütze Zeitvergeudung. Es dürfte ja hinreichend sein, einen dieser Absätze vorzunehmen und dazu denjenigen auszuwählen, der aller Wahrscheinlichkeit nach das größte Interesse bietet. Das kann aber kein anderer sein als der letzte, welcher notwendigerweise ein Resümee des ganzen Inhalts oder doch die wichtigsten Aufschlüsse enthalten dürfte. Eigennamen möchten am geeignetsten sein, mich auf die rechte Spur zu leiten, zum Beispiel der Name Joam Dacosta selbst, und wenn derselbe in irgendeinem Teile des Dokuments vorkommt, wird er in dem letzten Absatze kaum fehlen können.«

Diese Schlußfolgerung des Beamten erschien logisch gerechtfertigt. Jedenfalls tat er recht daran, seinen Scharfsinn und seine Erfahrung in diesem Fache zuerst an dem letzten Absatze zu erproben.

Wir setzen denselben nochmals hierher, da es geboten erscheint, ihn dem Leser vor Augen zu führen, um daran zu zeigen, wie ein ergrauter Analytiker zuwegeging, um den Schleier zu lüften und die Geheimschrift in verständliche Worte zu übersetzen.

Phyjslyddqfdzxgasgzzqqehxgkfndrxujugiocytdxvksbxh
huypohdvyrymhuhpuydkjoxphetozsletnpmvffovpdpa
jxhyynojyggaymeqynfuqlnmvlyfgsuzmqiztlbqgyugsqeu
bvnrcredgruzblrmxyuhqhpzdrrgcrohepqxufivvrplphon
thvddqfhqsntzhhhnfepmqkyuuexktogzgkyuumfvijdqd
pzjqsykrplxhxqrymvklohhhotozvdksppsuvjhd.

Zunächst fiel dem Richter Jarriquez auf, daß die Zeilen des Dokuments weder in Worte noch in Sätze abgeteilt waren und daß ihnen jede Interpunktion fehlte. Dieser Umstand mußte die Lesbarkeit desselben wesentlich erschweren.

»Ich will aber doch nachsehen«, sprach er für sich, »ob nicht nebeneinanderstehende Buchstaben schon verständliche Wörter bilden, zunächst solche Wörter, deren Konsonanten-Anzahl das Aussprechen von Silben überhaupt gestatten. Da sehe ich gleich zu Anfang die Silbe phy ... weiterhin das Wort gas ... Halt ... da kommt ujugi ... sollte man das nicht für den Namen einer bekannten afrikanischen Stadt am Ufer des Tanganyika ansehen? Was könnte aber diese Stadt mit der ganzen Sache zu tun haben? ... Da steht ferner das Wort ypo ... soll das griechisch sein? Endlich rym ... puy ... jor ... phetoz ... jyggay ... suz ... gruz ... und vorher red ... let ... aha, das sind zwei englische Wörter! Weiter ohe ... syk ... Sieh' da, noch einmal die Silbe rym und hier das Wort oto!«

Der Richter Jarriquez ließ das Blatt sinken und begann über seine Wahrnehmungen nachzudenken.

»Alle die Wörter«, murmelte er für sich, »die ich bei dieser summarischen Übersicht entdecke, geben keinerlei Aufschluß. Nichts deutet auf ihre Abstammung. Die einen sehen wie griechisch aus, andere wie holländisch, wieder andere erscheinen englisch, etliche haben gar keinen bestimmten Charakter, ganz davon abgesehen, daß dazwischen völlig unaussprechbare Konsonantenreihen vorkommen. Offenbar wird es nicht so leicht sein, den Schlüssel zu diesem Kryptogramm zu finden!«

Die Finger des Beamten begannen auf dem Schreibtisch eine Art Reveille zu trommeln, als wollte er seine schlummernde Geistestätigkeit dadurch erwecken.

»Zunächst will ich doch nachsehen, wie viele Buchstaben dieser Absatz enthält.«

Er zählte mit dem Bleistift in der Hand.

»Zweihundertsechsundsiebzig«, sagte er. »Schön! Nun wird es darauf ankommen, zu untersuchen, in welcher Anzahl die einzelnen Buchstaben vorkommen.«

Das machte eine längere Auszählung nötig. Der Richter Jarriquez hatte das Dokument wieder zur Hand genommen; darauf notierte er mit dem Bleistift jeden Buchstaben in alphabetischer Ordnung. Nach einer Viertelstunde hatte er folgende Tabelle erhalten:

a = 3mal	Transport · 120
b = 4 ”	n = 9mal
c = 3 ”	o = 12 ”
d = 16 ”	p = 16 ”
e = 9 ”	q = 16 ”
f = 10 ”	r = 12 ”
g = 13 ”	s = 10 ”
h = 23 ”	t = 8 ”
i = 4 ”	u = 17 ”
j = 8 ”	v = 13 ”
k = 9 ”	x = 12 ”
l = 9 ”	y = 19 ”
m = 9 ”	z = 12 ”
Summe · 120	Totale · 276

»Aha«, fuhr der Richter in seinem Selbstgespräch fort, »da fällt mir gleich etwas auf, nämlich, daß schon in diesem Satze allein alle Buchstaben des Alphabets vorkommen. Das ist merkwürdig! Man nehme ein beliebiges Buch zur Hand; da wird man in so vielen Zeilen, welche zweihundertsechsundsiebzig Buchstaben enthalten, sehr selten darin alle Buchstaben des Alphabets vorfinden. Doch das könnte ja ein bloßer Zufall sein!«

Dann schlugen seine Gedanken eine andere Richtung ein. »Hm ... wichtiger erscheint es zu wissen«, brummte er weiter, »ob die Vokale zu den Konsonanten in richtigem Zahlenverhältnis stehen.«

Der Beamte nahm wieder den Bleistift und erhielt, als er die Vokale zusammenzählte, folgendes Resultat:

a =	3mal
e =	9 „
i =	4 „
o =	12 „
u =	17 „
y =	19 „
Totale .	64 Vocale

»In diesem Absatze befinden sich demnach«, fuhr er fort, »vierundsechzig Vokale gegen zweihundertzwölf Konsonanten! Nun, das ist ja das normale Verhältnis, das heißt etwa ein Fünftel, annähernd wie im Alphabet selbst, welches sechs Vokale auf fünfundzwanzig Buchstaben enthält. Das ließe vermuten, daß das Dokument in unserer Landessprache abgefaßt, aber für jeden Buchstaben irgendein anderer gesetzt wäre. Ist diese Veränderung nun einfach durchgeführt, steht zum Beispiel an Stelle eines b allemal ein l, für ein o ein v, für g ein k, für u ein r und so weiter, so will ich meine Stellung als Richter in Manao dagegen einsetzen, daß es mir gelingt, das Dokument zu lesen. Ich habe ja einfach nach der Methode zu verfahren, welche das große analytische Genie, das sich Edgar Allan Poe nennt, angegeben hat!«

Der Richter Jarriquez spielte mit diesen Worten auf eine Novelle des berühmten amerikanischen Schriftstellers an, der in seinem »The gold bug« ein vielgelesenes Meisterwerk geliefert hat.

In dieser Novelle wird eine aus Ziffern, Buchstaben, algebraischen Zeichen, Sternchen, Punkten und Kommas zusammengesetzte Geheimschrift einer höchst sinnreichen mathematischen Untersuchungsmethode unterworfen und auf wirklich überraschende Weise entziffert, was die Verehrer dieses scharfsinnigen Autors nicht vergessen haben dürften.

Von der Entzifferung jenes amerikanischen Dokuments hing freilich nur die Auffindung eines Schatzes ab, während es sich hier um Leben und Ehre eines Menschen handelte. Die Entdeckung des Schlüssels bot also in unserem Falle entschieden mehr Interesse.

Der Beamte, der »seinen« Gold bug (Goldkäfer) wiederholt gelesen hatte, war mit dem sorgsam befolgten analytischen Verfahren Edgar Poes hinreichend bekannt und beschloß, sich desselben bei dieser Gelegenheit zu bedienen. Durch Anwendung desselben mußte es, wie er geäußert, wenn die Buchstaben eine gleichbleibende Bedeutung hatten, über kurz oder lang gelingen, das auf Joam Dacosta bezügliche Dokument zu lesen.

»Wie ging Edgar Poe denn zuwege?« fragte er sich. »Zunächst überzeugte er sich, welches Zeichen – hier gibt es keine anderen als Buchstaben – sagen wir also gleich, welcher Buchstabe am häufigsten in dem Kryptogramm wiederkehrt. Hier ergibt sich als solcher der Buchstabe h, welcher dreiundzwanzigmal vorkommt. Schon dieses auffällige Überwiegen beweist a priori, daß dieses h nicht dem gewöhnlichen h der Schrift, sondern daß es demjenigen Buchstaben entspricht, der in unserer Sprache am häufigsten vorkommt, da ich doch wohl voraussetzen darf, daß das Dokument in portugiesischer Sprache abgefaßt ist. Im Englischen und Französischen wäre das zweifellos e, im Italienischen i oder a, im Portugiesischen müßte es a oder o sein. Nehmen wir also, uns eine spätere Berichtigung vorbehaltend, an, daß h hier a oder o bedeute.«

Nun machte sich der Beamte daran, festzustellen, welcher Buchstabe nach dem h am häufigsten vorkam, und erhielt, indem er das ganze Alphabet in diesem Sinne ordnete, folgende Tabelle:

h	=	23mal
y	=	19 „
u	=	17 „
d p q	=	16 „
g v	=	13 „
o r x z	=	12 „
f s	=	10 „
e k l m n	=	9 „
j t	=	8 „
b i	=	4 „
a c	=	3 „

»Aha, der Buchstabe a«, rief der Richter, »der am häufigsten auftreten sollte, findet sich nur dreimal vor. Das beweist zum Überfluß noch einmal, daß die Bedeutung der Buchstaben verändert ist. Doch nun, welche sind nach a und o diejenigen Buchstaben, die in unserer Sprache am häufigsten vorkommen? Wollen doch nachsehen!« Mit wirklich bewundernswertem Scharfsinn, der seiner Beobachtungsgabe ein vorzügliches Zeugnis ausstellte, vertiefte sich der Richter Jarriquez in diese neue Untersuchung. Er ahmte damit den berühmten amerikanischen Schriftsteller nach, der – ein geborener Analytiker – durch einfache Induktion und Wahrscheinlichkeitsrechnung dahin gelangte, sich ein Alphabet zu rekonstruieren, das den Zeichen der Geheimschrift entsprach und es ihm ermöglichte, dieselbe ohne Anstoß zu lesen.

Ganz ähnlich verfuhr der Beamte, und man muß ihm das Zeugnis geben, daß er hinter seinem berühmten Vorbilde keineswegs zurückblieb. Da er sich mit Logogriphen, Quadrat- und anderen Rätseln, welche auf eine willkürliche Verstellung von Buchstaben hinauslaufen, vielfach beschäftigt und sich gewöhnt hatte, deren Lösung aus dem Kopfe oder mit der Feder in der Hand zu finden, so brachte er für diese Arbeit eine mehr als gewöhnliche Vorübung mit.

Es ward ihm also auch jetzt nicht schwer, festzustellen, welche Reihenfolge die einzelnen Buchstaben, erst die Vokale, dann die Konsonanten, der Häufigkeit ihres Vorkommens nach einnahmen. Nach Verlauf von drei Stunden hatte er ein Schema vor Augen, das ihm, die Richtigkeit seines Verfahrens vorausgesetzt, die wirkliche Bedeutung der in dem Dokument vorkommenden Buchstaben angeben mußte.

Es blieb ihm jetzt nur übrig, unter die letzteren die Buchstaben nach seinem Schema zu setzen.

Als er jedoch daranging, das zu tun, hinderte ihn eine gewisse Erregung an der Ausführung. Den Richter Jarriquez durchschauerte eine Art wohlverdienter Freude, wie jeden, der nach mehreren Stunden mühevoller Arbeit den sehnlichst gesuchten Sinn eines Logogriphs vor seinem geistigen Auge allmählich aufdämmern sieht.

»Nun denn, legen wir die letzte Hand an«, ermahnte er sich selbst. »Es wäre doch sonderbar, wenn ich die richtige Lösung nicht gefunden hätte!«

Der Richter Jarriquez nahm die Brille ab, putzte sorgfältig die Gläser und setzte jene wieder auf der Nase zurecht; dann beugte er sich von neuem über den Schreibtisch.

Sein Spezial-Alphabet in der Hand neben dem Dokument, begann er zu schreiben und setzte die seiner Meinung nach richtigen Buchstaben unter die der ersten Zeile der Geheimschrift.

Nach der ersten Linie verfuhr er in gleicher Weise mit der zweiten, dann ebenso mit der dritten, mit der vierten, und gelangte so bis zum Ende des Absatzes.

Während des Schreibens vermied er es absichtlich, zu prüfen, ob diese Vereinigung von Buchstaben verständliche Worte ergab. Er hätte ja ein Stümper in seinem Fache sein müssen, wenn das zuletzt nicht der Fall wäre. Nein – er geizte nach dem Vergnügen, den ganzen Absatz flottweg und in einem Atemzuge zu lesen.

Er war fertig.

»Nun wollen wir lesen!« rief er.

Er las.

Großer Gott, welche Mißlaute! Die von ihm mit Hilfe seines Alphabets gebildeten Zeilen hatten gerade so wenig Sinn und Verstand wie jene des Dokuments. Sie bildeten eine andere Reihe von Buchstaben, weiter nichts, jedenfalls keine Wörter, keinen verständlichen Satz. Kurz, seine Niederschrift erschien nicht minder hieroglyphisch als das ursprüngliche Kryptogramm.

»Alle Wetter und Teufel!« brummte der Richter Jarriquez bei dieser beschämenden Enttäuschung vor sich hin.

Dreizehntes Kapitel

Worin von Chiffren und Ziffern die Rede ist

Es war jetzt um sieben Uhr abends. Noch immer in seine Kopfzerbrechereien vertieft, hatte der Richter Jarriquez, ohne doch einen Schritt vorwärtsgekommen zu sein, zu essen, zu trinken und auszuruhen vergessen, als er an die Tür seines Zimmers klopfen hörte.

Wahrlich die höchste Zeit! Noch eine Stunde, und die ganze Gehirnsubstanz des hochweisen Beamten wäre unter der seinen Kopf jetzt durchglühenden Hitze elendiglich geschmolzen.

Als er mit mürrischer Stimme ein »Herein!« gerufen, erschien Manoel auf der Schwelle.

Der junge Arzt hatte seine, mit Versuchen zur Entzifferung des wichtigen Dokuments beschäftigten Freunde an Bord der Jangada zurückgelassen und sich davongeschlichen, um den Richter Jarriquez aufzusuchen. Es verlangte ihn zu erfahren, ob dieser in seinen Bemühungen erfolgreicher gewesen sei. So stellte er sich bei ihm mit der Frage ein, ob er endlich die Methode, nach der das Dokument abgefaßt war, ausgegrübelt habe. Der Beamte war nicht gerade bös darüber, Manoel zu sehen. Er befand sich eben in jenem Zustande nervöser Überreiztheit, den die Einsamkeit so leicht erzeugt. Er mußte jemanden haben, gegen den er sich aussprechen konnte, vorzüglich wenn der andere sein Interesse an der Lösung des schwierigen Rätsels teilte. Manoel war also ganz und gar sein Mann.

»Herr Richter«, begann Manoel im Eintreten, »eine Frage: Haben Sie mehr Erfolg gehabt als wir?«

»Setzen Sie sich zunächst nieder«, rief der Richter Jarriquez, der sich selbst erhob und durch das Zimmer hinschritt. »Setzen Sie sich, ich bitte! Befinden wir uns beide auf den Füßen, so wären Sie verleitet, nach der einen Seite zu gehen und ich vielleicht nach der anderen, dazu wäre der Raum zu klein.«

Manoel setzte sich und wiederholte seine Frage.

»Nein ... ich bin leider auch nicht glücklicher gewesen!« antwortete jetzt der Beamte. »Ich weiß noch nicht mehr als früher und kann Ihnen weiter keine Mitteilungen machen, als daß ich ganz im allgemeinen zu einer gewissen Ansicht gekommen bin.«

»Und diese wäre, Herr Richter? Sprechen Sie!«

»Daß das Dokument nicht auf konventionellen Zeichen basiert, sondern auf einer Chiffre, wie man in der Kryptologie zu sagen pflegt, oder, um es genauer auszudrücken, auf einer Zahl.«

»Nun, und ist es denn nicht stets möglich, eine Geheimschrift dieser Art zu lesen?«

»O ja«, erwiderte der Richter Jarriquez, »gewiß, wenn ein Buchstabe stets an Stelle eines bestimmten anderen gesetzt, wenn z. B. a immer durch ein p dargestellt ist, ein p durch ein x ... usw. Wenn das nicht der Fall ist, so spottet es jeder Mühe.«

»Und in unserem Dokument ...?«

»In dieser Schrift wechselt die Bedeutung jedes Buchstabens je nach der willkürlich angenommenen Chiffre. So wird etwa ein b, welches zuerst durch ein k dargestellt war, später ein z, weiterhin vielleicht ein m, ein n, ein f oder ein beliebiger anderer Buchstabe.«

»Und in diesem Falle ...?«

»In diesem Falle bedauere ich, Ihnen eröffnen zu müssen, daß das Kryptogramm gar nicht zu entziffern ist.«

»Nicht zu entziffern!« rief Manoel. »Nein, Herr Richter, wir müssen notwendig dazu gelangen, den Schlüssel zu diesem Dokument zu finden, von dem das Leben eines Ehrenmannes abhängt!«

Manoel hatte sich in plötzlicher Erregung erhoben; er konnte sich nicht mehr bemeistern. Die erhaltene Antwort erschien ihm so niederschmetternd, daß er sie nicht als die letzte ansehen mochte.

Auf einen Wink des Beamten setzte er sich noch einmal nieder und nahm das Gespräch mit ruhigerer Stimme wieder auf.

»Sagen Sie mir, Herr Richter, was veranlaßt Sie zu glauben, daß das Dokument nach einer unterlegten Chiffre, oder wie Sie sagten, nach einer Zahl abgefaßt ist?«

»Hören Sie mich an, junger Mann«, erwiderte der Richter, »und Sie werden bald selbst zu dieser Überzeugung kommen.«

Der Beamte ergriff das Dokument und hielt es Manoel vor Augen, um diesem das Nähere mitzuteilen.

»Ich begann meine Bearbeitung des Dokuments«, sagte er, »so wie es geschehen muß, d. h. logisch, und überließ nichts dem Zufalle, d. h. ich bemühte mich zunächst mit Unterlegung eines Alphabets, um aufgrund des mehr oder weniger häufigen Vorkommens der gewöhnlichen Buchstaben in unsrer Sprache das Dokument zu lesen, indem ich gänzlich den von unserem unsterblichen Analytiker Edgar Poe aufgestellten Regeln folgte ... Wodurch er jedoch zum Ziele gelangte, das schlug in meinem Falle fehl ...«

»Es mißglückte!« rief Manoel.

»Ja freilich, junger Mann, und ich hätte es sogar vorhersehen können, daß auf diese Weise nichts auszurichten war. In der Tat, ein Geübterer würde sich die vergebliche Mühe gespart haben.«

»Aber, mein Gott«, sagte Manoel, »ich begreife leider nicht recht ...«

»Nehmen Sie das Schriftstück zur Hand«, fiel ihm der Richter Jarriquez ins Wort, »achten Sie auf die Aneinanderreihung der Buchstaben und sehen Sie das Ganze noch einmal durch.«

Manoel tat, wie ihm geheißen.

»Finden Sie darin, das heißt in der Stellung gewisser Buchstaben, nichts Auffälliges?«

»Ich sehe nichts«, antwortete Manoel, nachdem er die

Zeilen des Dokuments vielleicht zum hundertsten Male durchflogen hatte.

»Nun, beschränken Sie sich darauf, den letzten Absatz genau ins Auge zu fassen. Sie werden zugeben, daß sich darin aller Wahrscheinlichkeit nach eine Art Auszug der ganzen Niederschrift vorfinden dürfte. – Sehen Sie darin wirklich gar nichts Abnormes?«

»Nichts.«

»Und doch kommt darin etwas vor, was unzweifelhaft beweist, daß das Dokument nach einer untergelegten Zahl abgefaßt ist.«

»Das wäre?« fragt Manoel.

»Das ist, oder vielmehr das sind drei h, welche wir an zwei verschiedenen Stellen direkt nebeneinander stehend finden!«

Was hier der Richter Jarriquez erwähnte, mußte in der Tat die Aufmerksamkeit eines scharfen Beobachters erregen. Einerseits bestanden der zweihundertvierte, zweihundertfünfte und zweihundertsechste Buchstabe des Absatzes, andererseits der zweihundertachtundfünfzigste, zweihundertneunundfünfzigste und zweihundertsechzigste Buchstabe aus direkt aufeinanderfolgenden h. Diese Eigentümlichkeit war freilich vorher auch dem Beamten selbst nicht aufgefallen.

»Und das beweist . . .?« sagte Manoel, ohne zu erraten, welchen Schluß er aus dieser Anhäufung von Lettern ziehen sollte.

»Das beweist ganz einfach, junger Mann, daß das Dokument auf einer Zahl basiert. Das beweist a priori, daß jeder Buchstabe, entsprechend den verschiedenen Ziffern dieser Zahl und je nach der Stelle, die sie einnehmen, verändert ist.«

»Warum aber?«

»Weil es überhaupt in keiner Sprache ein Wort gibt, in dem drei h nebeneinander vorkommen könnten.«

Manoel stutzte über dieses Argument, dachte über die Worte nach, fand aber nichts darauf zu erwidern.

»Und wenn ich das gleich anfangs bemerkt hätte«, fuhr der Beamte fort, »so würde ich mir viel Quälerei und die Vorzeichen einer Migräne erspart haben, die sich schon von meiner Stirn bis zum Hinterhaupte ausbreitet.«

»Aber sagen Sie mir, Herr Richter«, fragte Manoel, der die letzte Hoffnung, an welche er sich noch klammerte, verschwinden sah, »was verstehen Sie hier unter einer Chiffre?«

»Sagen wir unter einer Zahl.«

»Also einer Zahl, wie es Ihnen beliebt.«

»O, das wird Ihnen ein einziges Beispiel klarer machen, als jede theoretische Darlegung.«

Der Richter Jarriquez ließ sich an dem Schreibtische nieder, ergriff ein Stück Papier, einen Bleistift und sagte:

»Herr Manoel, nehmen wir einen ganz beliebigen Satz an, den ersten, der uns in den Simm kommt, z. B. ›Der Richter Jarriquez ist ein sehr scharfsinniger Kopf.‹

Ich schreibe diesen Satz nieder, lasse zwischen jedem Buchstaben ein wenig Raum und erhalte so folgende Zeile:

D e r R i c h t e r J a r r i q u e z i s t e i n s e h r s c h a r f s i n n i g e r K o p f .«

Nachdem er damit fertig – in den Augen des Beamten schien das ein Axiom zu sein, an welchem überhaupt niemand zu zweifeln wagen durfte –, sah er Manoel scharf an und sagte:

»Denken wir uns jetzt eine uns ganz zufällig in den Sinn kommende Zahl, um die natürliche Folge dieser Buchstaben kryptologisch umzugestalten. Nehmen wir z. B. an, diese Zahl bestehe aus drei Ziffern und diese seien 4, 2, 3, ich setze genannte Zahl vierhundertdreiundzwanzig unter jene Linie und wiederhole sie so oft, als es bis zum Ende des Satzes nötig ist, so daß unter jeden Buchstaben eine Ziffer zu stehen kommt. Das ergäbe folgendes:

D e r R i c h t e r J a r r i q u e z i s t e i n s e h r
4 2 3 4 2 3 4 2 3 4 2 3 4 2 3 4 2 3 4 2 3 4 2 3 4 2 3 4 2
s c h a r f s i n n i g e r K o p f
3 4 2 3 4 2 3 4 2 3 4 2 3 4 2 3 4 2

»Setzen wir nun anstelle jedes Buchstaben den anderen, der sich, im Alphabet weiter gerechnet, durch die untergeschriebene Ziffer ergibt, so erhalten wir folgendes:*

D	und	4	weiter	=	H
e	„	2	„	=	g
r	„	3	„	=	u
R	„	4	„	=	w
i	„	2*	„	=	k
c	„	3	„	=	f
h	„	4	„	=	l
t	„	2	„	=	v
e	„	3	„	=	h
r	„	4	„	=	v

usw.

Wenn ich infolge des Wertes einer Ziffer und der angenommenen Zahl bis zum Ende des Alphabets komme, ohne den vorgeschriebenen zweiten, dritten oder vierten Buchstaben zu erreichen, so gehe ich auf den Anfang desselben zurück. Das kommt z. B. bei dem letzten Buchstaben meines eigenen Namens vor, mit dem z, unter dem eine vier steht. Da das Alphabet keine weiteren Buchstaben hat, zähle ich von dem z wieder von a an, und in diesem Falle tritt an die Stelle des z ein d.

Bin ich nun mit der Veränderung der Buchstaben nach meinem kryptographischen Schema, hier nach der, vergessen Sie nicht, ganz willkürlich gewählten Zahl 423, zu Ende, so habe ich für den Ihnen bekannten Satz folgendes Bild erhalten:
Hguvkflvhvldvtluwhdkvyglruhltvgjdvhvmpqmihvmrth.

Nun, junger Man, betrachten Sie diese Zeilen; sind

*J als besonderen Buchstaben gerechnet.

sie denen des Dokuments nicht ungemein ähnlich? Was geht also daraus hervor? Das eine, daß jeder Buchstabe nach der zufällig unter demselben stehenden Ziffer verändert ist, daß also der kryptographische Buchstabe nicht immer denselben wirklichen Buchstaben vertritt, sondern eine wechselnde Bedeutung hat. So steht in unserem Satze anstelle des ersten e ein g, das zweite aber ist durch ein h wiedergegeben; die beiden r in meinem Namen erscheinen als v und t. Das t in dem Worte ›Richter‹ ist durch v, in dem Worte ›ist‹ durch ein y dargestellt, das i erscheint als k, l und m usw. Sie sehen also, daß es Ihnen ohne Kenntnis jener Zahl 423 absolut unmöglich wäre, diese Zeilen zu lesen, und daß folglich auch das Dokument, da uns dessen zugrunde gelegte Zahl unbekannt ist, unentziffert bleiben wird.«

Diese Darlegungen des Beamten machten Manoel zuerst verstummen; dennoch wollte er sich nicht ergeben.

»Nein, Herr Richter«, rief er, »ich gebe noch nicht alle Hoffnung auf, diese Zahl herauszufinden.«

»Es wäre das noch eher möglich, wenn die Linien des Dokuments wenigstens in Wörter abgeteilt wären.«

»Warum dann?«

»Ich will's Ihnen erklären, junger Mann. Auf jeden Fall ist doch anzunehmen, daß dieser letzte Absatz des Schriftstückes gewissermaßen eine Zusammenfassung des Inhalts der ihm vorausgehenden Zeilen enthalten dürfte und daß auch der Name Joam Dacosta darin vorkommen werde. Wären nun die Zeilen in Wörter abgeteilt, so könnte man wohl hoffen, durch Prüfung der einzelnen Wörter – ich habe vorzüglich dabei diejenigen mit sieben Buchstaben im Auge, da der Name Dacosta diese Zahl enthält – auf die Zahl zu kommen, welche den Schlüssel zu dem Ganzen bildet.«

»O, belehren Sie mich auch, wie zu diesem Ende zu verfahren ist, Herr Richter«, bat Manoel, dem hier ein letzter Hoffnungsschimmer zu leuchten schien.

»O, das ist an und für sich sehr einfach«, erwiderte der Richter Jarriquez. »Nehmen wir z. B. gleich meinen Namen und denken uns, es hätten unter J a r r usw. die Ziffern 4, 2, 3, 4, 2, 3 usw. gestanden. Das ergäbe folgende sonderbare Buchstabenreihe: n c u v k t z g c; in einem wirklichen Satze könnte dieser Name natürlich infolge der Stellung, welche er gegenüber den immer wiederholten Ziffern einnimmt, sehr verschieden ausfallen. Stellen wir jedoch diese Buchstaben beispielsweise in eine senkrechte Reihe und schreiben daneben einzeln die Zeichen meines Namens, so würden wir, wenn wir von den letzteren in alphabetischer Ordnung zurückrechnen, folgende Tabelle erhalten:

Von	n	bis	j	zähle ich	4	Buchstaben
„	c	„	a	„ „	2	„
„	u	„	r	„ „	3	„
„	v	„	r	„ „	4	„
„	k	„	i	„ „	2	„
„	t	„	q	„ „	3	„
„	z	„	u	„ „	4	„
„	g	„	e	„ „	2	„
„	c	„	z	„ „	3	„

»Wie ist also die Ziffernreihe beschaffen, welche wir durch diese sehr einfache Operation erlangt haben? Sie erkennen es selbst; es sind die Ziffern 423423423 usw., das heißt, es ist die mehrfache Wiederholung der Zahl 423.«

»Ja, so ist es!« bestätigte Manoel.

»Sie begreifen also, daß ich auf diesem Wege, d. h. durch Zurückzählung vom falschen Buchstaben zu dem richtigen, leicht dazu kam, die Zahl wiederzufinden, welche ich ganz willkürlich als Schlüssel für meine Geheimschrift gewählt hatte.«

»Sehr schön, Herr Richter«, rief Manoel, »wenn sich,

wie es fast der Fall sein muß, in diesem letzten Absatze also der Name Dacosta vorfindet, so muß ich, wenn ich nach und nach jeden Buchstaben dieser Zeilen für den ersten der sieben Buchstaben jenes Namens einsetze, doch dahin gelangen . . .«

»Das wäre möglich«, fiel der Richter ein, »aber freilich nur unter einer Bedingung.«

»Und diese wäre?«

»Daß die erste Ziffer der gesuchten Zahl zufällig auf den ersten Buchstaben des Namens Dacosta fiele, und Sie werden mir zugeben, daß das nicht so wahrscheinlich ist.«

»Leider!« entgegnete Manoel, dem gegenüber dieser unglücklichen Chance der Mut zu sinken drohte.

»Man würde sich also nur auf den Zufall verlassen können«, fuhr der Richter Jarriquez kopfschüttelnd fort, »und den Zufall hat man bei Untersuchungen dieser Art von vornherein möglichst auszuschließen.«

»Zugegeben«, antwortete Manoel, »aber könnte uns der Zufall nicht gerade die gesuchte Zahl eingeben?«

»Diese Zahl«, rief der Beamte, »die gesuchte Zahl! Sagen Sie mir zuerst, aus wieviel Ziffern besteht dieselbe? Aus zwei, drei, vier, neun oder gar aus zehn? Enthält sie lauter verschiedene Ziffern oder kommen einzelne Ziffern wiederholt darin vor? Wissen Sie denn, junger Mann, daß man aus den zehn Ziffern des Zahlensystems, wenn sie alle verwendet, aber noch keine wiederholt würde, nicht weniger als drei Millionen zweihundertachtundsechzigtausendachthundert verschiedene Zahlen bilden kann, und daß, wenn nur einzelne Ziffern wiederholt verwendet werden, diese Millionen gleich ganz unglaublich anwachsen? Und wissen Sie auch, daß, wenn man von den fünfhundertfünfundzwanzigtausendsechshundert Minuten, welche das Jahr zählt, nur je eine einzige nötig hätte, um jede einzelne jener Zahlen durchzuprobieren, man zu einem solchen Versuche über sechs volle Jahre Zeit brauchte, und daß

Sie mehr als drei Jahrhunderte bräuchten, wenn jede solche Operation eine Stunde in Anspruch nähme? Nein, Sie verlangen eine Unmöglichkeit!«

»Eine Unmöglichkeit, mein Herr«, erwiderte Manoel, »ist es, daß ein Unschuldiger verurteilt werden sollte, daß Joam Dacosta Ehre und Leben verliert, wenn Sie den materiellen Beweis seiner Schuldlosigkeit in Händen haben.«

»Oho, junger Mann«, versetzte der Richter Jarriquez, »wer sagt Ihnen denn so bestimmt, daß jener Torres nicht gelogen, daß er wirklich das von dem Urheber des fraglichen Verbrechens selbst geschriebene Dokument in den Händen gehabt hat, daß dieses Papier hier auch das gesuchte Dokument ist, und daß es sich überhaupt auf Joam Dacosta bezieht?«

»Ja, wer sagt uns das!« wiederholte Manoel.

Der Kopf sank ihm in die Hand nieder.

In der Tat lag ja dafür nicht der geringste Beweis vor, daß das Dokument die Affäre in dem Diamantendistrikt angehe. Es konnte ja vielleicht ganz sinnlos und von Torres nur erfunden sein, da ihm wohl zuzutrauen war, daß er anstelle des richtigen auch ein falsches Schriftstück verkauft hätte.

»Doch von dem allen abgesehen, Herr Manoel«, fuhr der Richter sich erhebend fort. »Auf was dieses Dokument sich auch beziehen möge, ich werde es nicht aufgeben, den Schlüssel zu entdecken. Alles in allem ist diese Aufgabe doch ebenso viel, wenn nicht mehr wert, als die Lösung eines Logogriphen oder eines Rebus!«

Manoel stand ebenfalls auf, verneigte sich vor dem Beamten und kehrte nach der Jangada zurück, freilich mit weit weniger froher Hoffnung, als bei seinem Fortgang von derselben.

Vierzehntes Kapitel

Ganz nach Belieben!

Inzwischen hatte sich in der öffentlichen Meinung bezüglich des verurteilten Joam Dacosta ein völliger Umschwung vollzogen. Anstelle der Erbitterung war das Mitleid getreten. Jetzt strömte die Bevölkerung Manaos nicht mehr vor dem Gefängnisse zusammen, um den Tod des Fazenders zu verlangen. Im Gegenteil erklärten nun diejenigen, welche ihn früher am lautesten verdammten und von seiner Schuld bezüglich des Verbrechens in Tijuco überzeugt waren, mit demselben Ungestüm, daß er sofort auf freien Fuß gesetzt werden sollte – wie die große Menge ja gewöhnlich von einem Extrem zum anderen überzuspringen pflegt.

An Gründen für die Meinungsänderung fehlte es freilich nicht.

Die Ereignisse der letzten beiden Tage, der Zweikampf zwischen Benito und Torres, die Aufsuchung des unter so merkwürdigen Umständen wieder ans Licht gekommenen Leichnams, die Auffindung des, wenn man so sagen darf, »undechiffrierbaren« Dokuments, der Zeilen, von denen man überzeugt war oder sich doch die Überzeugung einredete, daß sie den materiellen Beweis der Schuldlosigkeit Joam Dacostas enthielten, da das Schriftstück von dem wahren Schuldigen ausging – alles hatte dazu beigetragen, diesen Umschwung der öffentlichen Meinung herbeizuführen. Was man noch vor achtundvierzig Stunden wünschte und mit Ungeduld erwartete, nämlich das Eintreffen der Instruktion von Rio de Janeiro, das fürchtete man jetzt ebenso ängstlich.

Lange konnte es ja bis dahin nicht dauern.

Joam Dacosta war am 24. August verhaftet und am nächsten Tage verhört worden. Der Bericht des Beamten wurde am 26. abgesendet. Binnen drei bis höchstens vier Tagen mußte der Minister eine Entscheidung bezüglich des Verurteilten fällen, und es schien nur zu gewiß, daß »die Gerechtigkeit ihren Lauf haben werde«.

In der Tat zweifelte daran niemand. Daß der Nachweis der Unschuld Joam Dacostas sich aus dem Dokument ergeben werde, daran zweifelte auch andererseits niemand, weder seine Familie noch die Einwohnerschaft Manaos, welche allen Phasen dieses Dramas mit größter Spannung folgte.

Und doch konnte jenes Dokument in den Augen nichtinteressierter und unparteiischer Beurteiler, welche nicht unter dem Eindruck der Ereignisse standen, eigentlich gar keinen Wert beanspruchen, vorzüglich da ja nicht einmal der Beweis erbracht war, daß es sich überhaupt auf den Überfall im Diamantendistrik beziehe. Daß es existierte, war freilich unzweifelhaft, ebenso, daß man es an Torres' Leichnam gefunden hatte. Weiter ließ sich durch Vergleichung des Briefes, in dem Torres Joam Dacosta denunziert hatte, nachweisen, daß jenes nicht von der Hand des Abenteurers abgefaßt sein könne. Dagegen warf der Richter Jarriquez freilich mit Recht ein, wie damit keineswegs die Annahme ausgeschlossen sei, daß der Elende es habe zu betrügerischen Zwecken von einem anderen anfertigen lassen. Das wurde noch mehr dadurch bekräftigt, daß er dasselbe erst nach der Vermählung mit der Tochter des Fazenders hatte ausliefern wollen, d. h. erst dann, wenn an dem Geschehenen nichts mehr zu ändern wäre.

Auf jeden Fall konnte man über den Wert des Dokuments sehr abweichende Anschauungen haben, ein Umstand, welcher die Erhitzung der Gemüter nur noch begünstigte. Die Lage Joam Dacostas war und blieb ohne Zweifel eine sehr gefährliche. Wurde das Dokument nicht enträtselt, so war es so gut wie nicht vorhanden, und gelang die Lösung dieser außerordentlichen kryptographischen Aufgabe nicht binnen drei Tagen, so schien die Hinrichtung des in Tijuco Verurteilten unausweichlich.

Die Wundertat der Lösung wollte ein Mann vollbringen; dieser Mann war niemand anderer als der Richter Jarriquez, und jetzt arbeitete er mehr im Interesse Joam Dacostas als zur Befriedigung seiner eigenen Liebhaberei. Auch seine Ansicht von der Sache hatte sich vollständig geändert. Bot jener Mann, der sein Versteck in Iquitos freiwillig verließ, der sich selbst auf die Gefahr seines Lebens hin stellte, um von einem Gerichtshofe Brasiliens seine Rehabilitation zu verlangen, nicht ein moralisches Rätsel, welches für seine Unschuld mehr sprach als manche andere Beweise? Das Dokument wollte der Beamte jedenfalls nicht aus der Hand legen, bis er den Schlüssel dazu gefunden hatte; er ging in diesem Streben vollständig auf; er aß nicht mehr, er schlief nicht mehr – jede Minute seiner Zeit verwandte er dazu, Zahlen zu kombinieren und auf Grund derselben den Schlüssel zu diesem Schlosse zu finden.

Am Ende des ersten Tages war dieser Gedanke im Gehirn des Richters Jarriquez schon zur fixen Idee geworden. In seinem Innern kochte eine nur schlecht verhehlte Wut, vor welcher sein ganzes Haus zitterte. Seine weißen oder schwarzen Diener wagten gar nicht mehr, ihm näher zu kommen. Zum Glück war er ein alter Hagestolz, sonst hätte Frau Jarriquez jetzt gewiß bitterböse Stunden gehabt. Noch niemals hatte ein Problem dieses Original von einem Richter so lebhaft interessiert, und er war entschlossen, nicht eher nachzulassen, als bis ihm die Lösung gelungen war, vorausgesetzt, daß sein Kopf nicht sprang wie ein Kessel unter dem Drucke des zu hoch gespannten Dampfes.

Bei dem würdigen Beamten stand es jetzt unerschütterlich fest, daß der Schlüssel eine zwei- oder mehrzifferige Zahl bilde, daß aber diese Zahl auf keine Weise durch Deduktion zu finden sei.

Gerade das versuchte der Richter Jarriquez aber mit einer wirklichen Wut, und an diese übermenschliche Arbeit verschwendete er am 28. August alle seine Erfahrung und Fähigkeiten.

Jene Zahl durch Probieren zu finden, das hieß, wie er gesagt hatte, sich in Millionen Kombinationen verlieren, welche mehr als die Lebenszeit eines Rechners ersten Ranges in Anspruch genommen hätten. Wenn man auf die Hilfe des Zufalls aber kaum zählen durfte, konnte man nicht durch Räsonnement auf die richtige Fährte gelangen? Nein, aller Wahrscheinlichkeit auch das nicht, obwohl der Richter Jarriquez, nachdem er sich wenige Stunden Schlaf gegönnt, bis zur Unvernunft räsonnierte und Möglichkeiten erwog.

Wer ihn jetzt, unter Hintansetzung seines strengen Verbotes, ihn ungestört zu lassen, gesehen hätte, würde ihn noch immer vor seinem Schreibtische mit den Augen auf dem Dokument gefunden haben, während ganze Tausende von Zahlen ihm um den Kopf zu schwirren schienen.

»Zum Teufel«, rief er, »warum hat der Schurke, der diese Zeilen schrieb, nicht wenigstens die Wörter seiner Linien abbegrenzt, dann könnte man doch ... ja, ja, dann wär's möglich ... aber nein! Und dann, wenn in diesem Schriftstücke wirklich von dem Diamantendiebstahle die Rede ist, erscheint es ganz unmöglich, daß sich gewisse Wörter nicht darin vorfinden sollten, wie z. B. Arryal, Diamanten, Tijuco, Dacosta und andere, was weiß ich! Und wenn man unter diese ihre kryptographischen Stellvertreter setzte, müßte es gelingen, die untergelegte Zahl zu rekonstruieren. Aber nein, nicht eine einzige Trennung. Ein Wort, hätte ich nur ein einziges Wort, nur eines aus diesen zweihundertsechsundsiebzig Buchstaben! Zweihundertsechsundsiebzigmal soll ihn der Teufel holen, diesen Wicht, der sein System so spitzbübisch zu komplizieren wußte! Schon für diesen einen Schurkenstreich verdiente er zweihundertsechsundsiebzigmal den Kopf zu verlieren!«

Ein kräftiger Faustschlag auf das Dokument bekräftigte diesen menschenfreundlichen Wunsch.

»Und doch«, fuhr der Beamte fort, »wenn ich kaum erwarten darf, mit einem Worte mitten aus dem Texte des Schriftstückes etwas zu erreichen, könnte sich nicht ein geeignetes am Anfange oder am Ende jedes Absatzes finden? Vielleicht ist das ein Ausweg!«

Der Richter Jarriquez machte sich sofort an diesen Versuch und prüfte die Buchstaben zu Anfang und zu Ende jedes Satzes im Verhältnis zu dem wichtigsten Worte des ganzen Dokuments, nämlich zu dem Namen Dacosta.

Auch das führte ihn aber nicht näher zum Ziele.

Um nur von dem letzten Absatze und den sieben ersten Buchstaben desselben zu sprechen, so ergab sich folgende Tabelle:

P = D
h = a
y = c
j = o
s = s
l = t
y = a

Schon das allererste Schriftzeichen paßte nicht in des Richters Berechnungssystem, denn der Unterschied zwischen p und d im Alphabet ergab nicht eine Ziffer, sondern zwei, nämlich 12, und bei dieser Art von Geheimschrift konnte jeder Buchstabe natürlich nur durch einen einzigen anderen ersetzt werden.

Das gleiche ergaben die sieben letzten Buchstaben des Absatzes p s u v j h d, deren Reihe ebenfalls mit einem p anfing, welches auf keinen Fall dem D des Namen Dacosta substituiert sein konnte, weil es ja denselben Abstand von 12 Buchstaben hatte.

Dieser Name konnte sich an beiden Stellen unmöglich vorfinden.

Mit den Wörtern Arrayal und Tijuco, welche er nach und nach probierte und deren Zusammensetzung wiederum nicht der überhaupt möglichen Reihe kryptographischer Buchstaben entsprach, kam er ebenfalls nicht weiter.

Nach dieser fruchtlosen Mühe erhob sich der Richter Jarriquez; ihm schwirrte es im Kopfe, so daß er im Zimmer auf und ab ging. Dann öffnete er das Fenster, um frische Luft zu schöpfen, und stöhnte hinaus ins Freie mit einer Gewalt, daß eine ganze Schar Kolibris aus der Mimose, in der sie rasteten, erschreckt entfloh; hierauf kehrte er wieder zu dem verwünschten Dokument zurück.

Er nahm es in die Hand und drehte und wendete es nach allen Seiten.

»Der Spitzbube, der Schurke!« brummte er für sich, »er wird mich noch rein verrückt machen! Aber halt, halt! Ruhe im Gliede! Nicht die Besonnenheit verlieren, das wäre jetzt das Schlimmste!«

Um weitersinnen zu können, wusch er sich den Kopf tüchtig mit kaltem Wasser.

»Nun werde ich die Sache vom anderen Ende anfangen«, sagte er; »da ich nicht imstande bin, eine Zahl aus diesen verdammten Buchstaben abzuleiten, so will ich doch nachdenken, welche Zahl der Verfasser des Dokuments, wenn er wirklich der Urheber des Verbrechens von Tijuco ist, wohl hätte wählen können.«

Das war eine andere Methode, auf welche der Beamte kam, und vielleicht keine so unrechte, denn eine gewisse Logik war ihr nicht abzusprechen.

»Zuerst«, fuhr er fort, »wollen wir's mit einer Zahl in den einfachen Tausenden probieren. Warum sollte der Übeltäter z. B. nicht die Zahl des Geburtsjahres Joam Dacostas, jenes Unschuldigen, den er an seiner Statt verurteilen ließ, als Unterlage gewählt haben? Nun, Joam Dacosta ist im Jahre 1804 geboren. Sehen wir zu, was diese 1804 ergibt, wenn ich sie der Schrift unterlege.«

Der Richter Jarriquez schrieb die ersten Buchstaben des Absatzes nieder, darüber entsprechend die Zahl 1804, welche er dreimal wiederholte, und erhielt dadurch folgendes:

1804 1804 1804
phyj slyd dqfd

Zählte er dann so viele Buchstaben zurück, wie jede Ziffer bedingte, so ergab das folgende Reihe:

O.yf rdy. cif.

welches wiederum nichts bedeutete.

Und dazu fehlten ihm gar noch drei Buchstaben, die er hatte durch Punkte andeuten müssen, weil die Ziffern 8, 4 und 4, welche über den Buchstaben h, d und d standen, im Alphabet nach rückwärts gezählt keinen Buchstaben ergaben.

»Das war also auch nichts!« rief der Richter Jarriquez. »Versuchen wir's also mit einer anderen Zahl!«

Er kam auf den Einfall, daß der Verfasser des Dokuments ja vielleicht die Zahl des Jahres hätte nehmen können, in welchem das Verbrechen begangen wurde.

Das war 1826.

Das nämliche Verfahren wie oben ergab nun folgendes:

1826 1826 1826
phgj slyd dqfd

Und daraus wurde durch Rechnung:

o.vd rdv. cid.

Also nochmals eine sinnlose Reihe, in der ebenfalls einzelne Buchstaben wie in der früheren und aus derselben Ursache fehlten.

»Verwünschte Zahl!« schrie der Beamte wütend. »Mit dieser ist also auch nichts anzufangen. Nun, so gehen wir an eine andere! Sollte der Wicht vielleicht die Anzahl der gestohlenen Contos gewählt haben?«

Der Wert der geraubten Diamanten war auf 834 Contos* geschätzt worden.

*1,250.000 Mark.

Die Aufstellung nach dieser Formel ergab nun folgende Reihe:

834 834 834 834
phy jsl ydd qfd

und als gleich unsinniges Resultat wie die vorigen Versuche:

h e t l p h p a . i c .

»Zum Teufel mit dem Dokument und mit dem Verfasser desselben!« rief der Richter und warf das Papier zur Erde, daß es bis in die andere Ecke des Zimmers flog. »Da verlöre ja ein Heiliger die Geduld und lernte schimpfen und wettern dabei!«

Diese Aufwallung von Zorn ging jedoch vorüber, und der unermüdliche Beamte nahm das Papier aufs neue zur Hand. Was er mit den ersten Buchstaben jedes Absatzes versucht hatte, das probierte er nun mit den letzten – vergebens! Alles, was ihm in den Sinn kam, wurde versucht. So kamen nacheinander an die Reihe die Zahl der Lebensjahre Joam Dacostas, welche der Urheber des Verbrechens wohl kennen mußte, das Datum seiner ersten Verhaftung, das seiner Verurteilung in Villa Rica, der Monatstag, der zu seiner Hinrichtung bestimmt war usw., usw., bis auf die Zahl der Opfer jenes Überfalles bei Tijuco.

Nichts, immer noch nichts!

Der Richter Jarriquez befand sich jetzt in einer Aufregung, welche wirklich für seine geistigen Fähigkeiten fürchten ließ. Er arbeitete mit Händen und Füßen, als hätte er einen Gegner vor sich, dem er den Garaus machen wollte.

»Nun, so überlaß ich's dem Zufall und der Himmel mag helfen, da mich die Logik im Stiche läßt!«

Schnell riß er an einer Klingelschnur, die über dem Schreibtisch hing. Die Klingel ertönte laut; der Beamte ging zur Tür und öffnete diese.

»Bobo!« rief er hinaus.

Einige Augenblicke vergingen.

Bobo, ein freigelassener Schwarzer und Leibdiener des Richters, erschien aber nicht. Offenbar wagte Bobo jetzt nicht, das Zimmer seines Herrn zu betreten.

Ein neuer Zug mit der Klingel. Wieder tönte Bobos Name durch das Haus, aber der Diener glaubte in seinem Interesse zu handeln, wenn er jetzt den Tauben spielte.

Jetzt riß der Beamte noch ein drittes Mal an der Schnur, aber so heftig, daß dieselbe in Stücke ging. Nun erschien Bobo.

»Was wünscht mein Herr?« fragte er, vorsichtig auf der Türschwelle stehenbleibend.

»Vorwärts, hereintreten, nicht gemuckst!« antwortete der Beamte, dessen Flammenblicke den armen Kerl erzittern machten.

Bobo schritt ins Zimmer.

»Bobo«, begann der Richter, »paß wohl auf, was ich dir sage, und antworte augenblicklich, ohne einen Augenblick zu überlegen, oder ich ...«

Bobo riß die Augen und sperrte den Mund auf, stand aber stramm da, wie ein Soldat ohne Waffen, und wartete der Dinge, die da kommen sollten.

»Bist du bei der Sache?« fragte sein Herr.

»Vollkommen!«

»Nun paß auf! Sage mir, ohne zu wählen, – verstehst du mich? – die erste beste Zahl, die dir der Zufall eingibt.«

»Sechsundsiebzigtausendzweihundertdreiundzwanzig!« antwortete Bobo in einem Atemzuge.

Bobo mochte glauben, seinem Herrn einen Gefallen zu erweisen, wenn er eine recht hohe Zahl nannte.

Der Richter Jarriquez war inzwischen zum Schreibtische gelaufen, hatte den Bleistift ergriffen und versuchte es nun mit der Zahl, welche Bobo auf gut Glück ausgesprochen hatte.

Der Leser sagt sich gewiß selbst, wie wenig Wahrscheinlichkeit dafür vorlag, daß gerade diese Zahl 76223 den richtigen Schlüssel des Dokuments ergeben werde.

Es kam auch kein anderes Resultat heraus, als das Jarriquez' Lippen einen furchtbaren Fluch herausstießen, der Bobo veranlaßte, über Hals und Kopf Fersengeld zu zahlen.

Fünfzehntes Kapitel

Letzte Bemühungen

Der Beamte war übrigens nicht der einzige, der sich mit fruchtlosen Versuchen quälte. Benito, Manoel und Minha bemühten sich nicht minder mit der Lösung des Rätsels dieses Dokuments, von dem das Leben und die Ehre ihres Vaters abhing. Auch Fragoso, dem Lina getreulich zur Seite stand, wollte bei dem edlen Wettstreite nicht zurückbleiben – doch alles, alles erwies sich vergeblich, keinem gelang es, die richtige Zahl zu finden.

»Du mußt dahinterkommen, Fragoso«, wiederholte die junge Mulattin, »du mußt!«

»Ich werde es auch!« versicherte Fragoso.

Leider sollte diese Hoffnung nicht in Erfüllung gehen.

Fragoso beschäftigte sich freilich schon mit dem Gedanken an ein anderes Vorhaben, von dem er gegen niemand, nicht einmal gegen Lina, etwas erwähnte, und das ihm gar nicht mehr aus dem Sinn kommen wollte. Er beabsichtigte nämlich, sich auf den Weg zu machen, um womöglich noch vorhandene Mitglieder jener Miliz zu finden, welcher der ehemalige Waldkapitän angehörte, und vielleicht zu erfahren, wer der Verfasser des unverständlichen Dokuments habe sein können, der sich als Urheber des Attentats von Tijuco bekannt hatte. Der betreffende Teil der Provinz Amazonas, in welche jene Miliz operierte, der Ort, wo Fragoso eine Abteilung derselben vor einigen Jahren getroffen hatte, und die Grenze, bis zu welcher hin sich deren Tätigkeit erstreckte, waren nicht sehr weit von Manao entfernt. Es bedurfte nur einer Fahrt von etwa fünfzig Meilen auf dem Strome bis zur Mündung des Madeira, eines rechtsseitigen Nebenflusses, und er mußte den Befehlshaber jener »Capitaës do mato« auffinden, unter dem auch Torres gedient hatte. Binnen zwei, höchstens drei Tagen konnte Fragoso sich mit den früheren Kameraden des Abenteurers ins Einvernehmen gesetzt haben.

»Ja, ja«, sagte er für sich, »das ließe sich wohl ausführen – aber was dann? Welches Resultat kann mein Ausflug, wenn ich überhaupt dessen nächstes Ziel erreiche, eigentlich haben? Sollte ich auch in Erfahrung bringen, daß einer von Torres' Kameraden unlängst mit Tode abgegangen ist, liefert das den Beweis, daß er der Urheber des Verbrechens war? Läßt es wenigstens voraussetzen, daß er gerade Torres ein Schriftstück übergeben habe, in welchem er seine Schuld eingesteht und Joam Dacosta von jedem Verdachte reinigt? Bietet sich mir die Aussicht, den Schlüssel zu jener geheimen Schrift in die Hand zu bekommen? Nein! Nur zwei Menschen kannten denselben – der Schuldige selbst und Torres. – Aber diese beiden sind nicht mehr!«

Solche Gedanken gingen Fragoso durch den Kopf. Er gewann selbst die Überzeugung, daß sein Versuch zu nichts führen könne, und doch vermochte er sich desselben auf keine Weise zu entschlagen. Mit unwiderstehlicher Gewalt drängte es ihn, aufzubrechen, obgleich er nicht einmal vorauswissen konnte, ob er die Miliz am Madeira antreffen würde. Die Mannschaft konnte ja auf der Jagd in irgendeinem anderen Teile der Provinz sein, und um sie da aufzusuchen, das erforderte mehr Zeit, als Fragoso daran zu wenden imstande war. Was hatte dann seine ganze Bemühung genützt?

Trotz aller Einreden, die er sich selbst machte, verließ Fragoso dennoch am 29. August die Jangada, ohne jemandem ein Wort zu sagen, gelangte unbemerkt nach

Manao und schiffte sich dort auf einer der vielen Egariteas ein, welche tagtäglich den Amazonenstrom hinabsegeln.

Es erregte nicht wenig Erstaunen, als ihn niemand an Bord sah und er auch den ganzen Tag nicht wiederkehrte. Keiner, nicht einmal die junge Mulattin, konnte sich das Verschwinden des so ergebenen Dieners gerade unter den jetzigen mißlichen Umständen erklären.

Man fragte sich nicht ohne Grund, ob der arme Bursche, aus Verzweiflung darüber, daß er selbst durch seine Begegnung mit Torres die unschuldige Ursache geworden war, diesen auf die Jangada zu bringen, sich nicht ein Leid zugefügt habe.

Doch wenn Fragoso sich einen derartigen Vorwurf machte, was hätte erst Benito sagen sollen? Zuerst hatte dieser in Iquitos schon Torres zum Besuche der Fazenda eingeladen; später führte er ihn in Tabatinga selbst nach der Jangada, um mit dem Floße weiterzureisen; zuletzt hatte er ihn gar noch zum Zweikampf herausgefordert und dadurch, daß er ihn tötete, den einzigen Zeugen aus der Welt geschafft, dessen Aussage die Lage des Verurteilten gewiß mit einem Schlage verbessert hätte!

Benito fühlte sich also an allem schuld, ebenso an der Verhaftung seines Vaters, wie an den schrecklichen Folgen, welche diese unabwendbar mitzuführen schienen.

Wenn Torres jetzt noch lebte, konnte Benito ja wohl annehmen, daß der Abenteurer, aus Mitleid oder aus Interesse, zuletzt das auf den Vorgang in Tijuco bezügliche Dokument herausgegeben hätte. Torres mußte sich wohl, wenn man ihm Geld bot, dazu bewegen lassen, da er ja in keiner Weise bei der Angelegenheit beteiligt war. Gewiß wäre dann der so sehnlich gesuchte Beweis der Unschuld des Fazenders dem Richter geliefert worden. Der einzige Mensch aber, der ein solches Zeugnis hätte ablegen können, gerade dieser mußte durch Benitos eigene Hand fallen!

Wie oft überschüttete sich der junge Mann gegenüber

seiner Mutter und Manoel mit Selbstvorwürfen dieser Art! Wie entsetzlich mochten ihn Gewissensbisse über seine schnelle Handlungsweise quälen!

Nichtsdestoweniger verlor die mutige Yaquita weder gegenüber ihrem Gatten, bei dem sie jede Stunde zubrachte, so lange ihr das gestattet wurde, noch gegenüber ihrem verzweifelten und sich selbst bitter anklagenden Sohne niemals alle Hoffnung.

Gerade in diesen kritischen Augenblicken erwies sie sich als die echte, mutige Tochter Magelhaës', als würdige Gefährtin des Fazenders von Iquitos.

Die Haltung Joam Dacostas war übrigens dazu angetan, ihr in dieser Prüfungszeit eine Stütze zu bieten. Dieser herzhafte Mann, dieser strenge Puritaner, dieser niemals rastende Arbeiter, dessen Leben nur Streben und Tätigkeit gewesen war, zeigte auch jetzt keine Spur von Schwäche oder Verzagtheit.

Der schreckliche Schlag, der ihn getroffen, ohne seine Standhaftigkeit zu erschüttern, war der unerwartete Tod des Richters Ribeiro, von dem er überzeugt sein konnte, daß er an seiner Unschuld nicht zweifelte. Gerade mit Unterstützung seines früheren Verteidigers hatte er ja gehofft, den Streit um seine Rehabilitation siegreich durchzuführen. Das Dazwischentreten Torres' betrachtete er selbst nur als Nebensache. Von dem Vorhandensein jenes Dokuments wußte er ja nichts, als er die Heimat verließ, um sich den Gerichten des alten Vaterlandes zu stellen. Was er als Waffen zu seiner Verteidigung bei sich führte, bestand nur in moralischen Beweisen. Wenn den Behörden vor oder nach seiner Verhaftung auch ein materieller Beweis geliefert werden konnte, so hätte er diesen gewiß gern für sich in Anspruch genommen; im Falle dieser Beweis aber infolge bedauerlicher Umstände abhanden kam, so erschien ja seine Lage noch um nichts verschlimmert gegenüber derjenigen, in der er sich beim Überschreiten der Grenze Brasiliens befand, als er sich freiwillig stellen wollte mit den Worten:

»Da habt Ihr meine Vergangenheit, hier mein gegenwärtiges Leben, ein ganzes Menschenalter treu erfüllter Pflicht, das ich opfere, um endlich das Geheimnis zu lüften, das mich bedrückt. Ihr habt früher ein ungerechtes Urteil über mich gefällt! Nach dreiundzwanzig Jahren komme ich und stelle mich selbst. Hier bin ich! Nun gebt noch einmal Euer Urteil ab!«

Torres' plötzlicher Tod und die Unmöglichkeit, das bei ihm vorgefundene Dokument zu lesen, hatten auf Joam Dacosta also keineswegs einen so niederschlagenden Eindruck gemacht wie auf seine Kinder, seine Freunde und Diener, wie auf alle übrigen, welche für ihn Interesse empfanden.

»Ich vertraue auf meine Unschuld«, tröstete er Yaquita, »und setze meine Hoffnung auf Gott. Wenn er glaubt, daß mein Leben noch Wert für die Meinigen habe, und es bedürfte eines Wunders, um dasselbe zu retten, so wird er auch dieses Wunder tun – wenn nicht, so werde ich sterben. Er allein, er ist der Richter!«

Je länger, je mehr verursachte die ganze Angelegenheit eine gewisse Erregung in Manao und wurde mit einer Lebhaftigkeit ohnegleichen besprochen. Inmitten dieser Erhitzung der öffentlichen Meinung, welche so leicht gegenüber jeder, durch ihre geheimnisvolle Natur doppelt interessanten Angelegenheit eintritt, bildete das Dokument fast den einzigen Gegenstand der Unterhaltung. Zu Ende des vierten Tages schon zweifelte niemand mehr daran, daß dasselbe die Rechtfertigung des Verurteilten enthalte.

Übrigens war jetzt jedermann Gelegenheit geboten, seinen Witz an der Entzifferung der so wichtigen Geheimschrift zu üben. »Das Diario d'o Grand Para« hatte nämlich ein Faksimile derselben veröffentlicht. Autographierte Exemplare wurden in großer Anzahl verbreitet und zwar auf Veranlassung Manoels, der nichts versäumen wollte, das zur Entschleierung des Geheimnisses irgend beitragen zu können versprach, nicht einmal den Zufall, den »Kriegsnamen«, wie man gesagt hat, den die Vorsehung zuweilen annimmt.

Überdies winkte demjenigen, der die richtige Ziffer fand, welche das Verständnis des Dokuments ermöglichte, eine Belohnung von hundert Contos.* Das war schon ein Vermögen zu nennen. Und wieviel Leute aus allen Gesellschaftsklassen vergaßen auch darüber Essen und Trinken und den Schlaf dazu, nur um das allen Bemühungen trotzende Kryptogramm in verständliche Worte zu übersetzen!

Bisher erwies sich jedoch alles als vergeblich, und wahrscheinlich hätten auch die gewandtesten Analytiker der Welt ihren Scharfsinn damit erfolglos angestrengt.

Es war daneben auch zur allgemeinen Kenntnis gebracht worden, daß die etwaige gefundene Lösung ohne Verzug dem Richter Jarriquez, in dessen Wohnung in der Straße Gottes des Sohnes, mitzuteilen sei; auch am Abend des 29. August war noch keine Meldung eingelaufen und aller Wahrscheinlichkeit nach auf eine solche auch nicht zu rechnen.

Von allen, die sich mit dem Studium dieser schwierigen Aufgabe beschäftigten, verdiente gewiß der Richter Jarriquez das größte Mitleid. Infolge einer ganz natürlichen Ideenassoziation teilte auch er die allgemeine Ansicht, daß das Dokument mit der Affäre von Tijuco zusammenhänge, daß es von der Hand des Schuldigen selbst aufgesetzt sei und die Rechtfertigung Joam Dacostas enthalten werde. Das trieb ihn nur um so mehr, den Schlüssel zu finden. Es leitete ihn nicht allein »die Liebe zur Kunst«, sondern auch ein gewisses Gefühl der Gerechtigkeit und des Mitleids für einen Mann, der fälschlicherweise verurteilt worden war.

Wenn es wahr ist, daß durch die Tätigkeit des Gehirns eine gewisse Menge Phosphor aus dem Gewebe desselben verbrannt wird, so möchte es schwierig sein, anzuge-

*400 000 Mark.

ben, wieviel Milligramm der Beamte daransetzte, um sein »Sensorium« zu erwärmen und am letzten Ende doch nichts, nichts zu finden!

Der Richter Jarriquez dachte deswegen jedoch nicht etwa daran, von ferneren Versuchen abzustehen. Wenn er jetzt nur noch auf den Zufall rechnete, so sollte, so mußte dieser Zufall ihm zu Hilfe kommen. Er suchte durch alle möglichen und unmöglichen Mittel sein Ziel zu erreichen. Bei ihm war die Sache zur Phrenesie, zur Wut, und was das Schlimmste ist, zur ohnmächtigen Wut geworden.

Niemand möchte glauben, wieviel verschiedene, immer ganz willkürlich herausgegriffene Ziffern er noch am Abend dieses Tages durchprobierte. Hätte ihm die Zeit dazu nicht gefehlt, er würde es mit allen den Millionen von Kombinationen versucht haben, welche die zehn Ziffern des Zahlensystems zuließen. Er hätte dieser Aufgabe gern sein ganzes Leben gewidmet, selbst auf die Gefahr hin, darüber zum Narren zu werden, und, wenn man es recht betrachtet, war er das nicht schon?

Da kam ihm auch der Gedanke, das Dokument müsse vielleicht von rechts nach links gelesen werden; wieder begann er zu probieren, wieder kam er zu demselben nichtigen Resultat, doch mit allen den schon untergelegten Ziffern gelang es ihm auch auf diese Weise nicht, nur ein Wort davon zu verstehen.

Vielleicht auch hatte man das ganze Dokument von rückwärts zu lesen und den letzten Buchstaben als den ersten zu betrachten, was der Schreiber desselben ja ersonnen haben mochte, um die Enträtselung noch mehr zu erschweren.

Vergeblich! Auch diese neue Kombination ergab nichts weiter als eine Reihe sinnloser Buchstaben.

Um acht Uhr abends hatte der Richter Jarriquez, dem der Kopf in die Hand gesunken war, bei seiner geistigen und körperlichen Erschöpfung nicht mehr die Kraft, sich zu bewegen, zu sprechen, zu denken, oder wenigstens einen Gedanken an den anderen zu reihen.

Plötzlich entstand vor seiner Türe Lärm. Fast gleichzeitig wurde die Tür seines Kabinetts trotz seines gemessenen Befehls rasch geöffnet.

Benito und Manoel standen vor ihm. Benito entsetzlich anzusehen, Manoel diesen unterstützend, denn der unglückliche junge Mann vermochte sich kaum noch auf den Füßen zu erhalten.

Der Beamte stand schnell auf.

»Was gibt es, meine Herren, was wünschen Sie?« fragte er.

»Den Schlüssel ... den Schlüssel!« rief Benito wahnsinnig vor Schmerz, »den Schlüssel zu dem Dokument! ...«

»Kennen Sie denselben?« fragte der Richter Jarriquez.

»Nein, Herr Richter, aber vielleicht Sie ...?«

»Ich weiß nichts ... Nichts.«

»Nichts!« schrie Benito auf.

In seiner Verzweiflung zog er einen Dolch aus seinem Rocke und wollte sich denselben ins Herz stoßen.

Der Beamte und Manoel fielen ihm in die Arme und hatten große Mühe, ihn zu entwaffnen.

»Benito«, begann der Richter und zwang sich, so ruhig wie möglich zu erscheinen, »da Ihr Vater jetzt für ein Verbrechen büßen soll, das er nicht begangen hat, haben Sie wahrlich Besseres zu tun, als sich selbst umzubringen.«

»Aber was ... was?« schluchzte Benito.

»Sie müssen danach trachten, ihm das Leben zu retten!«

»O, wie gern, aber wie?«

»Das müssen Sie selbst erraten«, erwiderte der Beamte, »es ist nicht meine Sache, Ihnen das zu sagen!«

Sechzehntes Kapitel

Vorbereitungen

Am folgenden Tage, am 30. August, gingen Benito und Manoel miteinander zu Rate. Sie glaubten den Gedanken des Richters, den dieser in ihrer Gegenwart nicht laut werden lassen wollte, verstanden zu haben, und überlegten nun, wie es möglich sei, dem Verurteilten, welcher der Hinrichtung nicht entgehen zu können schien, bald zur Flucht zu verhelfen.

Einen anderen Weg zur Rettung sahen sie nicht mehr offen.

Es war ja allem Anscheine nach vorauszusagen, daß jenes unlesbare Dokument für die Oberbehörden von Rio de Janeiro keinerlei Wert haben und als toter Buchstabe betrachtet werden würde; dann konnte das erst ergangene Urteil, welches Joam Dacosta für den Urheber des Attentats erklärte, natürlich auch keine Änderung erfahren, und der Befehl zur Hinrichtung mußte unvermeidlich eintreffen, weil gerade in diesem Falle eine Strafumwandlung vom Gesetz ausgeschlossen war.

Noch einmal mußte Joam Dacosta also sein Heil in schleuniger Flucht suchen, um sich der unverdienten Gefangenschaft und allen weiteren Eventualitäten zu entziehen.

Die beiden jungen Männer verabredeten zunächst, über ihre zu unternehmenden Schritte unbedingt Stillschweigen zu bewahren; weder Yaquita noch Minha sollten von ihrem Vorhaben unterrichtet werden. Sie fürchteten bei diesen damit vielleicht Hoffnungen zu erregen, welche zuletzt unerfüllt bleiben konnten. Denn wer konnte vorher wissen, ob dieser Versuch zur Befreiung des Verhafteten nicht infolge mißlicher Umstände kläglich scheiterte?

Fragosos Mithilfe wäre bei dieser Gelegenheit gewiß sehr wünschenswert gewesen. Der gewandte und zu allem bereite Bursche hätte ihnen sicherlich nützliche Dienste leisten können; Fragoso aber war noch nicht wieder erschienen. Auch Lina, welche man nach ihm fragte, vermochte nicht anzugeben, was aus ihm geworden sei, noch warum er die Jangada, ohne ihr ein Wort zu sagen, verlassen habe.

Hätte Fragoso freilich vorausgesehen, daß die Sachen auf den Punkt kommen konnten, auf welchem sie jetzt standen, so würde er die Familie Dacosta jedenfalls nicht verlassen haben, um einen Ausflug zu unternehmen, der aller Wahrscheinlichkeit nach doch zu nichts führte. Ja, gewiß wäre es besser gewesen, bei der Befreiung des Verurteilten hilfreiche Hand zu leisten, als auf gut Glück die alten Kameraden des Abenteurers aufzusuchen.

Fragoso war aber nun einmal nicht zur Hand und man mußte wohl oder übel von seiner Mitwirkung absehen.

Benito und Manoel verließen die Jangada schon früh am Morgen und begaben sich nach Manao. Sie gelangten bald nach der Stadt und betraten die engen, zu dieser Stunde noch menschenleeren Straßen. Binnen wenig Minuten befanden sie sich vor dem Gefängnisse und durchstreiften nach allen Richtungen das öde Terrain, in dessen Mitte sich das als Arresthaus dienende alte Kloster erhob.

Es lag ihnen selbstverständlich viel daran, sich zunächst über die Örtlichkeit sorgsam zu orientieren.

An einer Ecke des Gebäudes befand sich, fünfundzwanzig Fuß über dem Erdboden, das Fenster der Zelle, welche Joam Dacosta innehatte. Es war mit einem eisernen Gitter in ziemlich schlechtem Zustand verwahrt, so daß man es offenbar leicht herausreißen oder durchsägen konnte, wenn es nur gelang, bis an dasselbe hinaufzukommen. Die schlecht verbundenen Steine der Mauer, zwischen denen der Mörtel an manchen Stellen herausgebröckelt war, boten zahlreiche Vorsprünge, die dem Fuße genügenden Halt bieten mußten, wenn es möglich wurde, sich mittelst eines Seiles emporzuhissen. Ein solches Seil konnte vielleicht, wenn es geschickt geworfen wurde, um einen der Stäbe des Gitters geschlungen werden, der aus seiner Höhlung gehoben und nach außen gebogen war und so eine Art Haken bildete. Darauf galt es nur zwei oder drei Stäbe herauszuheben, so daß ein Mensch sich hindurchzwängen konnte, und dann konnte eine Entführung mit Hilfe jenes an dem Fenstergitter befestigten Seiles keine weiteren Schwierigkeiten darbieten. Während der Nacht, welche dem Aussehen des Himmels nach sehr dunkel zu werden versprach, durfte man wohl annehmen, daß alle diese Vorbereitungen unbemerkt vonstatten gehen würden und Joam Dacosta vor Anbruch des Morgens befreit und in Sicherheit sein werde.

Wohl eine Stunde lang wandelten Benito und Manoel hin und her, um die Aufmerksamkeit anderer nicht zu sehr auf sich zu lenken, und merkten sich alles genau, sowohl die Lage des Fensters und den Zustand der Vergitterung desselben, wie auch die Stelle, von welchem aus ein Seil am bequemsten geworfen werden konnte.

»Das wäre also abgemacht«, sagte darauf Manoel, »aber meinst du, daß wir deinen Vater vorher benachrichtigen?«

»Nein, Manoel! Ich denke, wir verheimlichen unser Vorhaben, das ja mißglücken könnte, ihm ebenso wie unserer Mutter.«

»Wir führen es durch, Benito!« antwortete Manoel voll Zuversicht. »Und doch will alles bedacht sein, z. B. wenn der Gefängnisaufseher gerade zur Zeit der Entweichung aufmerksam würde . . .?«

»So werden wir Gold genug haben, uns das Schweigen des Mannes zu erkaufen«, erwiderte Benito.

»Ganz gut«, sagte Manoel. »Doch wenn unser Vater aus dem Kerker befreit ist, kann er weder in der Stadt noch auf der Jangada verborgen bleiben. Wo soll er dann Schutz suchen?«

Diese zweite und sehr wichtige Frage verlangte gebieterisch eine Lösung und fand sie in folgender Weise:

Etwa hundert Schritte an dem Gefängnisse durchschnitt die unbebaute Nachbarschaft einer jener Kanäle, welche unterhalb der Stadt in den Rio Negro ausmünden. Dieser Kanal bot einen bequemen Weg, den Fluß zu erreichen, wenn den Flüchtling hier eine Piroge erwartete. Vom Fuße der Mauer bis zum Kanal war kaum ein Weg von hundert Schritten zurückzulegen.

Benito und Manoel beschlossen also, daß eine der Pirogen der Jangada gegen acht Uhr abends von derselben unter Leitung des Piloten Araujo und bemannt mit zwei kräftigen Ruderern abstoßen sollte. Diese hätte dann den Rio Negro hinaufzufahren, in den betreffenden Kanal einzubiegen, sich nach der ziemlich öden Umgebung des Gefängnisses zu begeben, und sollte dort, unter dem hohen Gebüsch am Ufer verborgen, die ganze Nacht zur Verfügung des Gefangenen bereitliegen.

Wenn Joam Dacosta auch das Fahrzeug glücklich erreichte, so entstand doch noch die Frage, wohin er sich begeben sollte.

Die beiden jungen Männer einigten sich auch über diesen Punkt, nachdem sie das Für und Wider reichlich erwogen hatten.

Nach Iquitos zurückzukehren, dazu war der Weg zu schwierig und gefahrvoll. Jedenfalls erschien er auch zu weit, ob der Flüchtling nun zu Lande dahin zu gelangen suchte oder auch den Amazonenstrom wieder aufwärts segelte. Weder Pferd noch Piroge mochten imstande sein, ihn schnell genug in Sicherheit zu bringen. Auch die Fazenda selbst bot ihm in Zukunft nicht hinreichenden Schutz. Dort angekommen, war er später doch nicht mehr der Fazender Joam Garral, sondern der verurteilte Joam Dacosta, immer davon bedroht, auf Verlangen ausgeliefert zu werden, und niemals in der Lage, das frühere Leben in Ruhe fortzuführen.

Auf dem Rio Negro nach dem Norden der Provinz

oder vielleicht bis jenseits des brasilianischen Gebietes zu entfliehen, dieser Plan hätte mehr Zeit beansprucht, als Joam Dacosta zu verwenden hatte, dessen erste Sorge es ja sein mußte, sich vor unmittelbarer Verfolgung zu sichern.

Sollte er den Amazonenstrom hinabfahren? Da begegnete er am Ufer zu vielen Militärposten, Dörfern und Städten, wohin das Signalement des Flüchtlings gewiß schnell verbreitet wurde. Er lief also Gefahr, den Behörden vor Erreichung des Atlantischen Ozeans wieder in die Hände zu fallen. Doch wenn es ihm auch glückte, bis dahin zu gelangen, wo hätte er sich versteckt halten können, während er eine Schiffsgelegenheit abwartete, welche ein Weltmeer zwischen das Schwert der Gerechtigkeit und ihn selbst legte?

Alle diese Auswege wurden von Benito und Manoel erörtert, aber als unzweckmäßig verworfen. Nur nach einer Seite schien ihnen ein Rettungsstern zu winken.

Das Projekt, welches die beste Aussicht bot, war folgendes: Gelang es überhaupt, Joam Dacosta aus dem Kerker zu befreien, so sollte er die Piroge besteigen, dem Kanal bis zum Rio Negro folgen, diesen Nebenfluß unter Leitung des Piloten bis zur Vereinigung mit dem großen Strome hinabfahren, und dann auf letzterem, immer nahe dem rechten Ufer, etwa sechzig Meilen weit hinuntersegeln, um die Mündung des Madeira zu erreichen. Dabei sollte das Boot immer nur während der Nacht weitergehen und am Tage sich so gut es anging verbergen.

Der Madeira, der von den Kordilleren herabströmt und durch sehr viele Seitenarme starken Zufluß erhält, bildet eine wirkliche Wasserstraße bis ins Herz von Bolivien hinein. Eine Piroge stand dieser Weg offen; hier hinterließ der Flüchtling keine Spuren, und jenseits der Grenze Brasiliens konnte er sich dann zunächst in einem Dorfe oder Flecken verborgen halten.

In Bolivien befand sich Joam Dacosta verhältnismäßig in Sicherheit; daselbst konnte er, wenn es nötig wurde, mehrere Monate lang, auf eine Gelegenheit warten, um die Küste des Stillen Ozeans zu erreichen und sich auf irgendeinem, von dort ausgehendem Fahrzeuge einschiffen. Gelangte er auf diese Weise nur nach irgendeinem Staate der Nordamerikanischen Union, so war er schon gerettet. Hier blieb ihm Zeit, zu erwägen, ob er sein ganzes Besitztum veräußern, das Vaterland für immer verlassen und jenseits des Meeres in der Alten Welt eine neue Heimat suchen sollte für das Ende seines so grausam und rechtswidrig zerstörten Lebens.

Wo er auch hinging, seine Familie würde ihm gewiß ohne Zögern nachfolgen, und zu dieser Familie rechnete sich auch Manoel, den ja so bald unlösliche Bande an dieselben knüpfen sollten. Das erschien übrigens so selbstverständlich, daß niemand ein Wort darüber verloren hätte.

»So komm nun«, sagte Benito, »zur Nacht muß alles bereitsein, und wir haben keinen Augenblick zu verlieren.«

Die beiden jungen Männer kehrten längs des Kanals bis zum Rio Negro an Bord zurück. Sie überzeugten sich, ob die Piroge in demselben auch keine Hindernisse finde und vielleicht durch Schleusen oder ein in Reparatur befindliches Schiff aufgehalten werden könne.

Weiterhin gingen sie am linken Ufer des Nebenstromes, um die belebteren Straßen der Stadt zu vermeiden, und gelangten bald nach dem Ankerplatz der Jangada.

Benito suchte zunächst seine Mutter auf. Er hatte jetzt so viel Herrschaft über sich erlangt, daß es ihm gelang, die Erregung seines Innern vor ihr zu verbergen. Er wollte sie trösten, ihr sagen, daß noch nicht alle Hoffnung verloren sei, daß die Geheimschrift nicht ungelöst bleiben werde, daß in jedem Falle die öffentliche Meinung jetzt sehr zugunsten Joam Dacostas umgeschlagen sei, und daß auch die Behörden dem immer lauter werdenden Drängen derselben nachgebend, gewiß eine möglichst lange Frist bewilligen würden, um den materiellen Beweis seiner Unschuld beizubringen.

»Ja sicher, beste Mutter«, fügte er hinzu, »noch ehe der morgige Tag anbricht, werden wir für unseren Vater nichts mehr zu fürchten haben.«

»Das gebe Gott, mein Sohn!« erwiderte Yaquita, aber ihre Augen ruhten dabei so forschend auf ihm, daß Benito den Blick derselben kaum zu ertragen vermochte.

Manoel seinerseits hatte inzwischen Minha aufgesucht und versicherte dieser, daß der von Joam Dacostas Unschuld überzeugte Richter Jarriquez gewiß alle ihm zu Gebote stehenden Mittel aufbieten werde, um den Gefangenen zu retten.

»Ich will dir glauben, lieber Manoel«, sagte das junge Mädchen seufzend, während ihr die Tränen aus den Augen perlten.

Manoel mußte sich auch selbst schnell von Minha entfernen, denn auch seine Augen füllten sich mit Tränen und straften die zuversichtlichen Worte Lügen, mit welchen er das geliebte Mädchen hatte trösten wollen.

Inzwischen war die Stunde herangekommen, wo es den Angehörigen Dacostas gestattet war, ihn zu besuchen, und Yaquita begab sich in Begleitung ihrer Tochter schnell nach Manao hinein.

Eine Stunde lang verhandelten die beiden jungen Leute mit dem Piloten Araujo. Sie unterrichteten ihn von dem entworfenen Plane zur Entführung des Gefangenen und erbaten sich ebensowohl hierüber seinen Rat, wie auch über die Maßregeln, welche ergriffen werden sollten, um den Flüchtling nachher in Sicherheit zu bringen.

Araujo billigte alles. Er übernahm es, mit hereinbrechender Nacht eine Piroge, ohne Aufsehen zu erregen, in den Kanal zu schaffen, dessen Verlauf er bis zu der Stelle, wo Joam Dacosta ihn finden sollte, ganz genau kannte. Von da aus zurück nach der Mündung des Rio Negro zu gelangen, das konnte keine Schwierigkeiten bieten, denn die Piroge glitt auf dessen Wasser unter vielerlei Gestrüpp und anderen Trümmern fort, welche unaufhörlich die Oberfläche bedeckten.

Auch gegen den Plan, den Amazonenstrom bis zu dem Madeira hinabzufahren, erhob Araujo keinen Einspruch, sondern stimmte vielmehr damit überein, daß das der beste Weg zur Rettung sei. Den Lauf des Madeira kannte er ebenfalls in einer Strecke von hundert Meilen. Sollte eine Verfolgung, was kaum anzunehmen war, auch auf diese dünnbevölkerten Gebietsteile ausgedehnt werden, so konnte man derselben hier am besten entgehen und bis mitten nach Bolivien hineinsegeln. Entschloß sich Joam Dacosta dann, das Vaterland für immer zu verlassen, so drohte auch seiner Einschiffung am Strande des Stillen Ozeans offenbar weniger Gefahr, als an dem des Atlantischen Weltmeeres.

Daß Araujo ihren Plan guthieß, verlieh den jungen Leuten doppelten Mut, denn sie hielten große Stücke auf die langjährige praktische Erfahrung des Piloten, auf dessen treue Ergebenheit sie felsenfest bauen konnten. Er hätte gewiß seine Freiheit, ja sein Leben daran gewagt, um den Fazender von Iquitos zu retten.

Araujo traf sofort, aber unter strengster Bewahrung seines Geheimnisses, die nötigen Vorbereitungen zur Ausführung der Flucht. Benito händigte ihm eine bedeutende Geldsumme ein, um während der Reise auf dem Madeira nicht in Verlegenheit zu kommen. Dann ließ jener eine Piroge flottmachen, indem er als Grund angab, er wolle den noch immer verschwundenen Fragoso aufzufinden suchen, über dessen Ausbleiben alle auf der Jangada nach und nach unruhig wurden. In das Fahrzeug verlud er dann Nahrungsmittel für mehrere Tage und außerdem auch die Seile und Werkzeuge, welche die jungen Leute sich daraus holen sollten, wenn er zur verabredeten Stunde an der bestimmten Stelle des Kanals angelangt wäre.

Seine Vorbereitungen erschienen so natürlich, daß sie

bei niemandem auf der Jangada besondere Aufmerksamkeit erregten. Selbst die beiden kräftigen Neger, welche der Pilot als Ruderer auswählte, wurden noch nicht in das Geheimnis eingeweiht. Auf die beiden Männer, das unterlag keinem Zweifel, konnte er jedoch in jedem Falle rechnen. Wenn sie es erfuhren, zu welchem Rettungswerke sie mitwirken sollten, wenn der endlich wieder befreite Joam Dacosta sich ihrem Schutze anvertraute, so wußte Araujo vorher, daß sie alles daransetzen und daß sie ihr Leben daranwagen würden, um das Leben ihres Herrn zu retten.

Schon am Nachmittage war alles zur Abfahrt fertig. Nun sollte nur noch die Dunkelheit abgewartet werden.

Bevor sie aber an die Ausführung ihres Vorhabens gingen, wollte Manoel noch einmal den Richter Jarriquez aufsuchen. Vielleicht war der Beamte doch noch imstande, ihm bezüglich des Dokuments etwas Weiteres mitzuteilen.

Benito zog es vor, auf der Jangada zu bleiben, um daselbst seine Mutter und Schwester abzuwarten.

Manoel begab sich also allein nach dem Hause des Richters Jarriquez und wurde von diesem auch sofort empfangen.

Der noch immer in sein Arbeitszimmer gebannte Beamte befand sich in höchster Aufregung. Von seinen ungeduldigen Händen zerknittert, lag das Dokument vor ihm auf dem Tische.

»Herr Richter«, begann Manoel mit zitternder Stimme, »erhielten Sie schon von Rio de Janeiro ...?«

»Nein«, antwortete Jarriquez, »noch traf keine Entscheidung ein ... doch wir müssen jeden Augenblick gewärtig sein ...«

»Wie steht's aber mit dem Dokument?« unterbrach Manoel seine Worte.

»Leider wie früher!« erwiderte der Richter Jarriquez; »ich habe alles nur irgend Erdenkliche versucht ... vergebens!«

»Vergebens!«

»Doch, daß ich nicht zu viel sage, *ein* Wort habe ich aus den geheimnisvollen Zeilen herauszulesen vermocht, aber nur ein einziges.«

»Und dieses Wort«, rief Manoel gespannt, »dieses einzige Wort lautete?«

»Entfliehen!«

Manoel drückte dem Richter Jarriquez stumm die Hände und begab sich nach der Jangada zurück, um daselbst den Augenblick zum Handeln abzuwarten.

Siebzehntes Kapitel

Die letzte Nacht

Der Besuch Yaquitas nebst ihrer Tochter verlief ganz so wie immer während der wenigen Stunden, welche die beiden Gatten miteinander zubringen durften. Wenn er sich mit den beiden zärtlich geliebten Wesen zusammen befand, drohte ihm freilich das Herz zu zerspringen. Aber der Gatte, der Vater wußte sich zu beherrschen, so daß er mit seinem Zuspruche die beiden unglücklichen Frauen aufrichtete und ihnen noch einige Hoffnung einzuflößen wußte, obwohl er selbst kaum noch welche hatte. Wenn jene eigentlich kamen, um den armen Gefangenen zu trösten, so waren sie es doch vielmehr, welche des Trostes wirklich bedurften, und nur dadurch, daß sie ihn so fest, trotz aller Prüfungen so unerschüttert sahen, schöpften sie selbst in der Tat einige Hoffnung.

Auch heute hatte Joam Dacosta ihnen neuen Mut einzureden gesucht. Er selbst gewann diese ungebrochene Energie nicht allein aus dem Bewußtsein seiner Unschuld, sondern auch aus dem frommen Glauben an den Herrn über uns, der in seiner Gerechtigkeit auch das Herz der Menschen zu rühren vermochte. Nein, Joam

Dacosta konnte nicht für das Verbrechen in Tijuco büßen sollen!

Von dem Dokument sprach er übrigens fast niemals. Ob dasselbe gefälscht war oder nicht, ob es von Torres' Hand oder von dem wirklichen Urheber des Überfalles herrührte, ob es endlich seine so eifrig gesuchte Rechtfertigung enthielt oder nicht, auf solch zweifelhafte Stützen wollte Joam Dacosta sich nicht verlassen. Er betrachtete sich selbst als den besten Beweis in seiner Sache, nur sein Leben voller Arbeit und ehrlichen Strebens sollte hier der Verteidiger für ihn sein.

Gerade diesen Abend hatten Mutter und Tochter, von seinen männlichen Worten, die ihnen tief zu Herzen gingen, wunderbar gestärkt, ihm hoffnungsfreudiger Lebewohl gesagt, als je seit seiner Verhaftung. Mit doppelter Zärtlichkeit hatte der Gefangene sie zum letzten Male an sein Herz gedrückt. Es schien, als habe er ein Vorgefühl, daß die Lösung des Knotens auf die eine oder die andere Weise nun ganz nahe bevorstehe.

Als Joam Dacosta wieder allein war, blieb er lange regungslos sitzen und stützte den Kopf in die Arme auf dem kleinen Tische der Zelle.

Was mochte jetzt in seiner Seele vorgehen? Hatte er die Überzeugung gewonnen, daß die menschliche Gerechtigkeit, nachdem sie schon einmal in ihrem Urteile gefehlt, jetzt seine Unschuld anerkennen werde?

Ja, das hoffte er. Er wußte, daß sein Rechtfertigungsschreiben gleichzeitig mit dem Berichte des Richter Jarriquez, der seine Identität feststellte, in Rio de Janeiro eingetroffen sein müsse und seine Wirkung auf den Chef der Justiz des Landes nicht verfehlen könne.

Jene Denkschrift enthielt, wie der Leser weiß, die Geschichte seines Lebens von dem Eintritte in die Büros des Diamantenbezirkes an bis zu der Stunde, da die Jangada vor den Toren Manaos eintraf.

Noch einmal vergegenwärtigte Joam Dacosta sich sein ganzes früheres Leben. In seiner Erinnerung tauchten die Bilder aus jener Zeit auf, wo er als Waise nach Tijuco kam. Noch jung an Jahren, erwarb ihm sein Pflichteifer eine Stelle in den Büros des Generalgouverneurs, die Zukunft lächelte ihm freundlich entgegen und der Pfad nach den höchsten Stellungen lag vor ihm offen! . . . Da traf ihn, wie ein Donnerschlag aus heiterem Himmel, jene schreckliche Katastrophe, die Beraubung des Diamantentransportes, die Niedermetzelung der Begleitmannschaft, während sich der Verdacht der Urheberschaft der abscheulichen Tat auf ihn als den einzigen Beamten lenkte, den man in der Lage glaubte, die stets geheimgehaltene Zeit eines derartigen Transports zu verraten; dann erinnerte er sich seiner Verhaftung, seiner Vorführung vor die Jury, des verdammenden Urteilsspruches trotz aller Bemühungen seines Rechtsanwaltes, der letzten schweren Stunden, welche er in der Zelle der zum Tode Verurteilten im Kerker von Villa Rica zugebracht hatte, seiner Entweichung, die er mit wirklich übermenschlichem Mute ausführte, ferner seiner Flucht durch die Provinzen des Nordens, seiner Ankunft an der Grenze von Peru, des freundlichen Empfanges seitens des hochherzigen Fazenders Magelhaës, der den mittellosen und dem Hungertode nahen Flüchtling aufnahm.

Der Gefangene sah alle diese Ereignisse, welche sein Leben so unerwartet und gewaltsam unterbrachen, an seinem geistigen Auge vorüberziehen. Er war so sehr in seine Gedanken versunken, daß er nicht einmal ein eigentümliches Geräusch an der äußeren Mauer des alten Klosters wahrnahm, weder das Rütteln und Zerren eines Seiles an den Eisenstangen vor seinem Fenster, noch das Arbeiten eines Meißels, was die Aufmerksamkeit jedes anderen unzweifelhaft erregt hätte.

Joam Dacosta träumte weiter von den schönen Jahren seiner Jugend, von der ersten Zeit seines Aufenthaltes in Peru. Er sah sich in der Fazenda, erst als Beamten, dann als Genossenschafter des alten Portugiesen, wie er für das Gedeihen des Etablissements in Iquitos die besten Kräfte einsetzte.

Ach, warum hatte er seinem Wohltäter nicht gleich am Anfange alles gestanden! Dieser hätte gewiß niemals an ihm gezweifelt. Das war der einzige Fehler, den er sich vorzuwerfen hatte. Warum hatte er nicht gesagt, woher er kam, wer er sei, wenigstens damals, als Magelhaës seiner Tochter Hände in die seinigen legte, die Hand Yaquitas, welche ihn gewiß nicht für den Urheber jenes grauenhaften Verbrechens angesehen hätte.

Jetzt wurde das Geräusch von außen so stark, daß es dem Gefangenen nicht mehr entgehen konnte.

Für einen Augenblick erhob Joam Dacosta den Kopf. Seine Augen richteten sich auf das Fenster, aber nur so flüchtig, daß er kaum etwas sah, und gleich darauf sank ihm der Kopf schon wieder in die Hand. Seine Gedanken hatten ihn noch einmal nach Iquitos versetzt.

Da sah er den Fazender auf dem Sterbebette. Bevor er die Augen schloß, wollte er das Schicksal seiner Tochter gesichert, seinen Kompagnon als einzigen Besitzer der Niederlassung wissen, die unter dessen Leitung so glücklich emporgediehen war. Hätte Joam Dacosta da noch sprechen sollen? Vielleicht! ... Er wagte es nicht! ... Noch einmal trat ihm das glückliche Leben an der Seite Yaquitas vor Augen, die Geburt seiner Kinder, die ganze gesegnete Existenz, welche nur die Erinnerung an seine Erlebnisse in Tijuco und die Gewissensbisse trübten, sein schreckliches Geheimnis nicht von sich gewälzt zu haben.

Alles, alles zog vor seinem geistigen Auge in überraschender Klarheit und Lebhaftigkeit vorüber.

Jetzt sah er wieder die Stunde vor sich, wo die Vermählung Minhas und Manoels bevorstand. Konnte er auch diese Verbindung unter einem falschen Namen geschehen lassen und ohne den jungen Mann in die Geheimnisse seines Lebens einzuweihen? Nein! Das hatte den Ausschlag gegeben, den Rat des Richters Ribeiro zu befolgen und eine Wiederaufnahme seines Prozesses zu beantragen, um endlich seine Rehabilitation zu erlangen. So war er mit allen Angehörigen abgereist; da trat ihm Torres in den Weg, da bot ihm dieser den schmählichen Handel an, seine Tochter zu verkaufen, um sich Ehre und Leben zu retten, ein Handel, der, als er denselben entrüstet ablehnte, seine Denunziation und Verhaftung zur Folge hatte . . .

In diesem Augenblicke wurde das Fenster von außen mit Gewalt aufgestoßen.

Joam Dacosta erhob sich; die Bilder seiner Vergangenheit verschwanden wie ein wesenloser Schatten. Durch das Fenster war Benito ins Zimmer gesprungen und stand kaum vor seinem Vater, als Manoel, der sich ebenfalls durch die Lücke im Eisengitter zwängte, neben dem Freunde erschien.

Joam Dacosta wollte erschreckt einen Schrei ausstoßen, doch Benito ließ ihm gar nicht die Zeit dazu.

»Mein Vater«, begann er, »sieh dort das Fenster, dessen Gitterstäbe ausgebrochen sind . . . Ein Tau hängt von da hinab bis zur Erde! Hundert Schritte von hier wartet im Kanal eine Piroge. Araujo befindet sich da, um dich fern von Manao nach der anderen Seite des Amazonenstromes zu bringen, wo niemand eure Spuren finden kann! . . . Mein bester Vater, du mußt, du mußt augenblicklich entfliehen. Der Richter selbst hat mir diesen Rat gegeben.«

»Es muß sein!« fügte Manoel hinzu.

»Fliehen! Ich! . . . Ein zweites Mal fliehen! . . .«

Mit gekreuzten Armen und stolz erhobenem Kopfe trat Joam Dacosta in den Hintergrund des Zimmer zurück.

»Niemals!« rief er mit fester Stimme, so daß die beiden jungen Männer ihn sprachlos anstarrten.

Benito und Manoel hatten diese Weigerung nicht erwartet. Wenn sie alles fürchteten, das eine war ihnen nie in den Sinn gekommen, daß die geplante Entweichung an dem Widerstande des Gefangenen selbst scheitern sollte.

Benito ging auf seinen Vater zu, sah ihm voll ins Gesicht und ergriff dessen Hand, nicht um ihn fortzuziehen, aber damit er ihn anhörte und sich überreden ließe.

»Du sagst niemals, mein Vater?«

»Niemals!«

»Mein Vater«, begann da Manoel, »– denn ich glaube auch das Recht zu haben, dieses Wort zu gebrauchen – mein Vater, hören Sie uns an! Wenn wir Ihnen sagten, daß Sie entfliehen müssen, ohne eine Sekunde zu verlieren, so geschah es, weil Sie sich sonst gegen die Ihrigen, gegen sich selbst versündigen!«

»Hier zu bleiben, Vater«, fuhr Benito fort, »heißt nur warten auf den Tod! Der Befehl zur Hinrichtung kann jeden Augenblick eintreffen. Du irrst dich, zu glauben, daß die Gerechtigkeit der Menschen hinreichen müsse, ein früheres falsches Urteil jetzt zu berichtigen und den wieder in Ehren anzuerkennen, dem vor zwanzig Jahren das Schwert des Henkers drohte. Es ist nichts mehr zu hoffen! Du mußt fliehen ... schleunigst entfliehen!«

Unwillkürlich hatte Benito seinen Vater ergriffen und suchte ihn nach dem Fenster hinzuziehen.

Joam Dacosta entwand sich seinem Sohne und trat noch einmal weiter zurück.

»Entfliehen«, sagte er mit dem Tone eines Mannes, dessen Entschluß unerschütterlich feststeht, »aber wenn ich fliehe, entehre ich mich und mit mir auch euch. Damit gestände ich meine Schuld nur zu; da ich freiwillig gekommen bin, mich den Behörden meines Vaterlandes zu stellen, so muß ich deren Entscheidung abwarten, diese mag nun ausfallen, wie sie will, und ich werde es tun!«

»Die Unterlagen, auf welche Sie sich stützen«, erwiderte Manoel, »sind dem Gesetze nicht genügend, und der greifbare Beweis Ihrer Unschuld ist nicht vorhanden. Wenn wir Sie anflehen, zu entfliehen, so geschieht es auf des Richters Jarriquez Ratschlag selbst. Jetzt haben Sie nur noch den einen Ausweg, dem Tode zu entrinnen!«

»So werde ich also sterben«, sagte Joam Dacosta ruhig. »Ich werde den Tod erleiden mit dem Widerspruch gegen das Urteil, das mich trifft, auf den Lippen. Einmal schon bin ich kurz vor der Stunde der Hinrichtung entflohen. Gewiß! Aber damals war ich jung, ich hatte ein ganzes Leben vor mir, um gegen die Ungerechtigkeit der Menschen anzukämpfen. Aber mich jetzt zu retten, die traurige Existenz eines Schuldigen, der sich unter falschem Namen verbirgt, noch einmal zu beginnen, dessen einzige Bemühungen darauf gerichtet sind, den Nachforschungen der Polizei zu entgehen; dieses Leben voll Angst, das ich dreiundzwanzig Jahre lang geführt habe, wieder anzufangen und euch zu zwingen, es mit mir zu teilen; jeden Tag eine neue Denunziation zu erwarten, welche früher oder später erfolgen muß, und zuletzt selbst aus fremdem Lande doch ausgeliefert zu werden – kann man das noch Leben nennen? Nein, niemals!«

»Vater, mein Vater«, drängte Benito, dem fast der Kopf zerspringen wollte, »du wirst entfliehen, ich will es . . .!«

Noch einmal ergriff er Joam Dacosta und suchte ihn nach dem Fenster zu ziehen.

»Nein! Laß mich . . . Nein, sage ich dir!«

»Du willst mir also den Verstand rauben!«

»Laß mich, sage ich dir!« rief Joam Dacosta, »laß ab von mir! . . . Einmal schon bin ich aus dem Kerker von Villa Rica entwichen, wo jedermann glauben mußte, daß ich nur der verdienten Todesstrafe entgehen wolle . . . Ja, ja, das hat man annehmen müssen! Jetzt tu' ich's um der Ehre des Namens willen, den ihr tragt, nicht ein zweites Mal!«

Benito war vor seinem Vater auf die Knie gefallen – er streckte ihm die Hand entgegen . . . er flehte ihn an . . .

»Die Order, mein geliebter Vater«, wiederholte er ihm, »kann täglich, kann jede Minute eintreffen ... sie enthält den Spruch, der dich zum Tode weiht!«

»Und wenn sie angelangt wäre, würde sie in meinem Entschlusse nichts zu ändern vermögen. Als Schuldbewußter könnte Joam Dacosta fliehen, als Unschuldiger harrt er hier aus!«

Die Szene, welche dieser Erklärung folgte, war herzzerreißend. Benito rang mit seinem Vater; Manoel stand ganz außer sich nahe dem Fenster, um den Gefangenen hinauszuheben, als sich plötzlich die Tür der Zelle öffnete.

Auf der Schwelle erschien der Polizeivorsteher, gefolgt von dem Wachtmeister des Gefängnisses und einigen Soldaten.

Der Beamte erkannte sofort, daß hier ein Fluchtversuch vorbereitet gewesen sei, sah aber aus der Haltung des Gefangenen, daß dieser selbst nicht darauf eingegangen war. Er sagte nichts. Auch in seiner Brust regte sich das Gefühl des Mitleids. Wahrscheinlich hätte er ebenso wie der Richter Jarriquez gewünscht, daß Joam Dacosta aus seiner Zelle entflohen wäre.

Jetzt war es zu spät!

Der Polizeivorsteher, der ein Schriftstück in der Hand hielt, schritt auf den Gefangenen zu.

»Vor allen Dingen«, redete Joam Dacosta ihn an, »erlauben Sie mir die Versicherung, daß es nur von mir abgehangen hätte, zu entweichen, daß ich das aber abgelehnt habe!«

Der Beamte neigte ein wenig den Kopf, dann sagte er, beinahe mit zitternder Stimme:

»Joam Dacosta, die Entscheidung vom Justizminister in Rio de Janeiro ist hier eingetroffen.«

»O Gott, mein Vater!« riefen Benito und Manoel.

»Und sie lautet«, fragte Joam, »voraussichtlich dahin, das Todesurteil zu vollziehen?«

»Ja!«

»Und wann soll das stattfinden?«

»Morgen!«

Benito hatte sich auf seinen Vater gestützt; er versuchte noch einmal, ihn aus der Zelle zu drängen, so daß die Soldaten sich einmengen mußten, um ihn aus den Händen des Sohnes zu befreien.

Auf ein Zeichen des Beamten wurden Benito und Manoel aus der Zelle entfernt. Dem traurigen Auftritte, der schon zu lange gewährt hatte, mußte ein Ende gemacht werden.

»Mein Herr«, fragte nun der Verurteilte, »werde ich morgen vor der Hinrichtung noch einige Augenblicke mit dem Padre Passanha, den ich benachrichtigen zu lassen bitte, sprechen können?«

»Er wird geholt werden.«

»Wird es mir gestattet sein, mein Weib, meine Kinder noch einmal zu umarmen?«

»Man wird sie zu Ihnen führen.«

»Ich danke Ihnen!« sagte Joam Dacosta. »Und jetzt lassen Sie dieses Fenster bewachen, damit ich nicht wider Willen von hier entführt werde!«

Der Polizeivorsteher verneigte sich leicht und zog sich mit dem Wächter und den Soldaten zurück.

Der Verurteilte, der nun bloß wenige Stunden zu leben hatte, blieb allein zurück.

Achtzehntes Kapitel

Fragoso

Die Entscheidung war also eingetroffen und enthielt, wie der Richter Jarriquez vorausgesehen hatte, den Befehl zur sofortigen Vollziehung des Todesurteils an Joam Dacosta. Niemand hatte einen wirklichen Beweis seiner Unschuld beizubringen vermocht – die Gerechtigkeit sollte ihren Lauf haben.

Am folgenden Tage, am 31. August, morgens neun Uhr, sollte der Gefangene am Galgen sterben.

Die Todesstrafe wird gerade in Brasilien meist umgewandelt, außer wenn es sich um verurteilte Schwarze handelt; diesmal sollte sie jedoch einen Weißen treffen.

Für Verbrechen, welche sich auf das Diamantenregal der Regierung beziehen, schloß das Gesetz von vornherein jedes Gnadenmittel aus.

Joam Dacosta konnte nichts mehr retten. Er sollte nicht allein das Leben, sondern auch die Ehre verlieren.

An jenem Morgen des 31. August stürmte jedoch ein Mann, so schnell das Pferd ihn tragen konnte, auf Manao zu; eine halbe Meile vor der Stadt brach das Tier erschöpft zusammen.

Der Reiter machte gar keinen Versuch, es wieder auf die Beine zu bringen. Er hatte es offenbar über die Maßen angestrengt und ließ es liegen, während er selbst, trotz seiner Erschöpfung, weiter nach der Stadt hin eilte.

Dieser Mann kam auf dem linken Ufer des Stromes aus den Provinzen des Ostens. Alles, was er besaß, hatte er auf den Ankauf des Pferdes verwendet, das ihn schneller als ein Boot, welches die Strömung des Amazonenstromes gegen sich gehabt hätte, nach Manao bringen mußte.

Das war Fragoso.

Hatte der mutige Bursche etwa Erfolg gehabt von seinem, gegen alle geheimgehaltenen Unternehmen, und die Miliz gefunden, der Torres früher einmal angehörte? Hatte er das Geheimnis entdeckt, das Joam Dacosta vielleicht noch retten konnte?

Er vermochte sich zwar selbst keine Rechenschaft zu geben, doch eilte er so schnell wie möglich, dem Richter Jarriquez von dem Mitteilung zu machen, was er durch seinen Ausflug erfahren hatte.

Wir teilen mit kurzen Worten das Notwendigste hiervon mit.

Fragoso hatte sich nicht getäuscht, als er in Torres ein Mitglied jener Miliz erkannte, welche in den Uferländern am Madeira operierte.

Er brach dahin auf und vernahm, als er an die Mündung jenes Nebenflusses kam, daß der Chef jener Capitaës do mato sich in der Nähe aufhalte.

Unverzüglich ging Fragoso daran, diesen aufzusuchen, und es gelang ihm, nicht ohne Mühe, denselben zu entdecken.

Der Anführer der Waldkapitäne zögerte nicht, die Fragen zu beantworten, welche Fragoso an ihn richtete; er hatte ja nicht das geringste Interesse daran, die verlangte Aufklärung zu verweigern.

Fragoso stellte nämlich folgende drei Fragen an ihn:

»Gehörte der Waldkapitän Torres noch vor einigen Monaten zu Ihrer Miliz?«

»Ja.«

»Pflegte er damals nicht vertrauten Umgang mit einem Kameraden, der inzwischen verstorben ist?«

»Ganz richtig.«

»Und wie hieß dieser?«

»Ortega.«

Das war alles, was Fragoso erfuhr. Konnten diese Nachrichten geeignet sein, die schlimme Lage Joam Dacostas zu bessern? Diese Frage wäre wohl jeder geneigt zu verneinen.

Fragoso fühlte das auch selbst und bemühte sich, von dem Chef der Miliz noch zu erfahren, ob er jenen Ortega näher gekannt, ob er gewußt habe, woher jener kam und ob er ihm vielleicht Ausführlicheres über dessen Vergangenheit mitteilen könnte. Es erschien ihm das von Wichtigkeit, weil dieser Ortega nach Torres' Aussagen wahrscheinlich der wirkliche Urheber des Verbrechens von Tijuco war.

Leider sah sich der Befehlshaber außerstande, ihm weitere Aufklärung zu geben.

Unzweifelhaft war nur, daß jener Ortega der Miliz

schon seit einer langen Reihe von Jahren angehörte, daß zwischen ihm und Torres ein besonders vertrautes Verhältnis herrschte und daß letzterer an seinem Lager stand, als er den letzten Seufzer aushauchte.

Mehr konnte der Chef der Miliz nicht aussagen.

Fragoso mußte sich mit diesen unzulänglichen Mitteilungen begnügen und begab sich sofort auf den Rückweg.

Brachte er auch nicht den Beweis mit, daß jener Ortega der Urheber des Diamantenraubes war, so ergab sich aus seinen Erkundigungen doch, daß Torres die Wahrheit gesagt hatte, als er behauptete, daß einer seiner Kameraden gestorben und er Zeuge seiner letzten Augenblicke gewesen sei.

Auch die Annahme, daß Ortega ihm das fragliche Dokument übergeben habe, gewann hierdurch an Wahrscheinlichkeit, ebenso, daß dasselbe sich auf den Überfall bei Tijuco beziehe und daß es das Geständnis der Schuld jenes Ortega enthalte, mit Angabe von Umständen, welche jeden Zweifel daran auslöschten.

Es lag also auf der Hand, daß die Wahrheit endlich an den Tag kommen mußte, wenn jenes Dokument gelesen werden konnte, wenn der Schlüssel dazu gefunden wurde, wenn die Chiffre, auf der es beruhte, bekannt war.

Diese Chiffre kannte Fragoso freilich nicht. Einige Wahrscheinlichkeiten mehr, die halbe Gewißheit, daß der Abenteurer nicht nur erfunden hatte, gewisse Andeutungen dafür, daß das so lange über der ganzen Affäre ruhende Geheimnis durch das Schriftstück entschleiert werden könne, das war alles, was der wackre Bursche von seinem Besuche bei dem Anführer der Miliz, der Torres angehört hatte, mit heimbrachte.

So wenig das auch war, es ließ ihm doch keine Ruhe, bis er es dem Richter Jarriquez mitgeteilt hatte. Er wußte, daß jetzt keine Stunde zu verlieren sei, und so kam er an jenem Morgen um acht Uhr, von Anstrengung ganz außer Kräften, eine halbe Meile vor Manao an.

Den kurzen Weg bis nach der Stadt legte er in wenigen Minuten zurück. Eine Art Vorgefühl trieb ihn weiter, und er hatte sich fast eingeredet, daß die Rettung Joam Dacostas jetzt in seinen Händen liege.

Plötzlich hielt Fragoso an, als ob seine Füße in der Erde wurzelten.

Er befand sich vor einem kleinen Platze, nach dem hin eines der Stadttore mündete.

Hier erhob sich, zwanzig Fuß höher als die dichtgedrängte Volksmenge auf dem Platze, ein Galgen, von dem der Strick herabhing.

Fragoso fühlte, wie seine letzten Kräfte schwanden. Er brach zusammen. Unwillkürlich hatten seine Augen sich geschlossen. Er wollte nichts sehen, und über seine Lippen drangen nur die Worte:

»Zu spät! Zu spät!«

Mit übermenschlicher Kraft erhob er sich noch einmal. Nein, es schien doch nicht zu spät. Der Körper Joam Dacostas hing noch nicht an jenem Stricke.

»Wo ist der Richter Jarriquez? Der Richter Jarriquez!« rief Fragoso, so laut er konnte.

Atemlos stürmte er auf das Stadttor zu, lief gleich einem Wahnsinnigen durch die Straßen von Manao und fiel halbtot vor dem Hause des Beamten nieder.

Die Tür war geschlossen. Fragoso gewann noch die Kraft zu klopfen.

Ein Diener öffnete. Sein Herr wollte niemanden sehen, niemanden sprechen.

Trotz dieser bestimmten Aussage stieß Fragoso den Mann zurück, der ihm den Eingang wehrte und eilte nach dem Privatkabinett des Richters.

»Ich kehre eben aus der Gegend zurück, wo Torres als Waldkapitän gedient hat«, rief er. »Torres hat die Wahrheit gesagt, Herr Richter – verschieben Sie die Hinrichtung um Gottes willen!«

»Sie haben Mitglieder jener Miliz gefunden?«

»Ja.«

»Und bringen mir die Chiffre zu jenem Dokument?...«

Fragoso gab keine Antwort.

»Nein? – So lassen Sie mich in Ruhe, weichen Sie von hier!« rief der Richter Jarriquez, der in einem Anfalle von Wut das Dokument ergriff, um es zu zerreißen.

Fragoso faßte seine Hand und hinderte ihn daran.

»Es enthält die Wahrheit!« sagte er.

»Ich weiß es«, erwiderte der Beamte, »aber was nützt eine Wahrheit, wenn sie nicht an den Tag kommt!«

»Sie wird ... sie muß an den Tag kommen!«

»Noch einmal, besitzen Sie den Schlüssel?«

»Nein«, antwortete Fragoso, »doch ich wiederhole Ihnen, Torres hat nicht gelogen! ... Einer seiner Kameraden, mit dem er sehr befreundet war, ist vor wenigen Monaten gestorben, und es unterliegt keinem Zweifel, daß dieser ihm das Dokument ausgehändigt hat, das er an Joam Dacosta verhandeln wollte.«

»Gewiß«, sagte auch Jarriquez, »für uns unterliegt das keinem Zweifel, aber leider urteilen diejenigen, welche über das Leben Joam Dacostas zu verfügen haben, nicht ebenso! ... Lassen Sie mich!«

Obwohl er Fragoso zurückdrängte, wollte dieser das Feld noch nicht räumen. Er umklammerte die Füße des Beamten.

»Joam Dacosta ist unschuldig!« rief er. »Sie können ihn nicht sterben lassen! Er war es nicht, der das Verbrechen von Tijuco beging. Es war der Waffengefährte Torres', der Verfasser des Dokumentes, Ortega war es!«

Bei Nennung dieses Namens sprang der Richter in die Höhe. Als er nach der ersten Aufwallung seine Ruhe wiedergewann, nahm er das schon zerknitterte Dokument noch einmal zur Hand, breitete es auf dem Tische aus, setzte sich nieder und strich mit der Hand über die Stirn.

»Halt, dieser Name!« sagte er, » ... Ortega! ... Versuchen wir es mit diesem!«

Wieder verfuhr er nun mit dem von Fragoso vernommenen Namen ebenso, wie mit allen früher probierten. Nachdem er denselben unter die ersten sechs Buchstaben des letzten Absatzes geschrieben, erhielt er folgende Formel:

O r t e g a
P h y j s l

»Nichts!« rief er, »das ergibt auch nichts!«

In der Tat ließ sich das h unter dem r nicht durch eine Ziffer ausdrücken, da ersteres dem letzteren vorausgeht.

Das p, das y und das j unter die Buchstaben o, t und e gesetzt, hätten die Ziffer 1, 4 und 5 ergeben.

Das s und l am Ende obiger Reihe wären vom g und a um zwölf Stellen entfernt gewesen, die durch eine einzige Ziffer nicht ausdrückbar waren. Sie konnten also dem g und a unmöglich entsprechen.

Da erschollen von der Straße laute Rufe hinauf.

Fragoso stürzte, bevor der Beamte ihn daran hindern konnte, an eines der Fenster und riß dasselbe auf.

Vor dem Hause wogte eine unübersehbare Menschenmenge. Es war die Stunde herangekommen, wo der Gefangene den Kerker verlassen sollte, und die erhitzten Massen strömten jetzt von dem Platze herbei, wo der Galgen errichtet war.

Der Richter Jarriquez verzehrte die Zeilen des Dokumentes noch immer mit den Augen.

»Die letzten Buchstaben«, murmelte er, »versuchen wir es mit diesen!«

Hieran knüpfte er seine letzte Hoffnung.

Mit zitternder Hand, so daß er kaum zu schreiben vermochte, setzte er den Namen Ortega über die letzten sechs Buchstaben des Absatzes, wie er es eben mit den ersten ausgeführt hatte.

Da entfuhr ihm ein Schrei. Er hatte sich gleich von vornherein überzeugt, daß diese letzten sechs Buchstaben im Alphabet alle hinter denen folgten, welche jenen

Namen bildeten, daß man für die Differenz der Stellung also gewisse Ziffern finden und daraus eine Zahl bilden konnte.

Als er auf diese Weise verfuhr, erhielt er folgendes:

O r t e g a
4 3 2 5 1 3
S u v j h d

Die gefundene Zahl war also 432513.

Sollte das wirklich diejenige sein, welche der Umgestaltung der gewöhnlichen Schrift in Geheimschrift untergelegt worden war? Oder erwies sie sich ebenso falsch, wie alle bisher geprüften?

Da wurde es noch lauter vor der Wohnung; aus der Menge rief man um Gnade für den Verurteilten, und doch hatte dieser jetzt nur noch wenige Minuten zu leben. In seiner Verzweiflung eilte Fragoso aus dem Zimmer – er wollte, er mußte seinen Wohltäter noch einmal sehen, bevor dieser zum Tode ging. Er wollte sich dem Zuge entgegenwerfen und rufen! »Tötet ihn nicht! Ermordet nicht einen Gerechten!« ...

Schon hatte der Richter Jarriquez indes die erhaltene Zahl über die ersten Buchstaben des letzten Absatzes geschrieben, indem er sie so oft als nötig wiederholte, wie folgt:

4 3 2 5 1 3 4 3 2 5 1 3 4 3 2 5 1 3 4 3 2 5 1 3
P h y j s l y d d q f d z x g a s g z z q q e h

Dann suchte er die betreffenden Buchstaben, indem er in der alphabetischen Reihe nach abwärts zählte, und las: Le véritable auteur du vol de ...

Da entrang sich ihm ein Jubelruf! Diese Zahl Vierhundertzweiunddreißigtausendfünfhundertdreizehn war die so lange mühsam und vergeblich gesuchte Chiffre! Der Name Ortega hatte endlich zu ihrer Auffindung geführt. Jetzt besaß er den Schlüssel zu dem Dokument, das ohne Zweifel den Nachweis der Unschuld Joam Dacostas enthielt, und ohne jenes vorläufig weiter zu lesen, stürzte er aus dem Zimmer hinaus auf die Straße und rief, was er rufen konnte: »Halt! Haltet ein!«

Die Menge zu teilen, die sich vor seinen Schritten öffnete, nach dem Gefängnisse zu laufen, das der Verurteilte eben verließ, währenddessen Frau und Kinder sich verzweiflungsvoll an ihn anklammerten, das war für den Richter Jarriquez nur das Werk eines Augenblicks.

Vor Joam Dacosta stehend, vermochte er nicht zu sprechen, er schwang aber das Dokument in der Hand, und endlich drängten sich über seine Lippen die Worte:

»Unschuldig! Unschuldig!«

Neunzehntes Kapitel

Das Verbrechen von Tijuco

Beim Erscheinen des Richters erstarrte plötzlich die Bewegung der Menschenmenge. Ein Echo ohne Ende wiederholte noch immer den von allen Seiten erschallenden Jubelruf: »Unschuldig! Unschuldig!«

Dann ward es ringsumher still. Niemand wollte eine Silbe von dem überhören, was der Richter weiter sagen würde.

Dieser hatte sich auf eine Steinbank niedergelassen; ihn umstanden Minha, Benito, Manoel und Fragoso, während Joam Dacosta Yaquita an die Brust gepreßt hielt. Jarriquez beschäftigte sich zunächst nur mit der Entzifferung des letzten Absatzes, und je nachdem ihm durch die daruntergesetzten Ziffern die Worte klar wurden, teilte er diese ab, interpunktierte die Sätze und las nach Vollendung der Arbeit und nach einigen einleitenden Worten folgendes vor:

»Dieses merkwürdige Schriftstück«, sagte er, »berufen, im letzten Augenblicke das Leben eines braven, hochgeachteten Mannes zu retten, ihm seine angezweifelte Ehre wiederzugeben, ist wunderbarerweise und ohne daß mir bisher ein Grund dafür ersichtlich wurde, nicht in unserer Landessprache, sondern französisch abgefaßt. Vielleicht hat der Urheber desselben damit weiter nichts als eine weitere Erschwerung der Entzifferung beabsichtigt. Französisch sieht die Übersetzung nun so aus, wie dieses Blatt, das ich hier in der Hand habe, und lautet folgendermaßen:

Le véritable auteur du vol des dia-
43 251343251 343251 34 325 134 325
Ph yjslyddqf dzxgas gz zqq ehx gkf

mants et de l'assassinat des soldats
13432 51 34 32513432513 432 5134325
ndrxu ju gi ocytdxvksbx hhu ypohdvy

qui escortaient le convoi, commis dans
134 32513432513 43 251343 251343 2513
rym huhpuydkjox ph etozsl etnpmv ffov

la nuit du vingt-deux janvier mil huit
43 2513 43 25134 3251 3432513 432 5134
pd pajx hy ynojy ggay meyunfu qln mvly

cent vingt-six, n'est donc pas Joam Da-
3251 34325 134 3251 3432 513 4325 13
fgsu zmqiz tlb qgyu gsqe ubv nrcr ed

costa, injustement condamné à mort; c'est
43251 34325134325 13432513 4 3251 3432
gruzb lrmxyuhqhpz drrgcroh e pqxu fivv

moi, le misérable employé de l'admini-
513 43 251343251 3432513 43 2513432
rpl ph onthvddqf hqsntzh hh nfepmqk

stration du district diamantin; oui, moi
51343251 34 32513432 513432513 432 513
yuuexkto gz gkyuumfv ijdqdpzjq syk rpl

seul, qui signe de mon vrai nom, Ortega.
4325 134 32513 43 251 3432 513 432513
xhxq rym vkloh hh oto zvdk spp suvjhd.

»In unsere Sprache übersetzt, heißt das aber: ›Der wirkliche Urheber des Diamantendiebstahls und der Niedermetzelung der Soldaten, welche den Transport begleiteten, geschehen in der Nacht des zweiundzwanzigsten Januars eintausendachthundertsechsundzwanzig, ist also nicht der ungerechterweise zum Tode verurteilte Joam Dacosta, sondern ich, der ruchlose Verwaltungsbeamte im Diamanten-Distrikt, ja, allein ich, der sich hier mit seinem richtigen Namen unterzeichnende ... Ortega.«

Kaum verhallten diese Worte, als stürmische, nie endenwollende Hurras die Lüfte erschütterten.

Was brauchte man auch mehr, als diesen letzten Absatz des Dokuments, der die Unschuld des Fazenders von Iquitos unzweifelhaft nachwies und dem Galgen dieses Opfer eines schrecklichen Justizfehlers entriß?

Im Kreise seiner Gattin, seiner Kinder und Freunde konnte Joam Dacosta gar nicht genug Hände drücken, die sich ihm entgegenstreckten. Trotz der Energie seines Charakters übermannte ihn doch die Rührung, und tränenfeuchten Auges blickte er hinauf zum Himmel und pries dankbaren Herzens den Herrn der Welt, dessen Hand im letzten, schwersten Augenblicke auf so wunderbare Weise sein Schicksal gelenkt und ihn dem Leben wiedergeschenkt hatte.

Die Schuldlosigkeit Joam Dacostas konnte ja nun in der Tat kaum noch einem Zweifel unterliegen. Der wirkliche Urheber des Überfalles von Tijuco hatte sein Verbrechen selbst eingestanden und schilderte treffend alle Nebenumstände bei dessen Ausführung. Mit Hilfe jener Zahl enträtselte der Richter Jarriquez das ganze geheimnisvolle Schriftstück, worin Ortega das Folgende erzählte und gestand:

Der Elende war ein Kollege Joam Dacostas und wie dieser Beamte in dem Büro des Gouverneurs im Diamanten-Arrayal zu Tijuco. Ihn hatte man damit betraut, den Edelsteintransport nach Rio de Janeiro zu begleiten.

Nicht zurückschreckend vor dem verbrecherischen Gedanken einer Bereicherung durch Raub und Mord, hatte er den Schleichhändlern den Tag, an dem der Zug von Tijuco abgehen sollte, genau mitgeteilt.

Bei dem Überfalle der Räuber, welche dem Transport jenseits der Stadt Villa Rica auflauerten, kämpfte er scheinbar auf Seite der Begleitmannschaften mit, fiel verabredetermaßen von einem auf ihn abgefeuerten blinden Schuß und wurde zu den Toten geworfen. So konnte der einzige, mit dem Leben davongekommene Soldat allerdings aussagen, daß Ortega bei dem Gefechte mit umgekommen sei.

Der Verbrecher sollte aber seinen Raub nicht genießen, denn bald nachher wurde er von denen, die ihn bei Ausführung desselben unterstützt hatten, selbst total ausgeplündert.

Aller Mittel bar und ohne die Möglichkeit, nach Tijuco zurückzukehren, entflieht Ortega nach den nördlichen Provinzen Brasiliens, nach jenen Gebieten am oberen Amazonenstrome, wo die Miliz der »Capitaës do mato« ihr Wesen trieb. Er mußte doch leben – so trat Ortega in jene nicht besonders gut beleumundete Truppe ein. Hier fragte ihn niemand, wer er sei oder woher er komme. Ortega wurde also Waldkapitän und betrieb lange Jahre hindurch das Geschäft eines Menschenjägers.

Inzwischen wurde der ebenfalls aller Existenzmittel beraubte Abenteurer Torres sein Kamerad. Ortega und er traten sehr bald in nähere Beziehung zueinander. Wie Torres gesagt hatte, quälten den Übeltäter aber bald genug Gewissensbisse.

Die Erinnerung an seine Freveltat erfüllte ihn mit Schrecken. Er hatte erfahren, daß ein anderer an seiner Statt verurteilt worden war, er kannte auch diesen anderen, seinen gänzlich unschuldigen Kollegen Joam Dacosta. Erfuhr er endlich auch, daß es jenem gelungen sei, sich der ihn bedrohenden schimpflichen Hinrichtung zu entziehen, so schwebte doch noch immer das Schwert über seinem Haupte.

Als nun die genannte Miliz vor nicht allzu langer Zeit einmal bis über die peruanische Grenze hinüber schweifte, kam Ortega zufällig in die Nähe von Iquitos, und da fand er unter Joam Garral, der ihn selbst nicht erkannte, den früheren Joam Dacosta wieder.

Damals beschloß er, soweit ihm das möglich wäre, das dem ehemaligen Kollegen angetane Unrecht wiedergutzumachen und setzte ein Dokument auf, in dem er alles auf den Überfall bei Villa Rica Bezügliche niederschrieb; aber er tat es in der dem Leser bekannten geheimnisvollen Form, in der Absicht, es dem Fazender von Iquitos samt der zur Enträtselung der Schrift nötigen Zahl zu übersenden.

Der Tod verhinderte ihn an der völligen Durchführung dieses Planes. In einem Scharmützel mit Negern am Madeira-Fluß schwer verwundet, erkannte Ortega, daß sein Ende nahe sei. Sein Kamerad Torres befand sich an seiner Seite; diesem Freunde glaubte er das Geheimnis anvertrauen zu dürfen, das schon so lange und so schwer auf ihm gelastet hatte. Jenem überlieferte er das eigenhändig geschriebene Dokument und nahm ihm einen Eid ab, dasselbe Joam Dacosta zu überliefern, dessen jetzigen Namen und Aufenthaltsort er ihm mitteilte, und mit dem letzten Seufzer flüsterte er noch die Zahl vierhundertzweiunddreißigtausendfünfhundertdreizehn, ohne deren Kenntnis das Schriftstück völlig unverständlich bleiben mußte.

Der Leser weiß, wie Torres nach Ortegas Ableben sich seines Auftrages entledigte, wie er aus dem in seinen Händen befindlichen Geheimnis Nutzen zu ziehen beschloß, wie er dasselbe zum Gegenstande eines schamlosen Tauschhandels zu machen versuchte.

Torres mußte vor gänzlicher Durchführung seiner bübischen Absichten gewaltsamen Todes sterben und nahm sein Geheimnis mit in das Wellengrab. Der von Fragoso zuerst erwähnte Name Ortega aber, gleichsam die Signatur des Schriftstückes, dieser Name führte endlich, dank dem Scharfsinne des Richters Jarriquez, dazu, das Kryptogramm in allgemein verständliche Schrift zu übersetzen.

Ja, hiermit lag der so lange gesuchte materielle Beweis vor Augen, das unwiderlegbare Zeugnis der Unschuld des dem Leben und der Ehre wiedergegebenen Joam Dacosta.

Die Hurras erschallten mit verdoppelter Lebhaftigkeit, als der würdige Beamte mit lauter Stimme zur Erbauung aller diese spannende Geschichte vorgetragen hatte.

Von dieser Stunde ab ließ der Richter Jarriquez, der Besitzer des unbestreitbaren Beweises, in Übereinstimmung mit dem Chef der Polizei, es sich nicht nehmen, Joam Dacosta, den er vor Eintreffen weiterer Instruktionen von Rio de Janeiro doch nicht völlig auf freien Fuß setzen durfte, einstweilen in seinem eigenen Hause unterzubringen.

Das konnte er sich jedenfalls, ohne Überschreitung seiner Machtbefugnisse, erlauben, und unter dem Zusammenlauf der ganzen Einwohnerschaft Manaos sah sich Joam Dacosta gleich einem Triumphator mehr nach der Dienstwohnung des hohen Beamten getragen, als daß er, begleitet von allen seinen Angehörigen, dahin ging.

Diese Stunde belohnte den ehrenwerten Fazender von Iquitos reichlich für alle Leiden einer langjährigen Verbannung, und wenn er sich jetzt, mehr um seiner Familie als um seiner selbst willen, glücklich fühlte, so regte sich in ihm auch ein gewisser vaterländischer Stolz, daß die Heimat sich nicht durch einen schrecklichen Justizmord besudelt hatte.

Was wurde inzwischen aber mit Fragoso?

Nun, der Liebenswürdige wurde von Zärtlichkeiten fast erdrückt. Benito, Manoel und Minha überhäuften ihn damit, und Lina ersparte ihm dieselben nicht. Er wußte kaum, woran er war, und wehrte sich, so gut es anging. So viel des Dankes verdiente er ja gar nicht! Der Zufall allein hatte alles getan! War es denn ein so besonderes Verdienst von ihm, daß er in Torres einen früheren Waldkapitän wiedererkannt hatte? Gewiß nicht. Auch sein Einfall, die Miliz, der Torres früher angehört hatte, aufzusuchen, schien doch von vornherein die schlimme Lage des Fazenders kaum bessern zu können, und was endlich den Namen Ortega anging, so hatte er ja dessen entscheidenden Wert nicht im mindesten geahnt.

Braver Fragoso! Ob er es nun zugeben wollte oder nicht, er hatte doch zuletzt Joam Dacosta gerettet.

Doch wie viele merkwürdige Ereignisse in glücklicher Aufeinanderfolge gehörten dazu, dieses Ziel zu erreichen! Die Rettung Fragosos, gerade als er sich im Walde von Iquitos aus Lebensüberdruß den Tod geben wollte; der freundliche Empfang, der ihm in der Fazenda zuteil wurde; die Begegnung mit Torres an der Grenze Brasiliens, seine Einschiffung auf der Jangada und endlich der Umstand, daß er den Abenteurer schon früher einmal gesehen hatte.

»Nun, ja doch«, rief Fragoso zuletzt, »aber ohne Lina wäre doch alles unmöglich gewesen.«

»Ohne mich!« bemerkte die junge Mulattin.

»Gewiß! Ohne jene Liane, ohne deinen famosen Einfall, hätte ich nimmer so viel Glück stiften können.«

Wir brauchen wohl kaum hervorzuheben, daß Fragoso und Lina geradezu gefeiert und von der ganzen ehrbaren Familie, wie von deren vielen in Manao gewonnenen neuen Freunden fast auf den Händen getragen wurden.

Hatte der Richter Jarriquez aber nicht auch seinen Anteil an der Ehrenrettung des Unschuldigen? Wenn es ihm trotz seiner hochentwickelten analytischen Talente auch nicht gelang, das für jedermann, der nicht im Besitze des Schlüssels war, unenträtselbare Dokument zu lesen, so hatte er doch zeitig genug erkannt, welches kryptologische System demselben zugrunde gelegt war. Wer hätte außer ihm mit Hilfe des einzigen Namens Ortega die versteckte Zahl herauszufinden vermocht, welche nur der Urheber des Verbrechens und Torres, als sie noch lebten, gekannt hatten?

Auch ihm wurde selbstverständlich der wohlverdiente Dank zuteil.

Noch am nämlichen Tage ging nach Rio de Janeiro ein ausführlicher Bericht über die letzten Vorkommnisse ab, dem das Original-Dokument nebst dem zugehörigen Schlüssel beigefügt war. Jetzt mußte erst ein weiterer Erlaß des Ministers an den Richter abgewartet werden, aber niemand zweifelte daran, daß jener die sofortige Freigebung des Gefangenen verfügen werde.

Es galt also noch einige Tage in Manao auszuharren; dann sollten Joam Dacosta und die Seinigen frei und unbeschränkt, von keiner weiteren Besorgnis bedrückt, von ihrem Wirte Abschied nehmen, sich wieder einschiffen und den Amazonenstrom weiter hinab bis zum Para segeln, wo die Reise durch die Doppelhochzeit Minhas und Manoels, sowie Linas und Fragosos, entsprechend dem vorher entworfenen Plane, ihr Ende finden sollte.

Vier Tage später, am 4. September, traf der Befehl zur Freigabe des Gefangenen ein. Das Dokument war als authentisch anerkannt worden, sowie die Handschrift als diejenige Ortegas, des ehemaligen Beamten im Diamantenbezirke, und es unterlag keinem Zweifel, daß das Geständnis des Verbrechens, mit allen Einzelheiten, die er beifügte, allein von seiner Hand geschrieben war.

Endlich war also die Unschuld des Verurteilten von Villa Rica anerkannt und Joam Dacosta wieder ehrlich erklärt worden.

An diesem Tage speiste der Richter Jarriquez mit der glücklichen Familie an Bord der Jangada, und als er gegen Abend aufbrach, drückten ihm alle warm die Hände. Es war ein rührender Abschied, aber man versprach dabei, sich auf der Rückreise in Manao und später in Iquitos gegenseitig zu besuchen.

Am folgenden Morgen mit Tagesanbruch erschallte das Signal zur Weiterfahrt. Alle Insassen der Jangada standen auf dem ungeheuren Floße. Die Jangada trieb langsam nach der Strömung, und als sie an der Biegung des Rio Negro verschwand, donnerte noch ein tausendstimmiges Hurra der Bewohner von Manao durch die warme Luft.

Zwanzigstes Kapitel

Der untere Amazonenstrom

Was sollen wir nun noch berichten von diesem zweiten Teil der Reise auf dem großen Strome? Er verlief unter einer Reihe glücklicher Tage für die brave Familie. Joam Dacosta lebte von neuem auf und mit ihm alle, die seinem Herzen teuer waren.

Die Jangada glitt jetzt schneller auf dem noch von der Hochflut geschwellten Wasser hinab. Zur Linken ließ sie das kleine Dorf Don Jose de Maturi und zur Rechten die Mündung des Madeira, welcher seinen Namen der dichten Pflanzentrift, den nackten und belaubten Stämmen verdankt, die er aus dem Herzen Boliviens hinabführt. Sie wand sich durch den Archipel Caniny, dessen Inseln und Holme wahre Palmentreibhäuser darstellen, kam an dem Weiler Serpa vorüber, der, nach und nach von einem Ufer zum andern versetzt, endlich am linken Stromufer einen festen Stand gefunden hatte, mit seinen freundlichen Häuschen, deren Grundschwellen auf dem gelben Teppich des Strandes ruhen.

Das Forf Silves, am linken Ufer des Amazonenstromes, der Flecken Villa Bella, der Hauptmarkt der Provinz für die Guarana, lagen bald hinter dem großen Holzzuge. Ebenso das Dorf Faro mit dem berühmten Flusse Nhamundas, auf welchem Orellana im Jahre 1539 von kriegerischen Weibern überfallen worden zu sein behauptete, die man seitdem doch nie wieder gesehen hat – eine Sage, welche nichtsdestoweniger hinreichte, dem Strome für ewige Zeiten seinen Namen zu geben.

Hier endete die ausgedehnte Provinz Rio Negro und beginnt der Bezirk Para; an diesem Tage, am 22. September, gelangte die Familie durch ein entzückendes Tal in den Teil des brasilianischen Reiches, der nach Osten zu nur den Atlantischen Ozean als Grenze hat.

»Wie herrlich das ist!« rief das junge Mädchen einmal über das andere.

»Wie lange das dauert!« murmelte Manoel.

»Wie schön das ist!« jubelte Lina.

»Wann werden wir endlich ankommen!« brummte Fragoso leise.

Nun soll sich einer bei so weit auseinandergehenden Anschauungen auch noch unterhalten! Doch die Stunden verstrichen fröhlich, denn Benito, der weder geduldig noch ungeduldig war, hatte seine frühere frohe Laune vollkommen wiedererlangt.

Bald glitt die Jangada zwischen unabsehbaren Anpflanzungen dunkelgrüner Kakaobäume hin, von welchen sich das gelbe Stroh oder die roten Ziegel, welche die Wohnungen der Farmer auf beiden Seiten des Stromes bedeckten, scharf abhob; so ging die Fahrt von Obidos bis zum Flecken Monte Alegre hin.

Hier öffnet sich die Mündung des Rio Trombetas, dessen schwarze Fluten den Grund der Häuser von Obidos netzten, einer kleinen Stadt, einer wirklichen »Citade« mit breiten, von hübschen Wohnhäusern eingefaßten Straßen, einem wichtigen Lagerplatz der Früchte des Kakaobaumes, und nur hundertachtzig große Meilen von Belem entfernt.

Ferner erblickt man den Nebenfluß Tapajoz, mit grünlich-grauen Wellen, der von Südwesten herabkommt; weiterhin Santarem, einen reichen Flecken von nicht weniger als fünftausend Einwohnern, zum größten Teil Indianer, dessen vorderste Häuser direkt auf dem weißen Sande des Stromufers stehen.

Seit der Abfahrt von Manao hielt die Jangada gar nicht mehr an, da das Fahrwasser in diesem unteren Teile des Stromes weit freier ist. Tag und Nacht glitt sie, bewacht von dem scharfen Auge des Piloten, weiter hinab. Nirgends machte man mehr, weder zur Zerstreuung der Passagiere, noch um Handelsgeschäfte abzuschließen, halt. Ununterbrochen ging es vorwärts, und schnell kam das ersehnte Ziel näher.

Von Alemquer, am linken Ufer, an veränderte sich der Charakter der Umgebung. Statt des Saumes von dichten Wäldern, der bisher die Aussicht beschränkte, erhoben sich nicht weit vom Strome mäßige Hügel, deren weichen Wellenformen das Auge folgen konnte, und im Hintergrunde die Gipfel wirklicher Berge, die hoch nach dem Himmel emporstrebten.

Weder Yaquita noch ihre Tochter, weder Lina noch Cybele hatten jemals etwas Ähnliches gesehen.

Hier im Bezirke von Para fühlte sich nun Manoel zu Hause und konnte die doppelte Hügelkette, welche das Stromtal nach und nach mehr einengte, überall genau bezeichnen.

»Hier zur Rechten«, sagte er, »das ist die Sierra de Paruacarta, welche halbkreisförmig nach Süden zu verläuft. Links erhebt sich die Sierra de Curuva, an deren letzten Ausläufern wir bald vorüber sein werden.«

»So kommen wir also bald an?« fragte Fragoso.

»Ja, bald!« antwortete Manoel.

Die beiden Bräutigame verstanden offenbar einander, denn eine leise, aber genügend bezeichnende Bewegung mit dem Kopfe begleitete die Frage wie die Antwort.

Trotz der Flut, welche sich von Obidos aus bemerkbar machte und die Fortbewegung der Jangada ein wenig verzögerte, kam man bald an dem Flecken Monte Alegre vorüber, darauf bei Praynha de Onteiro und ferner an der Mündung des Xingu, den die Yuruma-Indianer häufig besuchen, deren Hauptbeschäftigung darin besteht, die Köpfe erschlagener Feinde für die naturhistorischen Sammlungen zu präparieren.

Schon erweiterte sich der Amazonenstrom bedeutend und ließ ahnen, daß er bald ein wirkliches Meer darstellen werde. Acht bis zehn Fuß hohes Gesträuch am Strande rahmte ihn mit einem wirklichen Walde von Rosen ein. Porto de Mos, Boa Vista und Gurupa, dessen frühere Blüte mehr und mehr erlischt, blieben bald hinter dem Floße zurück.

Hier teilt sich der Strom in zwei mächtige Arme, welche er nach dem Atlantischen Ozean ausstreckt; der eine verläuft nach Nordosten, der andere direkt nach Osten, und beide umfassen die große Insel Marajo, welche eine wirkliche Provinz bildet. Sie mißt nicht weniger als hundertachtzig Meilen im Umfang. Vielfach durchsetzt von Sümpfen und kleinen Flüssen mit Savannen im Osten und großen Wäldern im Westen, eignet sie sich vorzüglich zur Viehzucht, welche hier in großartigem Maßstabe betrieben wird.

Diese ungeheure Barre von Marajo ist das natürliche Hindernis, das den Amazonenstrom zwingt, sich zu teilen und seine Wassermassen durch zwei Arme ins Meer zu ergießen. Folgte die Jangada dem oberen Arme, so würde sie, nach Passierung der Inseln Caviana und Mexiana, eine fünfzig Seemeilen breite Mündung gefunden haben, aber sie wäre auch der Pororoca ausgesetzt gewesen, jener schrecklichen Springflut, welche in den drei, dem Neumond vorhergehenden Tagen und beim Vollmond binnen zwei Minuten, statt in sechs Stunden, den Strom zwölf bis fünfzehn Fuß über seinen niedrigsten Wasserstand aufzustauen vermag.

Diese stürmische Flutwelle richtet nicht selten großen Schaden an. Glücklicherweise ist der untere, unter den Namen des Kanals von Breves benannte Arm, der natürliche Ausfluß des Para, dieser furchtbaren Naturerscheinung nicht ausgesetzt, sondern zeigt nur die gewöhnlichen Phänomene der regelmäßigen Meeresflut. Der Pilot Araujo kannte diese Arme ganz genau. Er steuerte also hinein mitten in prächtige Wälder, da und dort an kleineren Inseln mit Muritipalmen vorüber, und dazu war das Wetter so herrlich, daß man nicht einmal jene plötzlichen Stürme zu fürchten brauchte, welche sonst zuweilen durch den ganzen Kanal von Breves rasen.

Einige Tage später kam die Jangada nach dem früheren Dorfe dieses Namens, das, obwohl es auf einem mehrere Monate im Jahre überschwemmten Terrain steht, doch seit 1845 zu einer Stadt mit hundert Häusern emporgewachsen ist. Hier siedeln noch die Tapuyas, die Urbewohner des unteren Amazonenstromes, welche mehr und mehr in der weißen Rasse aufgehen und offenbar bald ganz verschwinden werden.

Inzwischen glitt die Jangada weiter und weiter hinab. Hier streifte sie, auf die Gefahr hin, aufzulaufen, die Wurzeln gigantischer Mangobäume, welche sich wie riesige Krallen eines phantastischen Geschöpfes weit ins Wasser hinaus erstrecken; dort die schlanken Stämme von Wurzelträgern mit blaßgrünem Laub, an welche man die langen Bootshaken anstemmte, um das Floß in die Strömung zurückzudrängen.

Weiter gelangte man nach der Mündung der Toncantins, der seine aus verschiedenen Rios der Provinz Goyaz gesammelten Fluten dem Amazonenstrome durch eine weite Mündung zuführt; hinter diesem nach Moju und dann nach dem Flecken Santa Ana.

Majestätisch entrollte sich das herrliche Panorama an beiden Ufern ohne Aufenthalt, als ob es ein unsichtbarer Mechanismus stromaufwärts verschöbe.

Schon begleiteten zahllose Fahrzeuge, welche den

Fluß hinabfuhren, Ubas, Egariteas, Vigilindas, Pirogen jeder Art, kleinere und mittlere Küstenfahrer aus den unteren Teilen des Amazonenstromes und von dem Strande des Atlantischen Ozeans die riesige Jangada wie Schaluppen eines ungeheuren Kriegsschiffes.

Endlich erschien zur Linken Santa Maria de Belem do Para, die »Stadt« wie man hierzulande sagt, mit ihren pittoreseken, weißen, mehrere Stockwerke hohen Häuserreihen, ihren unter Palmen versteckten Klöstern, den Glockentürmen der Kathedrale und der Kirche Nostra-Senora de Merced, ihrer Flottille von Goëlettes, Briggs und Dreimastern, welche sie in rege Handelsverbindung mit der Alten Welt setzt.

Wie stürmisch klopfte den Passagieren der Jangada das Herz. Endlich sahen sie das Ziel der Reise vor Augen, welches sie nie zu erreichen geglaubt hätten. Konnten sie bei der Verhaftung Joam Dacostas, welche sie in Manao in der Mitte ihrer Reise zurückhielt, jemals hoffen, die Hauptstadt der Provinz Para zu erblicken?

Am 15. Oktober, vierundeinhalb Monate, seit sie die Fazenda von Iquitos verlassen, tauchte Belem hinter einer scharfen Biegung des Flusses zuerst vor ihnen auf.

Seit mehreren Tagen schon war das bevorstehende Eintreffen der Jangada bekanntgeworden. Die ganze Stadt kannte die Geschichte Joam Dacostas. Man erwartete diesen braven Mann. Alle bestrebten sich, ihm und den Seinigen den herzlichsten Empfang zu bereiten.

Hunderte von Fahrzeugen segelten dem Fazender entgegen, und bald war die Jangada überschwemmt von allen denen, welche die Ankunft ihres so lange verbannt gewesenen Landsmannes zu feiern wünschten. Tausende von Neugierigen, richtiger Tausende von Freunden, drängten sich in dem schwimmenden Dorfe zusammen, lange bevor es seinen Landungsplatz erreicht hatte. Es war aber groß und fest genug, um eine ganze Bevölkerung aufzunehmen.

Und unter denen, welche sich so beeilten, brachte

auch eine der ersten Pirogen Frau Valdez herbei.

Die Mutter Manoels konnte endlich die von ihrem Sohne neuerwählte Tochter in die Arme drücken. Wenn sich die gute Dame nicht nach Iquitos hatte begeben können, brachte ihr der Amazonenstrom nicht ein ganzes Stück Fazenda mit ihrer neuen Familie?

Noch vor Anbruch des Abends hatte der Pilot Araujo die Jangada im Grunde einer Bucht hinter dem Arsenale fest vertaut. Das sollte ihr letzter Ankerplatz, ihr letzter Ruhepunkt nach einer Fahrt von achthundert Meilen auf der großen brasilianischen Wasserader sein. Hier sollten die Indianerzelte, die Negerhütten und die mit kostbarer Ladung gefüllten Magazine abgebrochen werden; dann kam an das unter grünem Blätterschmucke versteckte Wohnhaus die Reihe, für immer zu verschwinden; endlich auch die kleine Kapelle, deren bescheidene Glocke jetzt noch ihre Töne mit dem feierlichen Geläut der Kirchen von Belem mischte.

Vorher aber sollte eine Feierlichkeit noch auf der Jangada selbst vor sich gehen: die Trauung Manoels und Minhas, so wie die Linas und Fragosos, und der Padre Passanha hätte es sich um keinen Preis nehmen lassen, die so glückverheißende Doppelverbindung zu segnen. In der kleinen Kapelle wollte er die Hände der beiden Brautpaare für immer zusammenlegen.

Wenn diese wegen ihres beschränkten Raumes zwar nur die eigentlichen Familienmitglieder Joam Dacostas aufnehmen konnte, so bot doch die ungeheure Jangada Platz genug für alle, welche dieser frohen Feier beiwohnen wollten, und wenn sie für den Zulauf von Teilnehmern wirklich nicht genügte, so waren ja die Rasenstufen des ausgedehnten Uferabhanges da für die Menge aller derer, welche den Mann, der auf so ungewöhnliche Weise zum Helden des Tages geworden war, zu ehren wünschten.

Schon am folgenden Tage, dem 16. Oktober, wurde die Doppelhochzeit mit großem Pomp gefeiert.

Von zehn Uhr morgens an strömte eine Unzahl von Gästen bei herrlichstem Wetter auf das Deck der Jangada. Am Ufer erblickte man fast die ganze Bevölkerung von Belem, welche sich in Feierkleidern herandrängte. Auf dem Flusse selbst wimmelte es von Booten mit Besuchern, welche an dem Rande des großen Holzzuges anlegten, so daß der Amazonenstrom bis zum jenseitigen Ufer unter dieser Flottille buchstäblich versteckt war.

Als die Glocke der Kapelle zum ersten Male ertönte, war es gleichsam ein Freudensignal für aller Augen und Ohren. Sofort antworteten die Kirchen der Stadt dem Glockentürmchen der Jangada. Die Boote im Hafen flaggten bis zur Mastspitze, und die Farben Brasiliens wurden von den Nationalflaggen der anderen Länder begrüßt. Von allen Seiten knatterten Flintenschüsse, aber kaum vermochten die Ehrensalven mit den lauten Jubelrufen von abertausend Lippen zu wetteifern.

Die Familie Dacosta trat aus dem Wohnhause und schritt durch die Menschenmenge nach der kleinen Kapelle.

Joam Dacosta wurde mit frenetischem Jubel empfangen. Er führte Frau Valdez am Arme. Yaquita erschien in Begleitung des Gouverneurs von Belem, der im Vereine mit den Kameraden des jungen Militärarztes die Hochzeit durch seine Gegenwart verherrlichen helfen wollte. Manoel ging an der Seite Minhas, welche wahrhaft reizend aussah; dann kam Fragoso, der die glückstrahlende Lina an der Hand hielt; endlich folgten Benito, die alte Cybele und die Hausdiener der Familie, durch die von dem Personal der Jangada gebildete Doppelreihe schreitend.

Der Padre Passanha erwartete die beiden Brautpaare am Eingange der Kapelle. Die Zeremonie wurde in würdiger Einfachheit zelebriert, und dieselben Hände, welche einst Joam und Yaquita eingesegnet hatten, streckten sich jetzt aus, um auch über deren Kinder den Segen des Himmels zu erflehen.

So viel Glück durfte nicht durch den Schmerz längeren Getrenntseins getrübt werden.

Manoel reichte bald seinen Abschied ein, um bei der ganzen Familie in Iquitos zu bleiben, wo ihm auch als Zivilarzt ein weites Feld nützlicher Tätigkeit offenstand.

Natürlich zögerte auch das neuvermählte andere Paar keinen Augenblick, bei denen zu bleiben, die ihnen mehr Freunde als Herren waren.

Madame Valdez erhob keinen Einspruch, daß ihr Sohn mit der neugewonnenen Tochter fortzog, aber sie knüpfte daran die eine Bedingung, daß die jungen Leute sie in Belem öfter besuchten.

Das war in Zukunft leicht genug. Bildete der große Strom nicht schon zwischen Belem und Iquitos ein Band, das niemals zerreißen konnte? Dazu begann in einigen Tagen das erste Dampfboot seine regelmäßigen schnellen Fahrten, bei denen es nur acht Tage brauchte, um den Amazonenstrom hinaufzusegeln, während die Talfahrt der Jangada so viele Monate in Anspruch genommen hatte.

Die von Benito besorgten umfänglichen Handelsgeschäfte fanden einen sehr günstigen Abschluß, und bald war von der Jangada, das heißt von einem, einen ganzen Wald Iquitos umfassenden Holzfloße – nichts mehr übrig.

Einen Monat später reisten die Fazender, seine Gattin, Manoel und Minha Valdez, Lina und Fragoso auf einem der Dampfboote des Amazonenstromes zurück nach der ausgedehnten Ansiedlung in Iquitos, deren Leitung Benito übernahm.

Diesmal trat Joam Dacosta frei erhobenen Hauptes in seine Besitzung ein und führte eine ganze glückliche Familie über die brasilianische Grenze zurück.

Fragoso aber hörte man wohl zwanzigmal des Tages rufen:

»Ja – aber ohne die Liane!«

Zuletzt gab er diesen hübschen Namen sogar der jungen Mulattin, die ihn durch ihre treue Anhänglichkeit an den wackeren Mann rechtfertigte.

»Bis auf einen einzigen winzigen Buchstaben«, sagte er, »ist ja Lina und Liane sowieso gleich!«

Von Rotterdam nach Kopenhagen

an Bord der Dampfjacht »Saint Michel«

Von Paul Verne

Erstes Kapitel

Nach schneller, glücklicher Überfahrt von der Küste Englands nach der Maas, von Deal (Grafschaft Kent) in Rotterdam am 5. Juni angelangt, wurden wir daselbst noch am 10. durch ungünstige Witterung zurückgehalten. Ein stürmischer Nordwest rollte gewaltige Wogenmassen gegen den flachen Strand Hollands und verwehrte uns die Ausfahrt. Mindestens wäre es unklug gewesen, mit unserer Dampfjacht »Saint Michel«, trotz ihrer bewährten Seetüchtigkeit und höchst vollkommenen Maschine, der empörten Nordsee gerade an diesen gefährlichen Gestaden Trotz bieten zu wollen.

Das war auch die Ansicht Harry Thomas Pearkops, *Pilot for the Channel and the North sea*, wie seine Karte meldete, der sich – etwas gegen unseren Willen – mit an Bord befand. Wir hatten ihn in Deal engagiert, um den »Saint Michel« eigentlich nur durch die Dünen vor der Küste zu lotsen, da sich am Nachmittag des 4. Juni ein dichter Nebelschleier über den Kanal herabzusenken begann; mit der eigentümlichen Zähigkeit der englischen Rasse, welche sich den Erwerb einiger Pfund Sterling nicht so leicht entgehen läßt, gelang es ihm aber doch zuletzt, uns von seiner »Unentbehrlichkeit« bei der geplanten Fahrt unserer Jacht zu überzeugen.

Dieser »Gentleman«, der trotz wiederholter Weigerung sich an Bord des »Saint Michel« sozusagen einnistete, hatte übrigens eine gewisse Geschichte. Thomas

Pearkop ist ein Mann von mittlerer Größe mit breitem Gesicht, breiten Schultern und stark im Leibe, mit einem Wort, bei ihm geht alles in die Breite, so auch seine breiten Füße, welche in breiten Schuhen ohne Absätze stekken. Er hat ein gutmütiges Aussehen, blaue Augen, eine gerade Nase – so eine Nase, von welcher man glaubt, sie müsse sehen können – gebräunten, ins Rötliche spielenden Teint, Bart allein unter dem Kinn – kurz, er bietet ganz das Bild eines wetterfesten Seemannes.

Thomas Pearkop besaß eine starke Stimme, welche auch das Sausen des Windes übertönte, er verstand aber nicht zwei französische Worte. Zum Glück war mir das Englische so weit geläufig, daß ich mich mit ihm verständigen konnte.

»Wir brauchen aber Ihre guten Dienste nicht, Pearkop«, sagte ich zu ihm. »Unser Kapitän kann uns schon allein führen; nachdem er in dreißig Jahren fünfundzwanzigmal über die Nordsee gekommen ist, kennt er dieselbe gründlich und wird von Leuchtturm zu Leuchtturm ebenso sicher fahren, wie der beste Lotse von der Reede bei den Dünen!«

»Aoh, yes!« erwiderte der »Gentleman«, »aber die Strömungen, die Sandbänke, die Nebel, vorzüglich die Nebel, welche zur Sommerzeit so häufig vorkommen und es unmöglich machen, ein Leuchtfeuer oder die Küste zu erkennen! Was wird dann aus Ihnen werden? Ach«, fügte er hinzu und hob melancholisch die großen hellen Augen zum Himmel, »wie viele Kapitäne, und darunter auch ganz vortreffliche Seeleute, haben es büßen müssen, daß sie meine Dienste abwiesen!«

Nun folgte eine Aufzählung von Schiffen aller Nationen, welche gestrandet oder mit Mann und Maus untergegangen waren, nur weil sie die Warnungen dieses, mit allen Gewässern der Nordsee vertrauten Mannes in den Wind geschlagen hatten. Darauf brachte er eine geradezu zahllose Menge Zeugnisse in russischer, dänischer, deutscher und italienischer Sprache hervor, von denen wir keine Silbe verstanden; nur ein einziges französisches Attest befand sich darunter, ausgestellt von M. E. Pérignon, dem Eigentümer der Dampfjacht »Fauvette« und Vizepräsident des französischen Jachtklubs. Unter dieser Lawine von guten und minder guten Gründen ermattete endlich unser Widerstand und wurde unser Angreifer nur noch hitziger, so daß uns nur der Ausweg blieb, nach ehrenvoller Verteidigung zu kapitulieren.

Wir nahmen also das Angebot Thomas Pearkops an, den »Saint Michel« von Deal nach Rotterdam zu führen. Freilich mußte sich das Lotsenhonorar eine für den »Gentleman« sehr schmerzhafte Amputation gefallen lassen: dasselbe wurde von fünfzehn Pfund seiner ursprünglichen Forderung auf acht Pfund, also um ziemlich fünfzig Prozent herabgesetzt.

Nun sahen wir erst auf ein Zeichen Thomas Pearkops in dem Boote, das ihn zu uns gebracht hatte, den Sack aus geteertem Segeltuche auftauchen, den jeder Lotse, der auf sich hält, unabänderlich bei sich zu führen pflegt. Aber, himmlischer Vater, welch ein Sack war das! Einundeinhalb Meter lang und einen halben Meter dick, vollgestopft zum Platzen, geschnürt wie eine Preßwurst, und so schwer, daß ihn kaum zwei kräftige Männer an Bord schaffen konnten. Ich fürchtete, der »Saint Michel« werde unter dieser ungewöhnlichen Last kentern wie ein Fischerboot.

Zweites Kapitel

Bevor wir unseren Bericht fortsetzen, dürfte es sich für die freundlichen Leser, die uns auf dieser Fahrt auf der Nord- und Ostsee folgen wollen, wenn die nachfolgenden Anmerkungen für sie von einigem Interesse sein sollen, empfehlen, sie kurz mit dem Schiffe, auf dem wir uns befanden, bekanntzumachen.

Der »Saint Michel«, dessen geringe Größe ihn auf den ersten Blick als ungeeignet für weitere Seereisen erscheinen lassen möchte, ist eine reizende Dampfjacht, dreiunddreißig Meter lang und achtunddreißig Registertonnen, das heißt siebenundsechzig Tonnen nach der Messung des französischen Jachtklubs, groß. Er führt dessen dreifarbigen Wimpel mit dem weißen Stern am Maste.

Erbaut in Nantes, 1876, von der Firma Jollet und Babin, verbindet diese Jacht mit einer zweifellosen Solidität ganz ausgezeichnete nautische Eigenschaften, die es im schlimmsten Fall ermöglichen würden, auch sehr schlechtem Wetter zu trotzen. Nach Thomas Pearkops Aussage würde dieselbe bei einem Sturm, den man auszustehen hätte, sogar noch mehr Sicherheit bieten als ein Fahrzeug von höherem Tonnengehalt. Eine derartige Äußerung des »Gentleman« dürfte jedoch nur mit großer Reserve aufzunehmen sein, denn eine »so kleine« Jacht, die ihm »so viel« in »so kurzer« Zeit einbrachte, mußte wohl nahezu vollkommen sein. Wir beschränken uns also darauf, von seiner guten Meinung Notiz zu nehmen; der Himmel gebe aber, daß wir niemals in die Verlegenheit kommen möchten, dieselbe wirklich zu erproben.

Der »Saint Michel« ist ein eisernes Schiff, als Goëlette getakelt, durch fünf wasserdichte Scheidewände getrennt und von eleganter Gestalt. Seine Maschine von fünfundzwanzig indizierten Pferdekräften, à dreihundert Meterkilogramm – gleich etwas über hundert effektive Pferdekräfte – verleiht ihm eine Geschwindigkeit von neun bis neuneinhalb Knoten in der Stunde. Diese Geschwindigkeit kann mit Hilfe des Segelwerks bis auf zehneinhalb Knoten vergrößert werden; das Schiff ist nämlich so reichlich mit Segeln versehen, daß es, im Fall die Maschine oder Schraube je ein Unfall träfe, im Notfall einen gar nicht schlechten Segler abgeben könnte, denn auch ohne Mithilfe des Dampfes erreicht der »Saint Michel« bei günstigem Winde eine Schnelligkeit von sieben bis acht Knoten.

Die Maschine ist jedoch von ausgezeichneter Konstruktion, nach dem Compound-System mit zwei ungleich großen Zylindern erbaut, hat Oberflächenkondensation und ist von dem Marine-Ingenieur Normand in Havre entworfen. Sie macht der Werkstatt der Herren Jollet und Babin, wo sie gebaut wurde, alle Ehre.

Die innere Einrichtung der Jacht ist folgende:

Im Hinterteile befindet sich ein Salon, nach dem man mittelst einer geraden Treppe gelangt, welche zwischen einem Dienerzimmer und einem anderen unentbehrlichen Kabinett hinuntergeführt ist. Von diesem in Jaccaranda gehaltenen Salon, dessen Diwans alle in Lagerstätten verwandelt werden können, kommt man nach einem Schlafzimmer mit zwei Betten, Toilette, Schränken und einem Tische aus lichtem Eichenholz. Hierauf folgt nach vorn zu die Maschine und der Kesselraum, welche den breitesten Teil des Mittelschiffs einnehmen. Das Vorderteil enthält den Speisesaal, zugänglich durch eine etwas gewundene Treppe, welche zwischen der Kapitänskajüte und der Vorratskammer hinabführt und mit der Küche in bequemer Verbindung steht. Ganz nach vorn, neben der Küche, liegt das Volkslogis mit sechs Lagerstätten für Matrosen. Alles in allem bietet unsere Dampfjacht einen herrlichen Anblick mit ihren hohen, geneigten Masten, dem schwarzen Rumpfe, über den sich an der Wasserlinie und unter dem Barkholz weiße Streifen hinziehen, mit ihren Lichtpforten in kupfernen

Rahmen, mit ihren Treppenkappen aus Teakeiche und den eleganten Linien, welche sie vom Heck bis zum Vordersteven zieren.

Drittes Kapitel

Das ist der »Saint Michel«. Seinen Eigentümer, Julius Verne, kennt wohl so ziemlich jedermann. Mir, seinem Bruder, kommt es nicht zu, hier sein Lob anzustimmen, doch muß ich bemerken, daß dieser scheinbar unermüdliche Arbeiter doch auch gelegentlich einmal erschlafft. Da wird ihm die Ruhe zur Notwendigkeit, und er findet sie nirgends so erquickend, als in seiner Jacht auf dem ruhelosen Meer.

Viele glauben, er arbeite an Bord des Schiffes. Weit gefehlt! Er ruht hier nur aus und erholt sich während einiger Monate. Im übrigen bleibt er wach ein verläßlicher Gefährte, dem die Seekrankheit unbekannt ist, aber auch ein Virtuos im Schlafen, das Wetter kann sein, wie es will, stets aber ein heiterer und liebenswürdiger Gesellschafter. Doch ich will einhalten, ich verirre mich auf ein Gebiet, welches mir zu betreten versagt ist. Man könnte mich der Parteilichkeit zeihen.

Abgesehen von zahlreichen Ausflügen im Kanal und längs der Küsten der Bretagne, hat der »Saint Michel« schon zwei größere Reisen gemacht. Von Nantes aus trug er im Jahre 1878 Raoul Duval, Julius Hetzel jun., meinen Bruder und mich bis nach dem westlichen Mittelmeere. Er besuchte Vigo, Lissabon, Cadix, Tanger, Gibraltar, Malaga, Tekuan, Oran und Algier und hielt sich ausgezeichnet auch während der wenigen Tage stürmischen Wetters, die uns nicht erspart blieben.

Es ist allzu schwer, den Reiz in Worten wiederzugeben, den man empfindet, auf solche Weise die Küsten Spaniens, Marokkos und Algeriens zu besuchen. Dasselbe gilt auch von der zweiten Reise, welche die Gestade Englands und Schottlands und Edinburgh zum Ziel hatte. Vielleicht veröffentlicht mein Bruder noch einmal die »Denkwürdigkeiten des ›Saint Michel‹«, was meiner Meinung nach ungemein zur Entwicklung des Jachtsports in Frankreich beitragen würde.

Dieses Jahr lag es anfangs in unserer Absicht, über Christiania, Kopenhagen und Stockholm nach Petersburg zu gehen. Verschiedene Erwägungen führten jedoch eine Abänderung dieses Reiseplanes herbei. Wir hatten sogar schon darauf verzichtet, der Ostsee überhaupt einen Besuch abzustatttten, und wenn wir dennoch dahin gelangten, so war das die Folge ganz unerwarteter Umstände, wie man aus diesem Berichte erkennen wird.

Befehligt wird der »Saint Michel« von Kapitän Ollive, gebürtig von der kleinen Insel Trentemoult, einem reizenden, mitten in der Loire unterhalb Nantes gelegenen Fleckchen Erde, welche, wie das zugehörige Städtchen Batz, noch die Sitten der Vorfahren bewahrt hat. Erfahren in der Küstenfahrt, die er fünfundzwanzig Jahre lang betrieben, ist unser Kapitän ein kluger Mann und guter Seefahrer, dem man sich ruhig anvertrauen kann.

Wenn ich nun noch hinzufüge, daß die sämtliche aus der Bretagne stammende Besatzung aus einem Maschinisten, zwei Heizern, einem Obersteuermann, dem Sohne des Kapitäns, drei Matrosen, einem Schiffsjungen und einem Koch besteht, und endlich als die an Bord befindlichen vier Passagiere, Julius Verne, den Advokaten Robert Godefroy aus Amiens, meinen ältesten Sohn und mich selbst nenne, so ist der geneigte Leser vollständig mit dem »Saint Michel« und seinem Personal bekannt.

Viertes Kapitel

Wir lagen also fest in Rotterdam und warteten auf einen Umschlag der Witterung, um uns direkt nach Hamburg zu begeben; Preis elf Pfund statt siebzehn, welche Thomas Pearkop verlangt hatte, um uns bis zur Mündung der Elbe zu lotsen. Der »Saint Michel« lag verankert in der Maas, dicht vor dem schönen Park, der sich an dieser Stelle der grünen Umgebung der hübschen Stadt anschließt. Die unfreiwillige Muße, welche uns der steife Nordwest auferlegte, benutzten wir zum Besuch von Den Haag und Amsterdam und der höchst wertvollen Museen, von deren Pracht wir noch geblendet waren. Man muß eben Holland selbst gesehen haben, um Rembrandt ganz schätzenzulernen. Wer nicht »Die nächtliche Stunde« und den »Unterricht in der Anatomie« gesehen hat, wird nimmermehr das Genie des großen Malers richtig würdigen. Dasselbe gilt von dem berühmten Gemälde Paul Potters, das einen Stier vor einer auf der Erde liegenden Kuh darstellt.

Der Eindruck dieser Meisterwerke der Kunst ist desto überraschender, weil man ihn inmitten einer großen Zahl Gemälde von Rubens, Van der Helft, Van Dyk, Murillo, Hobbema, Ruysdaël, Teniers, Breughel de Velours und anderer empfängt, deren Sammlung diese Museen geradezu über alle anderen erhebt. Leider lassen die Lokalitäten viel zu wünschen übrig und erscheinen der Schätze, die sie bergen, keineswegs würdig. Wie ist es möglich, daß so reiche und kunstsinnige Städte wie Amsterdam und Haag nicht Museen erbauen, welche ihrer Liebe zur Kunst einigermaßen entsprechen?

Was wir sonst von Holland durch ein Waggonfenster sahen, war nur ein flüchtiges Bild seiner grünen Weiden, seiner nach dem Lineal ausgehobenen Kanäle mit dem Hintergrunde zahlloser Windmühlen, welche den Horizont beleben; aber alles bekräftigt doch des Dichters Cavalier Butler geflügeltes Wort:

»Holland geht fünfzig Fuß tief im Wasser; die Erde, welche das Land bildet, ist nur verankert, man befindet sich auf derselben gleichsam an Bord.«

Allmählich drängte uns die Zeit. Wir hatten schon den 11. Juni und mußten an den Aufbruch denken, wenn nicht der ganze Reiseplan umgeworfen werden sollte, obgleich der Wind immer ungünstig blieb und die pittoresken Mühlen von Rotterdam unablässig mit den Riesenarmen in der Luft herumwirbelten.

Wir beschlossen also, zunächst nach Antwerpen zu gehen.

Nach dieser Stadt kann man durch die, die Maas und Schelde verbindenden Kanäle gelangen, ohne die offene See zu berühren. Man folgt dabei jetzt dem Flusse, dann wieder einem Kanal, den die ausgedehnten Wiesen an seiner Seite um etwa zwei Meter überragen, und in welchen man durch vortrefflich instand gehaltene Schleusen gelangt. Diese uns völlig neue Wasserfahrt bot allen Teilnehmern ein ungewöhnliches Interesse, weshalb wir bei derselben einen Augenblick verweilen.

Nach einem letzten Blick auf das Barometer, das unabänderlich auf siebenhundertfünfzig Millimeter stehen blieb, und trotz der Verheißung besseren Wetters seitens Thomas Pearkops, dem die Unterlassung der Fahrt nach Hamburg einige Pfund Sterling zu rauben drohte, dampft der »Saint Michel« um neun Uhr morgens nach Antwerpen ab, obwohl wir entschlossen blieben, wenn die Witterung wirklich günstiger würde, das erste Projekt wieder aufzunehmen.

Man braucht zwölf volle Stunden, um durch dieses merkwürdige Land nach dem rechten Ufer der Schelde zu kommen. Der Weg führt zwischen den großen Inseln Zeland, Voorne, Goeree, Schouven und Walcheren hin, hier in engem Kanal, dort auf wirklichen Binnenseen, welche ohne Ausgang zu sein scheinen, und immer mitten unter Barken, Lastschiffen, Sloops, Goëletten und Dampfern, von denen diese, wie weite Prärien stillen

Gewässer unaufhörlich durchfurcht werden.

Die Nacht verlief ohne Störung in Ziericksee, am Ende des zweiten Kanals, und am nächsten Tage, am 12. Juni, weckte uns Thomas Pearkop mit der Meldung, daß das Wetter umgeschlagen sei. Da der wackere Lotse dieselbe Nachricht aber schon vier- oder fünfmal gebracht hatte, verhielten wir uns seinen Worten gegenüber zunächst etwas ungläubig. Auf dem Deck überzeugten wir uns dieses Mal jedoch von der Wahrheit seiner Aussage; das Barometer war gestiegen und der Wind während der Nacht schwächer geworden. Wir verzichteten also auf Antwerpen und begnügten uns mit einer flüchtigen Betrachtung der Schelde, welche mir an dieser Stelle viel Ähnlichkeit mit der Loire zu haben schien; dann steuerten wir, statt nach rechts, nach links hin und begaben uns nach Vlissingen.

Die Stadt ist eigentlich nur ein Nest zu nennen und bietet an sich keinerlei Interesse; sie liegt ziemlich fern vom Hafen, der, den Aussagen der Einwohner nach, einmal noch zu hoher Bedeutung gelangen soll. Wir wünschen es aufrichtig, aber wir hoffen auch, daß die Kaufleute desselben sich etwas entgegenkommender verhalten möchten, als es unserem Maschinisten gegenüber der Fall war.

Nachdem wir zu wahrhaft unerhörten Preisen Kohle eingenommen hatten, verließ unsere Jacht Vlissingen wieder, und zwar gegen fünf Uhr abends; die Mündungen der Schelde sind bald erreicht, und nun befinden wir uns also auf der Fahrt nach Hamburg, unter der hohen Leitung des behäbigen Thomas Pearkop. Wir hatten verabredet, daß der »Saint Michel« im Vorübergehen auch Wilhelmshaven, den großen deutschen Kriegshafen, anlaufen sollte, der sich am Jadebusen, neben der Ausmündung der Weser befindet und den wir gern besichtigt hätten.

Es ist doch ein Lotse ersten Ranges, dieser Teufel von Pearkop! Trotz seiner fünfzig Jahre hat er ein Auge ohnegleichen! Am Tage wie in der Nacht entgeht ihm kein Leuchtturm, kein Feuerschiff, kein Fahrzeug oder die flache Küste, die er allemal eine Viertelstunde eher wahrnimmt als jeder andere. Und dann, jener famose Sack – der enthält Karten, Pläne, Instruktionen und vorzüglich ein ungeheures Fernrohr! Herr des Lebens, was ist das für ein gewaltiger Schlauch! Es rührt, seiner Aussage nach, von einem großen, norwegischen Schiffe her, das auf den Godwindbänken, an der Mündung der Themse, zugrunde ging und von dem nichts, gar nichts, gerettet wurde als dieses gigantische Fernrohr.

Thomas Pearkop versicherte, er werde es auch um vieles Geld nicht hergeben, obwohl er sonst nach einem Goldstück ziemlich lüstern ist.

Wenn das Unding mir gehörte, ich gäb' es umsonst weg oder zahlte dem noch darauf, der mir diese Last abnähme, denn ich habe dadurch niemals weder Land noch Licht, weder Ankerboje noch Bake zu erkennen vermocht.

Fünftes Kapitel

Auf offener See weht noch immer der Nordwestwind, freilich etwas schwächer, aber doch noch stark genug, um uns einigermaßen zu beunruhigen. Wir haben einen langen Weg vor uns, ohne einen Hafen außer Texel, im Norden des Zuidersees, und dieser hat eine schwierige Einfahrt. Sind wir einmal über diesen hinaus, so müssen wir wohl oder übel weiterdampfen. Die Brise nahm allmählich wieder zu und es war zu befürchten, daß sie mit Sonnenaufgang noch mehr auffrischte. In diesen höchstens fünfzehn bis zwanzig Faden tiefen Gewässern kommt das Meer schnell in kräftige, kurz stoßende Bewegung und wirft ein so flachgehendes Schiff wie unseren »Saint Michel« unbarmherzig hin und her.

Wir dachten also schon ernsthaft daran, in Texel wieder vor Anker zu gehen, doch bestimmten uns einerseits die Weigerung Thomas Pearkops, der keine Lust zu haben schien, nachts daselbst einzulaufen, und eine weitere Erhöhung der Quecksilbersäule des Barometers, die Reise fortzusetzen. Mit Sonnenaufgang wehte der Wind, wie vorausgesehen, wirklich stärker, er ging aber gleichzeitig nach Norden um, was für uns von Vorteil war. Mit dem Winde von der Seite erreichte der »Saint Michel« mit Hilfe seiner Segel bald eine Schnelligkeit von zehn Knoten. Das Wetter klarte nach und nach auf, und gegen neun Uhr abends kamen wir vor dem Jadebusen an. Dann heuerten wir einen Bremer Lotsen, dessen Boot auf dem Meere am Eingange der Bucht umherschaukelte und der es übernahm, unsere Jacht nach Wilhelmshaven zu bringen, wo wir gegen Mitternacht eintrafen.

Dieser ausschließlich militärischen Zwecken dienende Hafen an der Westseite des Golfes ist durch Tore ohne Schleusen versperrt, die nur zur Flutzeit geöffnet werden, um Schiffe ein- und auslaufen zu lassen. Wir wußten natürlich nicht im voraus, welcher Empfang uns von den Hafenbeamten zuteil werden würde, und ob man einem französischen Schiffe überhaupt den Zutritt gestatten werde.

Wer darüber erstaunen sollte, daß wir als Franzosen so begierig waren, mehrere Punkte der deutschen Küste und vor allem Wilhelmshaven kennenzulernen, dem diene als Erklärung, daß wir der Ansicht huldigen, man könne von fremden Völkern allemal das oder jenes lernen. Was übrigens Deutschland betrifft, so legten wir uns natürlich von vornherein die unter den gegebenen Umständen notwendige Reserve auf.

Am 14. Juni um acht Uhr morgens gingen wir, mein Bruder und ich, ans Land, um die nötigen Schritte zu tun. Ein Herr, in Uniform, wie alle, welche zu der Regierung in irgendwelchem näheren Verhältnisse stehen, empfing uns und wies uns zunächst an den Admiral-

Gouverneur von Wilhelmshaven, der in einer Entfernung von zwei Kilometern wohnt. Begleitet von einer straff einherschreitenden Ordonnanz begaben wir uns schnellen Schrittes nach der Amtswohnung des Gouverneurs. Der Admiral ließ uns melden, daß er vor zehn Uhr niemand empfangen könne. Auf unser Gesuch um Erlaubnis zur Einfahrt, da wir die Flut nicht verpassen wollten, erhielten wir denn auch eine schriftliche Order an den Hafenkapitän Möller, den wir nun unverzüglich, begleitet von einer womöglich noch strammeren Ordonnanz, aufsuchten.

Nach halbstündigem Bemühen entdeckten wir endlich den Kapitän Möller, in Uniform, den Säbel an der Seite.

Unsere Ordonnanz geht auf ihn zu, bleibt drei Schritt vor dem Offizier unbeweglich stehen, die Fersen geschlossen, die linke Hand an der Dienstmütze und überreicht mit der rechten Hand dem Kapitän die schriftliche Order des Admirals.

Wenn ich diese Einzelheiten erwähne, so geschieht es, weil sie eine der originellen Seiten der militärischen Organisation Deutschlands illustrieren. Unser Begleiter führte alle Bewegungen mit wahrhaft mechanischer Sicherheit und absoluter Regelmäßigkeit aus, ein Beweis, wie tief die Regeln der Disziplin und der Respekt vor dem Vorgesetzten jedem Untergebenen in Fleisch und Blut übergegangen sind. Mein Leben lang werde ich diesen regungslosen Soldaten nicht vergessen, der erst ein Zeichen seines Vorgesetzten abwartete, um seine Position zu verändern, und dann noch immer voller Respekt vor demselben stehenblieb. Ganz ähnlich verhält es sich zwischen allen Graden der deutschen Armee gegenüber dem höherstehenden Chargierten.

Kapitän Möller erlaubte uns sofort, in den Hafen einzulaufen; er gab die nötigen Befehle und eine Stunde später lag der »Saint Michel« am vorderen Hafenbassin vertäut.

Wilhelmshaven ist noch ziemlich neuen Ursprungs; es besteht erst seit etwa fünfzehn Jahren, das heißt seit der Zeit, wo die Provinzen Schleswig und Holstein dem deutschen Reiche wieder einverleibt wurden.

Es ist das einzige militärische Etablissement, welches das deutsche Reich an der Nordsee besitzt, und wird noch immer mit rastlosem Eifer ausgebaut, so daß es in kurzer Zeit eine Festung ersten Ranges darstellen muß. Seine Lage im Grunde des Jadebusens schützt es vor einem Bombardement von der Seeseite.

Außer den Batterien, welche dasselbe bis zur Mündung der Bucht beschützen, bietet eben die Bucht selbst ihm eine natürliche Verteidigung, da diese nach Entfernung der Seezeichen für jede feindliche Flotte so gut wie unerreichbar ist. Das Fahrwasser in dieselbe hinein ist außerordentlich gewunden, die Strömung sehr schnell, und wenn es Kanonenboote wagen sollten, sich einen Weg zu erzwingen, so wären sie aus kurzer Entfernung einem verheerenden Feuer schwerer Batterien ausgesetzt, welche alles in Grund und Boden schießen, was den Torpedos etwa entgangen sein sollte.

Vorläufig hat der Hafen nur einen Zugang; binnen zwei Jahren wird er jedoch noch einen zweiten besitzen, an dem man Tag und Nacht arbeitet und der ihm einen weiteren Vorzug gewähren wird.

Er enthält zwei Bassins, den Vorhafen, in welchem der »Saint Michel« liegt, und den eigentlichen Kriegshafen, in dessen Hintergrunde sich zahlreiche Werkstätten, Werften und Docks befinden. Dieser Teil ist für Fremde nur mit besonderer schriftlicher Erlaubnis des Gouverneurs zugänglich.

Wir wünschten natürlich lebhaft, auch diesen reservierten Teil der Anlage kennenzulernen, und begaben uns deshalb gegen zwei Uhr nach dem Hotel des Gouvernements, um die unumgänglich nötige schriftliche Erlaubnis auszuwirken.

Der Vizeadmiral-Gouverneur war abwesend und wir

richteten unser Gesuch demnach an den stellvertretenden Gouverneur, den Konteradmiral Berger. Der hohe Offizier empfing uns unverzüglich. Er äußerte seine Befriedigung darüber, auch einmal eine französische Jacht den großen deutschen Kriegshafen besuchen zu sehen, und fügte dem sogar eine Entschuldigung bei, daß er uns am Morgen unmöglich habe empfangen können.

Dieses wohlwollende Entgegenkommen erfüllte uns mit bester Hoffnung; als wir indes den delikaten Punkt berührten, erklärte der Admiral, daß er Erlaubnis zum Besuche des eigentlichen Arsenals nur nach Anfrage in Berlin gewähren könne, und erbot sich, sofort dahin zu telegrafieren. Wir lehnten das dankend ab. »Ist es aber«, fragte ich, »nicht vielleicht gestattet, wenn nicht das Arsenal, so doch das Artillerie-Schulschiff, den ›Mars‹ zu besuchen, der im Vorderhafen ankert?«

»O, gewiß«, antwortete der Admiral; »ich werde Ihnen meine Karte übergeben, welche Sie dem diensttuenden Offizier übermitteln lassen wollen, und er wird Sie zweifelsohne willkommen heißen. Sie werden da die neuesten Geschütze sehen, und empfehle ich Ihrer Aufmerksamkeit besonders das Vierundzwanzig-Zentimeterrohr, mit dem wir uns schmeicheln, jeden existierenden Panzer noch in der Entfernung von achthundert Metern zu durchbohren.«

Wir verabschiedeten uns von Seiner Exzellenz und trafen eine Viertelstunde später bei der Fregatte »Mars« ein.

Dieses ungepanzerte Eisenschiff erscheint für den ersten Blick von etwas schwerfälliger Bauart, erfüllt jedoch seinen Zweck ganz ausgezeichnet. Die Armierung desselben besteht aus allen in der deutschen Marine jetzt gebräuchlichen Kalibern, von der Kruppschen Acht- bis zur Vierundzwanzig-Zentimeterkanone, dem Geschütz, auf welches uns Admiral Berger direkt hinwies.

An Bord angelangt, empfängt uns der Kapitän und

zweite Befehlshaber der Fregatte, der des Französischen ebenso gut wie jeder gebildete Franzose mächtig ist. Er stellt sich uns zur Verfügung und zeigt und erklärt uns sein Schiff mit größter Zuvorkommenheit. Der vierundzwanziger Krupp erregte natürlich unser hervorragendes Interesse. Wie alle aus der großen Werkstatt in Essen herrührenden Geschütze ist auch dieses aus Gußstahl hergestellt und mit Schmiedeeisenringen verstärkt; denn wenn sein Geschoß auf achthundert Meter noch die stärksten Panzerplatten durchschlagen soll, muß es eine wahrhaft ungeheure Anfangsgeschwindigkeit haben, welche nur durch eine sehr starke Pulverladung zu erzwingen ist.

Unser Besuch endete im Achtersalon, wo sich eine Anzahl Offiziere befand, denen der Kapitän uns vorstellte. Alle sprachen geläufig englisch und französisch. Sie erzählten uns von einem unlängst an Bord ihrer Fregatte vorgekommenen Unfall, bei dem eine Granate geplatzt war, als sie eben in das Geschützrohr eingeführt werden sollte; acht Mann waren dabei getötet und noch ein Dutzend andere mehr oder weniger schwer verletzt worden. Auch auf einem anderen Schiffe war eine Kruppsche Kanone gesprungen und hatte erhebliche Verheerungen angerichtet. Die Offiziere sprachen ungemein zwanglos über diesen Vorfall. Sie hätten noch hinzufügen können, daß eines ihrer Panzerschiffe kürzlich beinahe untergegangen wäre, indem es durch ein falsches Manöver gegen den Hafendamm in Kiel anlief und ein Leck bekam, ein Unfall, der wenigstens in französischen Zeitungen nirgends besprochen worden ist.

Der Dienst für die Marineoffiziere an Bord des »Mars« muß ein ziemlich beschwerlicher sein. Die Mannschaft des Schiffes wird nämlich alle zwei Monate gewechselt, um eine möglichst große Anzahl Matrosen mit der Bedienung der Geschütze vertraut zu machen. Solange die Fregatte im Hafen liegt, detachiert man auch eine Abteilung der Mannschaft nach einem Kanonenboote, um auf der Reede nach einem Ziele schießen zu lernen. Auf jeden Fall wird in Wilhelmshaven sehr viel Pulver verplatzt. Tag für Tag haben Matrosen und Marinesoldaten Schießübungen, denen man mit Recht hier großen Wert beilegt.

Gegen vier Uhr nahmen wir Abschied, nachdem wir dem zweiten Befehlshaber und den Offizieren unseren aufrichtigen Dank abgestattet hatten.

Sechstes Kapitel

Am nächsten Morgen befand sich der »Saint Michel« schon unter Dampf, um mit der Flut den Hafen zu verlassen und nach Hamburg, dem Ziele unserer Reise, abzugehen. Wir trafen eben die letzten Vorbereitungen, als ein Marine-Ingenieur an Bord kam, um die Jacht zu visitieren; er stellte dabei auch die Frage, wohin wir uns zu begeben gedächten.

»Nach Hamburg«, erwiderte mein Bruder, »wir haben bereits zu viel Zeit versäumt, um noch in die Ostsee gehen zu können, denn es scheint mir nicht ratsam, längs der gefährlichen Westküste Jütlands hinaufzusegeln.«

»Warum benutzen Sie dann nicht den Eiderkanal, der im Kieler Busen mündet?« fragte der Ingenieur. »Damit ersparen Sie die Reise um ganz Dänemark und gelangen, nach einer Fahrt durch wirklich reizende Landschaften, am zweitfolgenden Tage in die Ostsee.«

»Das würde uns ja sehr angenehm sein«, bemerkte ich; »doch ist der Kanal, soviel ich weiß, durch mehrere Schleusen unterbrochen, welche vielleicht zu kurz sein möchten, um dieselben mit dem ›Saint Michel‹ zu passieren.«

»Das glaube ich nicht«, erwiderte der Ingenieur. »Übrigens können wir uns darüber sehr leicht vergewissern. Wie lang ist Ihre Jacht?«

»Mit dem Bugspriet sechsunddreißig Meter.«

»Das ist freilich etwas lang, meine Herren. Doch wir werden ja sehen; folgen Sie mir gefälligst nach dem Hafenamte, wo man uns verläßlichen Aufschluß geben wird.«

Unterwegs begegneten wir einem Korvettenkapitän, der mit dem Torpedodienst im Jadebusen betraut war. Der Ingenieur teilte diesem unsere Absicht mit und fragte, ob er dieselbe für ausführbar halte.

»Das ist sehr einfach«, antwortete der Offizier. »Gehen Sie mit mir an Bord eines kleinen Dampfers, der direkt von Kiel hier eingetroffen ist. Hier in der Nähe hält eine Dampfschaluppe. Wenn Sie mich begleiten wollen, werden wir sogleich über die Dimension der Schleusen aufgeklärt sein.«

Wir nahmen den freundlichen Vorschlag an und befanden uns zehn Minuten später an Bord des Dampfers, der durch den Eiderkanal zwischen Kiel und Wilhelmshaven verkehrt.

Als ich die, im Verhältnis zu seiner Länge, sehr große Breite dieses Schiffes bemerkte – eine Bauart, welche ohne Zweifel mit Rücksicht auf eben jene Schleusen beliebt geworden ist – hatte ich wenig Hoffnung. Mir erschien unsere Jacht entschieden zu lang für die betreffenden Schleusenkammern.

Während ich meinem Bruder diese Befürchtungen mitteilte, hatten die Offiziere Spezialkarten des Eiderkanals herbeischaffen lassen und maßen die Länge der Schleusen.

Nach ziemlich langer Debatte mit dem Kapitän des Dampfers erklärt der Ingenieur, daß wir wahrscheinlich passieren könnten, daß man darüber durch genaue Messung des »Saint Michel« aber noch weitere Gewißheit erlangen könne. Die Schaluppe dampft ab und wir kehren wieder an Bord zurück.

Bei der Ankunft begegnen wir noch einem hohen Offizier, dem der Ingenieur unsere Verlegenheit mitteilt.

Nach der üblichen Vorstellung sagt der Offizier zu uns:

»Wir haben ja Gelegenheit, meine Herren, alle Ihre Zweifel auf die einfachste Weise zu lösen. Hier liegt auch ein Kanonenboot, welches seinerzeit von Kiel nach Wilhelmshaven durch den Kanal gedampft ist. Wir messen, wenn Sie das gestatten, ihre Jacht genau aus, dann das Kanonenboot ebenso, und Sie werden sofort wissen, woran Sie sind.«

Wenige Minuten später war der »Saint Michel« von der Spitze des Bugspriets bis zum Hackbord mittels einer Leine gemessen, dann begaben wir uns nach dem Kai, wo das Kanonenboot lag, und es zeigte sich, daß dieses noch zwei Meter länger war als unsere Jacht.

Wir glaubten nun zwar unserer Sache gewiß zu sein, aus übergroßer Vorsicht entließ mein Bruder jedoch an den Kanaldirektor noch eine Depesche mit genauer Längenangabe seiner Jacht und mit der Bitte, uns nach Tönning Nachricht zu geben, ob wir die Fahrt durch den Kanal unternehmen könnten. Darauf verabschiedeten wir uns von den deutschen Offizieren und kehrten nach unserem Schiffe zurück.

Eine Stunde später dampfte der »Saint Michel« nach Tönning, einem kleinen holsteinischen Hafen an der Mündung der Eider, ab.

Siebentes Kapitel

Jetzt meldete sich Thomas Pearkop wieder, der sich mit seiner Lieblingsrechnung beschäftigt zu haben schien.

»Wenn Sie mir zwei Pfund mehr geben wollen«, sagte er, »erspare ich Ihnen das Lotsenhonorar für die Fahrt durch den Jadebusen, das wenigstens fünf Pfund beträgt, und führe das Schiff selbst hinaus.«

»Aber, Pearkop«, erwiderte ich, »das Fahrwasser ist sehr winkelig. Wir sind während der Nacht hier angekommen, Sie haben sich also wohl kaum genügend über dasselbe und über die Lage der Baken unterrichten können.«

»Beruhigen Sie sich, meine Herren, ich sah alles, was ich brauche, und nehme die Verantwortlichkeit auf mich.«

Das Gebot wurde angenommen. Thomas Pearkop leitete das Schiff vortrefflich und verdiente sich seine zwei Pfund, während wir drei ersparten.

Am 15. Juni gegen Abend kamen wir in dem Hafen von Tönning an, der eine herrliche Lage am rechten Eiderufer hat, und nachdem am folgenden Morgen Kohle gefaßt war, besorgten wir uns einen Lotsen nach Rendsburg, dem Punkte, wo der eigentliche Kanal seinen Anfang nimmt.

Hier wartete unser aber eine schmerzliche Enttäuschung. Ein Brief des Kanaldirektors, die Antwort auf unser Telegramm, meldete, daß wir die Schleusen nicht passieren könnten, da unsere Jacht um drei Meter zu lang sei.

Was nun?

»Es soll niemand sagen«, rief da mein Bruder, »daß Bretagner sich durch unerwartete Hindernisse besiegen ließen! Der ›Saint Michel‹ ist zu lang? ... Gut, so schneidern wir dem ›Saint Michel‹ die Nase, das heißt das Bugspriet ab und wenn es nötig wäre, auch noch die Gallion!«

»Einverstanden«, gab ich zur Antwort, »doch wollen wir damit warten, bis die Jacht an die erste Schleuse kommt.«

Sobald sich die Nachricht verbreitete, daß wir den Eiderkanal passieren wollten, kam es unter den Bewohnern des Landes, den Kaufleuten und Lieferanten, welche das Eintreffen einer französischen Jacht herbeigelockt hatte, zu lebhaften Verhandlungen. Die Mehrheit behauptete, daß wir unmöglich hindurchkommen könnten. Wir ließen die guten Leute reden und fuhren nach

Rendsburg ab, wo wir gegen sechs Uhr abends anlangten.

Zunächst fährt man von hier aus also den reizenden Eiderfluß hinauf, der sich in unzähligen Krümmungen dahinwindet. Oft kommt man ganz nahe an den Punkt wieder zurück, wo man vorher war, und ich schätze die Länge der Wasserstraße von Tönning nach Rendsburg zu mindestens hundertfünfzig Kilometern, während die Luftlinie gewiß nicht mehr als etwa achtzig beträgt.

Das Land ist flach, aber üppig grün und hat viele Weiden, auf denen sich Pferde, Kühe und Schafe zu Hunderten frei umhertummeln; von Zeit zu Zeit erscheinen einzelne, bewaldete Hügel, Fabriken, Landgüter, die Häuser mit ungeheurem Strohdache bedeckt; die niedrigen Backsteinmauern durchbrochen durch die Pfosten der Fenster mit grünem Rahmen, weiterhin ein oder zwei kleine Städtchen, Friedrichstadt, Erfde, Hohe Fähre und andere Flecken, welche alle unter Bäumen versteckt liegen. Der Fluß ist im allgemeinen zwar tief genug, aber das eigentliche Fahrwasser oft von zu vielen Küstenfahrzeugen jeder Art, vorzüglich von roten, blauen und grünen Galioten beansprucht, auf denen der Schiffer gleich mit Weib und Kind wohnt, und deren gelbliche Segel mit dem Grün der Landschaft angenehm kontrastieren. Trotz der Gewandtheit unseres holsteinischen Lotsen geriet der »Saint Michel« doch einmal mit dem Ende des Hinterstevens auf den Grund und konnte nur mit Mühe wieder flottgemacht werden.

In Rendsburg, wo wir gegen sechs Uhr abends ankamen, befindet sich die erste Schleuse. Werden wir hindurchkönnen? Auf den ersten Blick erscheint das zweifelhaft. Die Kammer erscheint so kurz. Unsere Ungewißheit währte nicht lange, nach zwei Minuten liegt die Jacht in der Schleusenkammer, paßt aber so knapp hinein, daß wir, um die folgenden, etwas kürzeren Schleusen passieren zu können, wirklich das Bugspriet einholen müssen – eine mühsame, zeitraubende Arbeit, welche wir jedoch sofort vornehmen. Glücklicherweise brauchten wir die Gallion am Vordersteven nicht zu opfern.

Rendsburg, vor der Annexion eine hervorragende, große deutsche Stadt Dänemarks, ist durch seine Lage ein Platz von Bedeutung. Schon im Altertume konnte es an seine Tore schreiben:

Eydora Romani terminus imperii.

In der Tat bildete die Eider eine der Grenzen, über welche die römische Herrschaft nicht hinausreichte. Jetzt ist Rendsburg der Sitz des Kommandos des elften deutschen Armeekorps. Die Stadt an sich bietet des Interessanten wenig, aber die Umgebungen sind recht anziehend. Der Park mit seinen mächtigen Bäumen, deren unterste Äste ihre Blätter in der Eider baden, ist wirklich reizend.

Von der Pracht der Vegetation dieser nordischen Lande macht sich derjenige, der sie nicht selbst gesehen hat, kaum eine richtige Vorstellung. Es scheint, als ob die Natur nach sechsmonatigem Winterschlafe hier desto schneller erwachte. Sie beeilt sich gleichsam den grünen Frühlingsschmuck anzulegen, um die düsteren, traurigen Tage der strengeren Jahreszeit vergessen zu machen. Die Feldblumen warten nicht einmal das Schmelzen des Schnees ab, die Baumknospen sprengen die dünne Eiskruste, welche die durch den aufsteigenden Saft belebten Zweige etwa noch bedeckt, und alles entwickelt sich mit einem Ungestüm, das in dem wärmeren Klima Frankreichs unbekannt ist.

Von Rendsburg bis Kiel führt der Kanal durch einen wirklichen Park, eine Art Saint Cloud, aber mit zweihundert Fuß hohen Bäumen, vorzüglich Buchen, welche anstelle der Eichen und Weidenbäume der Vorzeit getreten sind. Hier erweitert sich die Eider zu einem ausgedehnten und ruhigen Wasserbecken, welche das Bild ihrer anmutigen Ufer unverändert widerspiegeln; weiterhin zieht sich der Fluß zusammen und windet sich in zahllosen Biegungen unter gigantischen Bäumen hin, deren Kronen sich über seinem Bette berühren und ein für die Sonnenstrahlen undurchdringliches Blättergewölbe bilden. Die Jacht gleitet ruhig durch den geheimnisvollen Laubengang, zwischen hölzernen Baken und geflochtenen Uferwänden hin. Die Fahrt scheint nach unbekannten Welten zu gehen. Rings um das Schiff säuselt und zittert ein Blättermeer, und das Ufer verschwindet gänzlich unter dem dunkelglänzenden Grün. Rosenstöcke neigen sich bei unserem unerwarteten Erscheinen; Wasserpflanzen mit grünen, still daliegenden Blättern scheinen zu erschrecken und tauchen in die schützende Tiefe, dagegen bleiben – wie um der bezaubernden Landschaft einen bestimmten Stempel aufzudrücken – während Buchfinken und Stieglitze eilends entfliehen, die Störche furchtlos stehen, wenn wir vorüberfahren, erheben sich dann raschen Fluges und suchen einen Platz auf den Gipfeln der Bäume oder auf dem Radneste der originellen Bauerngehöfte.

Von Rendsburg waren wir am 17. Juni morgens acht Uhr abgefahren, sahen stromaufwärts von der Stadt das große Provinzialgefängnis und langten um fünf Uhr nachmittags auf der Reede von Kiel an. Wir mußten inzwischen sechs Schleusen, zwei Eisenbahn-Drehbrükken und vier oder fünf gewöhnliche Zugbrücken passieren. Die letzteren zeichnen sich durch ihre erstaunliche Einfachheit aus: zwei Männer, auf jeder Seite einer, genügen, um dieselbe mit Hilfe eines sorgfältig berechneten Systems von Gegengewichten in wenig Sekunden zu öffnen und zu schließen.

Was beginnt man aber, während die Jacht durch das Kammerwasser gehoben und gesenkt wird, je nach der Seite der Wasserscheide, auf der man sich befindet? Nun, man lustwandelt auf den, sauber wie Parkwege unterhaltenen Leinpfaden, man legt sich träumend in den dichten Schatten, der mit erquickender Kühlung labt. Freundliche Schänken, meist da errichtet, wo der

Leinpfad einen Winkel bildet, laden mit ihren angestrichenen Holztischen zu einem Glase vortrefflichen, schäumenden Bieres ein. Alles ringsum ist voller frühlichen Lebens, reinlich, wirklich bezaubernd.

Wie hat nun aber jenes Kanonenboot die genau für die Länge des »Saint Michel« ausreichenden Schleusen passieren können?

Darüber erhielten wir erst in Rendsburg Aufklärung. Der Generalinspektor teilte uns mit, daß man seinerzeit, um das Kanonenboot schleusen zu können, die Kammern verlängert und mit provisorischen Toren versehen habe. Diese Arbeit verursachte große Unkosten, aber die Umstände verboten jede derartige Rücksicht. Es war während des Krieges. Die Deutschen fürchteten einen Angriff der französischen Flotte auf Wilhelmshaven, das noch nicht in dem Verteidigungszustande war wie heutzutage. So durften sie natürlich auch die Kosten nicht scheuen, um zwei oder drei Kanonenboote, die sie zur Abwehr eines etwaigen Angriffs brauchten, durch den Kanal gehen zu lassen.

Hätten wir diese Einzelheiten schon vor der Abreise aus Wilhelmshaven gekannt, so würden wir diese Fahrt nicht gewagt haben; es bedurfte ja so wenig, daß der »Saint Michel« überhaupt nicht hätte passieren können! Nur fünfundzwanzig Zentimeter Länge mehr, und wir mußten zurückkehren, und zwar auch die Maschine nach rückwärts arbeiten lassen, da an jenen Stellen an ein Umdrehen des Dampfers nicht zu denken war. Wer da weiß, was das zu bedeuten hat, wird unsere Befriedigung begreifen, dieser Notwendigkeit glücklich enthoben zu bleiben.

Ich erwähnte schon, daß die Eider sehr viele Krümmungen macht, daneben wird sie auch noch von zahlreichen Galioten und kleinen Touristendampfern mit Musik auf dem Deck befahren. Von Rendsburg nach Kiel jedoch wird sie, mit Ausnahme weniger Stellen, ganz außerordentlich schmal. Das macht die Schwenkungen um die scharfen Winkel besonders schwierig, und man ist gezwungen, immer eine Stange zur Hand zu haben, um das Schiff vom Ufer abzuhalten. Das Steuer wirkt hierzu nicht ausreichend, und einigermaßen lange Fahrzeuge haben deshalb hier mit unglaublichen Schwierigkeiten zu kämpfen; die Regierung denkt auch daran, einen Kanal in größtem Maßstabe herstellen zu lassen, der, für Schiffe jeder Größe, auch für die tiefgehenden Kriegsschiffe, benutzbar sein soll. Die beiden Kriegshäfen in Wilhelmshaven und Kiel würden dadurch in Verbindung gesetzt und könnten einer den anderen im Notfall unterstützen.

Achtes Kapitel

Und Thomas Pearkop, wird der Leser fragen, was ist aus dem vortrefflichen Thomas Pearkop geworden? Wurde er an Bord des »Saint Michel« behalten? Und wenn das der Fall war, was konnte er jetzt, wo man seiner scharfen Augen nicht bedurfte, noch nützen?

Die Antwort lautet sehr einfach: Wir haben den »Gentleman« bei uns behalten. Wir waren an ihn, an sein breites blühendes Gesicht, das für die treffliche Verpflegung auf der Jacht den sprechendsten Beweis lieferte, nun einmal gewöhnt, und er hätte uns gewiß gefehlt. Ich muß freilich hinzusetzen, daß er, um an Bord zu bleiben, den Vorschlag gemacht hatte, uns mit Gewährung von Rabatt, ja wirklich mit Rabatt, nämlich für nur acht Pfund Sterling, nach Deal zurückzulotsen!

Das erscheint auf den ersten Blick nicht recht erklärlich; bei näherer Betrachtung erkennt man jedoch, daß jenes billige Angebot auf einen wohlerwogenen Finanzplan fußt, der ihm mancherlei Vorteile gewährte.

1. Thomas Pearkop ersparte durch fernere Verwaltung seines Dienstes das Passagiergeld von Tönning nach

Hamburg und von Hamburg nach der englischen Küste; für ihn ein gewichtiger Punkt.

2. Er benutzte seinen Aufenthalt an Bord des »Saint Michel« zur bequemen Erlernung der französischen Sprache.

Ja, ja es ist so, und er hatte dazu auch ein recht sinnreiches Mittel gewählt, nämlich eine vertraute Verbindung mit unserem Schiffskoch, dem er mancherlei Dienste leistete. Er putzte z. B. Möhren, wusch Salat, klopfte Beefsteaks – mit Sachverständnis, weder zu stark noch zu schwach – mit einer Hand, welche mehr geeignet schien, dieselben zu pulverisieren. Dann begleitete er den Küchenchef nach dem Markte und wußte es immer so einzurichten, daß dieser einkaufte, was er, Pearkop, mit Vorliebe aß – vorzüglich Fische, die bei ihm, als ehemaligem Fischer, hoch in Gunst und Ansehen standen. Wenn er diese Speise zu beurteilen wußte, so verstand er sich auch nicht weniger auf die Vertilgung derselben.

Aber, wird man fragen, das Französisch, wie lernte er das? Obgleich Thomas Pearkop weder französisch noch deutsch, weder dänisch noch holländisch sprach, so diente er doch als Dolmetscher zwischen unserem Koch, der jene Sprache gar nicht verstand, und den verschiedenen Lieferanten der Bedürfnisse unserer Jacht. Wie er damit fertig geworden ist, vermag ich zwar nicht zu erklären, aber die Tatsache kann ich bekräftigen.

Außerdem machte er sich übrigens mit unserem Schiffsjungen ziemlich viel zu schaffen.

»Junge, ein Glas Wein!«

»Junge, mir ein Glas Bier!«

»Junge, ein Glas Branntwein!«

»Junge, ein Glas Wasser!«

Die letzteren Worte hörte man freilich am seltensten.

Da sich derlei Übungen häufig genug wiederholten, lernte Thomas Pearkop die französische Sprache so weit recht gut, wie sie für eine angelsächsische Gurgel von spezieller Bedeutung ist, und jetzt hat er es schon zu einem ziemlich beträchtlichen Tonumfang darin gebracht.

Es wäre gewiß zu viel behauptet, wenn ich dem »Gentleman« nachrühmte, daß er bei Beendigung seines Dienstes auf der Jacht schon gründlich französisch verstanden hätte, aber jedenfalls wußte er ein Glas jedes beliebigen Getränkes ohne Schnitzer zu bestellen. Darauf beschränkte sich sein Wortschatz, nicht zu vergessen das Wörtchen »bono«, das er stets schnalzend als Zeichen höchster Befriedigung hervorbrachte.

Neuntes Kapitel

Die Kieler Bucht, in der unsere Jacht mit wieder ausgeschobenem Bugspriet gegen sechs Uhr abends vor Anker ging, ist ohne Zweifel eine der schönsten und sichersten von ganz Europa. In diesem geräumigen Wasserbecken könnten alle Flotten der Erde Schutz suchen und sogar manövrieren. Kiel selbst liegt (vom Land aus) links am Ende des Hafens mit einem Hintergrunde von üppigem Grün. An der anderen Seite befindet sich das von der Stadt völlig getrennte und mit hohen Mauern umfriedigte Arsenal.

Da wir nicht wieder, wie in Wilhelmshaven, in die Lage kommen wollten, das von seiten des Gouverneurs wahrscheinlich zu erwartende Angebot einer telegrafischen Nachfrage im Berliner Ministerium höflich abzulehnen, beschränkten wir uns darauf, von dem Kieler Arsenal nur das zu sehen, was man von außen davon wahrzunehmen vermag. Von einer dicht dabei emporsteigenden Anhöhe, dem sogenannten Dockberge, kann man nämlich die ganze Anlage bequem und ziemlich genau überblicken. Außer den zahlreichen Werkstätten lagen an jenem Tage darin vier große Panzerschiffe mit je vier Schornsteinen, von denen eines, infolge des oben erwähnten Unfalles, in Reparatur war. Diese Panzer schienen mir mit je vier groben Geschützen, zum Feuern über die Bank, ausgerüstet. Ferner ankerten hier mehrere Kanonenboote mit je einem Vierundzwanzig-Zentimetergeschütz auf dem Vorderdeck.

Wir hatten auf dem Wege nach Kiel gehofft, daselbst den größten Teil der deutschen Panzerflotte vereinigt zu sehen, fanden diese Hoffnung aber leider getäuscht. Es ankerte hier nur, mit der Hafenwache beordert, der Holzdampfer »Arcona« mit der Vizeadmiral-Flagge am Vortopp.

Wenn ich mich recht entsinne, war es die Fregatte »Arcona«, welche während des Krieges 1870 einen ihr erst von der französischen Fregatte »La Surveillante« und dann von der Korvette »La Belliqueuse« auf der Reede von Funchal, Madeira, angebotenen Kampf ablehnte und deshalb bis zum Ende des Krieges an jener Insel liegen bleiben mußte.

Kiel, schon unter der früheren dänischen Oberhoheit ein blühender Handelsplatz, ist seit dem Anschlusse an das deutsche Reich in raschem Aufschwunge begriffen und zählte 1871 gegen 32000, 1875 über 37000 und 1880 über 43000 Einwohner.

Wunderbarerweise ist seit dem Kriege ein französisches Konsulat in Kiel nicht mehr geduldet worden, die Erklärung dafür sucht man in der Befürchtung, daß ein solcher Konsul über die fortschreitende Entwicklung der deutschen Kriegsmarine Bericht erstatten könnte; als Wiedervergeltung hat man in Frankreich dafür die deutschen Konsulate in Cherbourg und Toulon aufgehoben.

Der Kieler Busen ist von einem dichten Rahmen herrlicher Bäume eingefaßt. Ulmen, Buchen, Kastanien und Eichen, welche oft bis zum Strande herabgehen, erreichen hier eine kaum glaubliche Größe.

Zahlreiche Landhäuser schimmern auf den die Bucht umgebenden Hügeln lachend aus dem dunklen Grün hervor, während die verschiedenen Punkte des Hafens durch flinke kleine Dampfer in bequeme Verbindung gesetzt sind. Man kann sich kaum einen freundlicheren erquickenderen Anblick denken, als den jener Häuschen von oft phantastischer Bauart, welche das schöne, wechselreiche Ufergestade schmücken. Ohne Zweifel entwickelt sich dieses bevorzugte Stückchen Erde in nicht ferner Zeit zum Stelldichein der vornehmen deutschen Gesellschaft, zu einem Brighton Norddeutschlands, aber einem unendlich viel grüneren, schattigeren, waldesduftigeren Platze als jenes Brighton an der englischen Küste, das, von der See aus gesehen, durch seine einförmige Dürre der Landschaft eher abschreckt.

Wir brauchen wohl nicht besonders zu bemerken, daß der Kieler Busen sorgsam und zweckmäßig befestigt ist. Die sehr enge Einfahrt zu demselben wird von furchtbaren Batterien beherrscht, welche jene übers Kreuz bestreichen. Die berühmte Kanone – von Preußen 1867 zur Internationalen Pariser Ausstellung geschickt – welche ein Geschoß von zehn Zentnern schleudert, ist auf einer Bastion an der engsten Stelle des Hafeneinganges aufgestellt. Ein feindliches Schiff, das diesen Weg zu forcieren versuchte, würde zweifelsohne binnen wenigen Minuten zerschmettert sein.

Die Stadt Kiel selbst ist offen, doch geht man mit dem Gedanken um, sie mit detachierten Forts zu umgürten. Soviel ich weiß, sind die vorgängigen Terrainuntersuchungen schon beendet, und man wird, wie es bei der deutschen Regierung Sitte zu sein pflegt, dem Worte rasch genug die Tat folgen lassen.

Zehntes Kapitel

Nach vierundzwanzigstündigem Verweilen in Kiel lichteten wir am Abend des 18. Juni wieder die Anker, ohne einen Lotsen in Anspruch zu nehmen, um nach Norden bis Kopenhagen hinaufzudampfen.

Kapitän Ollive hatte die Führung des »Saint Michel« wieder übernommen, und Thomas Pearkop sah sich dadurch aus der Rolle der »größten Nützlichkeit« in die der »vollständigsten Nutzlosigkeit« versetzt.

Wie ich schon erwähnte, befaßte er sich aber mit allem möglichen und mit noch etwas mehr, oder versuchte es wenigstens, wenn auch ohne besonderen Erfolg. Die Seemannsnatur gewann in ihm stets die Oberhand. Er bekümmerte sich um den Kurs, sondierte den Grund, warf das Log aus, prüfte den Horizont mit allezeit untrüglichen Blicken, entdeckte noch immer die Leuchtfeuer und die Küste eher als jeder andere und erteilte seine Ratschläge ungefragt unserem Kapitän, der, wie es ihm paßte, auf dieselben achtete oder nicht.

Die Fahrt von Kiel nach Kopenhagen bietet keinerlei Schwierigkeiten, verlangt aber unausgesetzte Aufmerksamkeit; alles dänische Land, Inseln wie Festland, erhebt sich nämlich nur wenig über die Meeresfläche, die Wassertiefe des umgebenden Meeres ist nur gering und das eigentliche Fahrwaser oft nur sehr schmal.

Herrlich sank der Abend herab. Wir hatten jetzt die längsten Tage des Jahres und befanden uns zwischen dem 54. und 55. Grade nördlicher Breite. Erst spät am Abend verschwand die Sonne unter dem Horizonte – und wie ließ sie sich bitten! Sie schien das von ihrem Glanze widerstrahlende Himmelsgewölbe nur ungern zu verlassen. Mit etwas Poesie im Herzen und einiger Mythologie im Kopfe hätte man Phöbus für eifersüchtig auf die Schwester Phöbe halten können, welche am anderen Himmelsrande bleich und schüchtern emporstieg und gleichsam das Verschwinden des helleren Tagesgestirns erwartete, um die Alleinherrschaft im tiefen Azur der Nacht anzutreten.

Jetzt stand der ganze Himmel wie von einer Feuersbrunst in Flammen. Die leichten Wolken, welche die Sonne zur Ruhe begleiteten, erglänzten so leuchtend rot, daß uns die Augen davon schmerzten. Das Meer rollte langsam gleich einer Masse flüssigen Goldes dahin. Inmitten dieses Übermaßes von Glanz und Licht bildete ein kleines mürrisches Wölkchen, das ganz schwarz am Himmel stand, einen merkwürdigen Kontrast mit seinen schimmernden Nachbarn – es schien wie zur Strafe ausgeschlossen von der allgemeinen Illumination. Phöbus mochte aber zuletzt doch Mitleid fühlen, und bevor er in den Fluten verschwand, übergoß er es noch mit seinen warmen Strahlen und schmückte es mit den letzten Lichtern, welche noch lange, lange Zeit in der eigentlich kaum endenden Dämmerung blinkten.

Jetzt hatte der Mond freies Feld vor sich, um sich der wenigen, ihm überhaupt verbliebenen Stunden zu freuen. Langsam sahen wir die Silberscheibe emporsteigen, als ein Ausruf meines Bruders unsere Aufmerksamkeit erregte und die Blicke aller von der bescheidenen Phöbe ablenkte.

»Ein Komet!« rief er, »ah, seht den schönen Kometen!«

Wir drehten uns um und erblickten einige Grade über dem Polarstern, genau im Meridian, das prächtige Gestirn, das unsere Augen hier zum ersten Male erfreute.

Unsere Überraschung war nicht gering. Vor der Abreise hatte man wohl allgemein von einem Kometen gesprochen, aber die französischen Astronomen beeilten sich, die gewöhnlichen Sterblichen zu benachrichtigen, daß derselbe auf unserer Halbkugel nicht sichtbar sein werde. War das nun ein neues Gestirn oder der vorher angekündigte Komet, der die Behauptung der Gelehrten Frankreichs Lügen strafte?

Wie dem auch sei, jedenfalls bewunderten wir schon

seit einigen Minuten seine elegante Gestalt und die leichte Biegung seines Schweifes, als plötzlich ein furchtbares Geräusch, wie von einem schwerbeladenen, über die Straße rollenden Wagen – mit einem Worte ein wirklich erschreckender Lärm entstand. Es war, als hätte sich eine Lawine über unsere Jacht gestürzt.

Ich glaube, ich wollte schon rufen: »Rette sich, wer da kann!«, als mir der Zusammenhang plötzlich klar wurde.

Thomas Pearkop kam nämlich pustend auf das Deck gestürmt und rief: »The comet! The comet! What a fine comet!«

»Zu spät, alter Freund«, antworteten wir, froh darüber, einmal Revanche nehmen zu können, »viel zu spät für einen ›Gentleman‹, der so gute Augen und ein so vorzügliches Fernrohr besitzt wie Sie! Hängen Sie sich auf, wackerer Pearkop, wir haben den Kometen schon vor Ihnen gesehen!«

Er hängte sich zwar nicht auf, schlich aber beschämt und, wie es schien, von unseren Spötteleien unangenehm berührt, von dannen. Bald aber hörten wir ihn mit etwas ärgerlicher Stimme rufen:

»Junge, ein Glas Branntwein... aber ordentlich voll!«

Dieses »ordentlich voll« bezeichnet einen weiteren Fortschritt in den Sprachstudien des alten Seebären, und daneben das wirkliche Bedürfnis einer Tröstung, welche auch nicht verfehlte, unserem wackeren Lotsen die alte gute Laune wiederzugeben.

Elftes Kapitel

Am folgenden Morgen, 19. Juni früh sieben Uhr, erreichte der »Saint Michel« den Eingang des Sundes. Es herrschte vollkommene Windstille. Kein Lufthauch wehte und spiegelglatt lag die Oberfläche des Meeres. Lustig flatterten Hunderte von zarten Möwen umher und strichen über das glänzende Wasser. Zahlreiche Segelschiffe lagen verankert und erwarteten das Aufspringen des Windes. Mehrere Dampfer, deren lange dunklen Rauchstreifen sich über den Horizont hinzogen, verrieten schon die Nähe eines großen Handelshafens.

Gegen zehn Uhr beginnt Kopenhagen aus einem feinen Nebelschleier aufzutauchen, und grüßend steigen die Türme der Stadt, die umgebenden Wälder und endlich die Masten der im Hafen liegenden Schiffe empor. Der »Saint Michel« befand sich noch in einer Entfernung von zehn bis zwölf Seemeilen.

Hier hat der Sund nur eine Tiefe von drei bis vier Faden. Ganz große Fahrzeuge und Kriegsschiffe, welche aus der Nord- in die Ostsee segeln, können denselben nicht passieren; sie müssen die Insel Seeland umschiffen und den Weg durch den großen oder kleinen Belt nehmen.

Das Wasser des Meeres ist hier so klar und durchsichtig, daß man bequem den Grund sehen kann. Auf demselben bilden ganze Felder von grünen Algen einen dichten Teppich, von dem sich das hellere Grün der jüngsten Sprossen angenehm abhebt. Es ist wahrhaft entzückend, über die Reling gebeugt, den wechselnden Lichtreflexen dieser unterseeischen Vegetation zu folgen, welche je nach der Wassertiefe dunkler oder heller erscheint. Manchmal schnellt, erschreckt durch die Annäherung unserer Jacht, ein Fisch aus seinem Versteck auf und verrät sich durch einen zitternden Silberschimmer in der dunklen Tiefe, nach der er entflieht. Dann und wann schätzt man die Wassertiefe unter dem Kiel für so gering, daß man jeden Augenblick aufzulaufen fürchtet, doch beruht das nur auf einer, durch die merkwürdige Durchsichtigkeit des Wassers verursachten Augentäuschung.

Inzwischen nähert sich die Jacht in rascher Fahrt dem Hafen; bald gleitet sie an befestigten Holmen vorüber, welche die Reede beherrschen, und läßt das Seefort Tre Kroner (drei Kronen) links liegen. Gegen Mittag erreicht der »Saint Michel«, nachdem er das auf der Reede verankerte dänische Admiralschiff durch Hissen der Flagge begrüßt, den Handelshafen, gegenüber dem Kriegshafen, inmitten zahlreicher Passagierdampfer, welche einen regen Verkehr zwischen den Küstenorten Dänemarks und Schwedens unterhalten.

Zwölftes Kapitel

Acht Tage lang blieb der »Saint Michel« an dieser Stelle und empfing unerwartet viel Besucher. Es mochte wohl zum ersten Male sein, daß man die Flagge einer französischen Jacht in diesem Wasserarme der Ostsee, der die Stadt in zwei ungleiche Hälften trennt, flattern sah. Unter anderem stellten sich mehrere Journalisten an Bord ein und machten uns über das Land und die Volkssitten, wie über die fast unbegrenzte, verfassungsmäßige Freiheit, welche hier herrscht, sehr interessante Mitteilungen. Wie schnell vergingen uns aber auch die nicht am Lande zugebrachten Stunden bei dem überaus lebhaften Verkehre dieses großen nordischen Hafens! Dampfschiffe für Passagierbeförderung nach allen Punkten der dänischen, schwedischen und norwegischen Küsten, Handelsfahrzeuge, welche unter vollen Segeln einlaufen oder sich von winzigen, aber starken Schleppern bugsieren lassen, Postschiffe, welche man zu jeder Stunde des Tages und der Nacht läuten hört – alles vereinigt sich hier zu einer köstlichen Augenweide für den, der einiges Interesse an dem Leben auf dem Meere, das die getrennten Völker so innig verbindet, bewahrt hat.

Ich sehe, wie in Rotterdam, Amsterdam und Den Haag, hier davon ab, die Museen von Kopenhagen zu schildern; das haben schon andere getan, welche dazu mehr Fähigkeiten mitbrachten. Es erforderte eine gelehrtere Feder als die meinige, um dem Leser die in dem ethnographischen Museum enthaltenen Merkwürdigkeiten – eine einzig in der Welt dastehende Sammlung von chinesischen, japanischen, indianischen und grönländischen Kuriositäten – zu schildern; ebenso wie die Schätze des »nordischen Museums«, die historische Sammlung des Rosenborgschlosses, welche bezüglich der Geschichte der Schmucksachen, Waffen, Möbeln usw. da beginnen, wo die in dem ersteren aufhören, ferner die Meisterwerke des Thorwaldsen-Museums – ein umfängliches Grabdenkmal im etruskischen Stil, welches die gesamten Arbeiten des berühmten dänischen Bildhauers, dessen Namen es trägt, vereinigt.

In meinem kurzen Berichte trachtete ich nur danach, mich über weniger bekannte Punkte, vorzüglich über Wilhelmshaven, den Eiderkanal und den Kieler Busen ausführlich zu verbreiten.

Ich füge hier also nur hinzu, daß wir bei unserem Besuche der nordischen Altertümer und des Rosenborg-Schlosses uns der unschätzbaren Begleitung des dänischen Unterrichtsministers, des Kanzlers Worsoë, zu erfreuen hatten, der als eigentlicher Organisator dieser wunderbaren Sammlungen zu betrachten ist. Dieser liebenswürdige Gelehrte hatte sich uns zur Verfügung gestellt, um uns die künstlerischen Schätze zu erklären, welche er mit dem Eifer eines für seine Wissenschaft ausschließlich lebenden Mannes gesammelt und geordnet hat. Unser Besuch in den Sälen, welche alle die Physiognomie ihres Zeitalters von der Renaissance bis zur Restauration tragen, erhielt durch seine faßlichen und gründlichen Erklärungen denn auch ein ganz außergewöhnliches Interesse.

Kopenhagen, einst ein ganz einfacher Fischerhafen, den eine Veste gegen die Seeräuber des baltischen Meeres schützte, ist seit dem fünfzehnten Jahrhundert zur Hauptstadt der dänischen Monarchie geworden. Die Stadt zählt jetzt gegen zweihundertdreißigtausend Einwohner. Seit ihre Befestigungen geschleift worden sind, hat sie sich so schnell vergrößert, daß es den Anschein gewinnt, als sollte sie die ganze Bevölkerung Dänemarks aufsaugen.

Es ist heutzutage eine moderne Stadt, in der man keine Spuren von den großen Bränden 1728 und 1736 oder von der Beschießung im Jahre 1808 mehr findet. Die neuen Stadtviertel mit ihren breiten Boulevards und den üppig grünen Parkanlagen mit reichlicher Bewässerung sehen wahrhaft stattlich aus. Das bekannte Tivoli, errichtet an der Stelle früherer Festungswerke, ist ein Etablissement, das auf der Erde nicht seinesgleichen hat. Es bildet den Sammelpunkt für Tausende, welche einen vergnügten Abend zu verbringen wünschen, und sein artistischer Direktor, B. Olsen, hat den Erfolg, der seine Bemühungen krönt, wohl verdient.

Wer eine größere Festlichkeit, ein sogenanntes Storfest, im Tivoli mit angesehen hat, wird einen solchen Abend niemals vergessen. Der ganze große Garten ist dann von verschiedenfarbigen Lichteffekten überflutet, Boote mit venetianischen Laternen schaukeln auf einem launisch gewundenen Gewässer; jedes Café, jedes Theater trägt zu dem bezaubernden Anblick des Ganzen bei; es ist wie ein Märchen aus Tausendundeiner Nacht, aus dem farbigen Orient nach dem nüchternen Norden versetzt, und ein nach den Plänen des französischen Architekten Le Nôtre hergestelltes Labyrinth hält den Besucher gegen seinen Willen gefangen, wenn diesem der leitende Ariadnefaden fehlt.

Zwei ausgezeichnete Orchester lassen abwechselnd

ihre ernsten und heiteren Weisen erschallen. Theater mit Ballett, Akrobaten mit mehr oder weniger hervorragenden Leistungen, alles bietet verschiedenartige und jedem Geschmacke angepaßte Vergnügungen.

Wer eine pfeilschnelle Fahrt liebt, dem bietet eine Rutschbahn mit drei abgerundeten Absätzen – und welche Absätze, vorzüglich der letzte! – für zehn Öre (11½ Pfg.) eine halbe Minute Todesangst. Bei dem ersten Versuche, den man unternimmt, ist der kleine Wagen kaum weggerollt, wo man schon seine Voreiligkeit bedauert. Bei dem ersten noch zu überwindenden Absatze möchte man noch herausspringen; bei dem zweiten denkt man an seine Familie, beim dritten aber ist die Gewalt der Fahrt so eine rapide, daß man jederzeit glaubt, der Waggon müsse aus dem Geleise springen, und daß man gern sofort noch sein Testament machte, wenn nicht gleich darauf ein kurzer Stoß der gefährlichen Lage ein Ende machte, der die Wageninsassen in die Arme eines kräftigen Mannes wirft. Man ist damit am Ziele.

Der Leser glaubt vielleicht, daß man an einer solchen halsbrecherischen Fahrt genug habe. Fehlgeschossen. Man beginnt sie mit Vergnügen von neuem.

Dreizehntes Kapitel

Besonders bemerkenswerte Gebäude besitzt Kopenhagen nicht. Die von Christain IX. in Backstein aufgeführte Börse zeigt ein eigentümliches Gepräge und wird von einem aus vier verschlungenen, phantastischen Ungeheuern gebildeten Turm überragt. Ferner wären zu erwähnen das Schloß Christiansborg, der Sitz des Reichstages; der Palast Amalienborg, im Geschmacke des 18. Jahrhunderts, worin die königliche Familie wohnt; das Nationaltheater an Kongens Nytorv, ein in jeder Hinsicht vortrefflicher Bau, und das Rosenborgschloß, erbaut 1607 in dem Parkgarten gleichen Namens.

Neben der Kirche Unserer lieben Frau, deren Schiff mit dreizehn Marmorbildwerken Thorwaldsens, Christus und die zwölf Apostel, und der Altarplatz mit dem berühmten »Engel der Taufe« geschmückt ist, nenne ich besonders die Frelser- (Erlöser-) Kirche auf der Insel Amager, an der anderen Seite des Hafens. Das Gebäude selbst hat keinerlei architektonischen Wert; es wird jedoch von einem hohen Glockenturme überragt, zu dessen Spitze man auf einer, in Schneckenwindungen außen um den Turm führenden Treppe gelangen kann. Es gehört indes eine gute Portion kaltes Blut dazu, diese Ersteigung ungestraft auszuführen. Mein Bruder schilderte in seiner »Reise nach dem Mittelpunkt der Erde« eine solche Lektion gegen das Schwindligwerden, welche Professor Lidenbrock seinem Neffen Axel auf dieser luftigen Treppe erteilt.

Als wir, mein Sohn und ich, da hinaufstiegen, war schönes klares Wetter. Weithin erstreckte sich die herrliche Aussicht über den Sund, in dessen ganzer Länge von Norden nach Süden; leider wehte eine ziemlich scharfe Brise aus Osten, welche jede genauere Beobachtung erschwerte. Kaum genügten unsere beiden Hände, um uns an dem eisernen Geländer gegen die Gewald des Windes aufrecht zu erhalten; an Benutzung der Fernröhre war unter solchen Umständen natürlich gar nicht zu denken. So vermochten wir auch nicht die Flagge eines schnell einherdampfenden Schiffes mit zwei gelblichen Schornsteinen zu erkennen, das auf der Reede von Kopenhagen ankam, und die dänische Flagge auf der Zitadelle Frederikshavn mit einundzwanzig Kanonenschüssen begrüßte.

Nach Norden zu erblickt man am Ende des Sundes die kleine Stadt Helsingör. Zwischen diesem und Kopenhagen liegt ein ungeheuerer Wald mit riesigen Bäumen und mit zahlreichen Landsitzen durchsät. Längs dieses Waldes, dessen vorderer Teil Tiergarten genannt wird und der gewissermaßen eine Vorstadt Kopenhagens bildet, führt eine herrliche Promenade, die lange Linie und der große Strandweg, nahe dem Ufer des Meeres hin, wo reiche dänische Familien ihre Sommersitze aufgeschlagen haben. Man gelangt dahin durch viele Dampfer, welche alle Küstenpunkte berühren und an langen Piers anlegen, die vom Ufer weit hinaus ins Wasser gebaut sind. Eine Fahrt an der Küste Seelands hin bis Helsingör, gewährt einen so herrlichen Ausflug, wie man ihn kaum irgendwo wiederfinden dürfte. Wir hatten beschlossen, denselben am folgenden Tage auszuführen und Helsingör nebst dem Schlosse Kronborg zu besuchen.

Dieses Schloß verteidigte ehemals den Eingang zum Sunde, und hierher hatte Shakespeare die große Szene in seinem Hamlet verlegt.

Trotz der wahrhaft entzückenden Aussicht vom Turme der Frelserkirche mußten wir des scharfen Windes wegen doch an die Rückkehr denken. Manchmal schien wirklich der ganze Turm unter den heulenden Stößen zu erzittern.

Mein Sohn begann allmählich ernstlich darunter zu leiden, denn man wird leicht glauben, daß diese Empfindung eines unsicheren Standpunktes in einer Höhe von fast hundert Metern über der Erde peinlich genug ist. Er wird zusehends gelb und grün, als hätte ihn die Seekrankheit befallen, sein Blick wird unsicher . . . es war höchste Zeit, hinabzusteigen.

Wir begannen also die Niederfahrt. So sehr ich es gewöhnt bin, auf schwindligen Bergpfaden herabzuklettern, muß ich doch gestehen, daß diese korkzieherförmige Treppe auch mir eine peinliche Empfindung erregte. Ohne gerade so grün zu werden wie mein Sohn, erbleichte ich doch ebenfalls, und es hätte vielleicht nicht mehr lange Zeit bedurft, um mich in denselben hilflosen Zustand zu versetzen wie ihn.

Schon waren wir ein Dutzend Meter hinabgestiegen,

als uns plötzlich ein unerwartetes Hindernis entgegenstand.

Eine starke Dame von etwa fünfzig Jahren, mit gewaltigem rosafarbenen Hute auf dem Kopfe und umspannt von einem engen apfelgrünen Kleide, sperrte den schon für eine Person etwas schmalen Weg.

Der würdigen Dame folgten nicht mehr als elf leibliche Kinder. Ja, ich wiederhole es, elf ihrer Kinder, denn wer kann wissen, ob sie deren nicht noch mehr besitzt.

Die von ihr angeführte Karawane schloß fünf bis sechs Meter weiter unten ein sehr dicker Herr, ohne Zweifel der Gatte und Vater seiner Vorgänger, der sich schwitzend und keuchend den steilen Weg hinaufarbeitete.

Was war zu tun? Der Fall schien kritisch. Wieder zurückzukehren war ich kaum imstande. Es blieb uns nichts übrig, als vorwärtszudringen, aber dann mußten wir die ganze Menschenschlange wieder hinabdrängen, denn hier konnte niemand an einem anderen vorüberkommen.

Die Sache wurde unangenehm. Die Mutter schleuderte mir wütende Blicke zu und schien sich schon zu einem Kampfe vorzubereiten. Ihr Mann, der zu weit zurück war, um die Ursache der Störung erkennen zu können, wetterte aus den unteren Regionen herauf und mochte nicht bei bester Laune sein.

Das beste war also, mit den Neuangekommenen zu verhandeln und sie zum Umkehren zu bestimmen.

»Wir können nicht zurück, Madame, es ist absolut unmöglich.«

»Aber, mein Herr«, antwortete sie in fremdländisch betontem Französisch, »wir sind unzweifelhaft berechtigt . . .«

»Ganz sicher . . . Doch, Sie wissen, es gibt Fälle, wo Gewalt vor Recht geht, oder vielmehr wo die Not kein Gebot kennt, und wir – wir sind gezwungen, bald hinunter zu gelangen!«

Bei diesen Worten wies ich auf das leichenähnliche Gesicht meines Sohnes.

Das wirkte; die Karawane wich ohne Widerrede Hals und Kopf zurück. Binnen zwanzig Sekunden war der Weg frei, der Feind verschwunden, und wir stiegen ruhig die zwanzig Meter hinunter, die uns noch von der inneren Treppe der Frelserkirche trennten.

Vierzehntes Kapitel

Am folgenden Morgen schifften wir uns auf einem der Schraubendampfer ein, welche von dem ausgedehnten Holzkai in Kopenhagen nach Helsingör abgehen. Diese schnellen, ausschließlich zum Küstendienste bestimmten Schiffe bieten den Passagieren alle erdenkliche Bequemlichkeit. Ihre Salons sind geräumig, gefällig dekoriert, und das, das ganze Hinterteil einnehmende Spardeck ermöglicht den Reisenden eine leichte Umschau nach allen Seiten, und vorzüglich nach der wahrhaft reizenden dänischen Küste zwischen Kopenhagen und dem nördlichen Ende der Meerenge.

Helsingör ist eine kleine Stadt von neuntausend Einwohnern, in der sich die meisten, den Sund passierenden Segler verproviantieren. Es hat einen räumlich beschränkten, aber tiefen und hübsch gelegenen Hafen, dem der von Helsingborg, an der anderen, schwedischen Seite des Sundes, gegenüberliegt.

Nachdem wir um neuneinhalb Uhr hier angelangt, begaben wir uns nach dem Hotel Oeresund, das dem Reisenden alles bietet, was das Herz und – der Magen begehrt. Nach dem eingenommenen Frühstück brach unsere kleine Gesellschaft sofort nach dem Schlosse Kronborg, dem interessanten Ziel dieses Ausflugs, auf. Die Schloßkapelle hier ist der Beachtung wirklich wert und verdient einen nicht zu eiligen Besuch. Von dem Innern des gewaltigen Bauwerkes ist an sich nicht viel zu sagen. Eine Zimmerflucht enthält eine nicht besonders wertvolle Gemäldesammlung. Die Aussicht von den Fenstern aber, und vorzüglich von der Plattform eines viereckigen Turmes an einer Ecke des Schlosses aus, ist in der Tat überraschend schön.

Überall ist der hier nur vier Kilometer breite Sund von Fahrzeugen jeder Größe, von Galioten, Goëletten, Dreimastern, Briggs und Dampfern, welche auf- und abwärts fahren, belebt. Ich schätze die Anzahl verschiedener Fahrzeuge, welche wir auf dem friedlichen Wasser auf einmal erblickten, auf wenigstens fünfhundert englische, schwedische, dänische, norwegische und deutsche Schiffe.

Weder der Busen von Neapel oder der Eingang zum Bosporus, noch die Meerenge von Messina, von Taormine aus gesehen, übertreffen an Schönheit diese Einfahrtsstelle in den Oeresund. Im Norden dehnt sich das Kattegat mit seinen blauen Fluten und dem pittoresken Ausleger der schwedischen Küste, den Kullabergen, über Sehweite hin aus. Nach den anderen Richtungen hin ergötzt sich das Auge an der sattgrünen Landschaft der Umgebungen. Man kann sich schwerlich einen harmonischeren Gesamteindruck denken, und nur mit schmerzlichem Bedauern wendet man einem so herrlichen Bilde den Rücken.

Um den Abgang des Schiffes nach Kopenhagen nicht zu versäumen, mußten wir uns jedoch beeilen. Da erschien am Horizont des Kattegat eine dunkle Rauchwolke, unter welcher man bald zwei große dunkle Massen unterscheiden konnte.

»Seht da«, rief ich, »sieht das nicht aus wie ein Geschwader, das unter vollem Dampf in den Sund einfährt?«

»Das ist ohne Zweifel ein Teil der englischen Flotte«, erwiderte Robert Godefroy. »Ich las in den Zeitungen, daß ein solches Geschwader unter dem Kommando des

Herzogs von Edinburgh Portsmouth verlassen habe, um nach Kopenhagen zu segeln.«

»Dann wird das schnelle Schiff«, meinte mein Bruder, »das gestern salutierte, während ihr auf der Frelserkirche wart, wahrscheinlich ein Bote desselben gewesen sein, der die Ankunft des Geschwaders in Kopenhagen anmeldete.«

»Was meinst du, laß uns den Abgang des ersten Dampfers versäumen«, sagte ich zu meinem Bruder, »um dafür der Einfahrt der englischen Schiffe in den Sund beizuwohnen.«

Etwa eine Stunde später defilierte die aus acht Panzern bestehende Flottenabteilung vor Helsingör, jedes Schiff in vorschriftsmäßigem Abstande und der Admiral an der Spitze.

Dieses Schauspiel wog gewiß eine Stunde Verzögerung auf.

Um vier Uhr gingen wir wieder an Bord eines Dampfers, der gegen sechs Uhr in Kopenhagen eintrifft, und passierten da in kurzer Entfernung die englischen Schiffe, welche ihres großen Tiefganges wegen der Zitadelle gegenüber vor Anker gegangen waren.

Fünfzehntes Kapitel

An Bord des »Saint Michel« zurückgekehrt, war der erste Mensch, der sich zeigte, der »Gentleman«, der uns voller Ungeduld zu erwarten schien.

Da es sehr warm war, hatte Thomas Pearkop den Rock abgelegt und bot so in Hemdsärmeln ein uns noch neues Bild. Seine weite Hose aus grobem blauen Tuch, die ihm bis unter die Achseln reichte, erinnerte durch ihre Länge an diejenigen, welche vorsorgliche Eltern ihren in starkem Wachstum befindlichen Kindern machen lassen. Sehr kurze rötliche, mit weißen Blumen bestickte

Hosenträger hielten das gewaltige Bauwerk, in welchem der »Gentleman« offenbar ohne große Mühe ganz und gar verschwinden können mußte. Ungeheure Taschen, wirkliche Höhlen, öffneten sich an den Seiten, und die Anschwellung derselben verriet, welche Unmasse verschiedener Gegenstände in ihrer dunklen Tiefe schlummern mochte.

Thomas Pearkop wußte nicht, daß wir von Helsingör zurückkamen. Auf seinem breiten, gutmütigen Gesicht glänzte jetzt offenbar ein Gefühl von Stolz. So sagte er zu uns auch mit einer gewissen Feierlichkeit im Tone: »Gentlemen, the british squadron! You did not see the british squadron?«

»Freilich«, antwortete ich, »haben wir das britische Geschwader gesehen. Sie kommen wieder zu spät, wie mit dem Kometen, mein wack'rer Lotse. Aber trösten Sie sich, diesmal ist's Ihr Fehler nicht! Sie konnten das Geschwader nicht wohl eher sehen als wir, da wir uns in Helsingör befanden, als dasselbe in den Sund einlief und ...«

»Ah, das muß herrlich gewesen sein!« unterbrach mich Thomas Pearkop, mit einem solchen Ausdruck von Neid und lebhaftem Bedauern, diesem Schauspiele nicht haben beiwohnen zu können, daß ich gegenüber dieser wirklichen Explosion von Patriotismus die Lust zu scherzen gänzlich verlor.

Die Engländer haben wohl ihre Grillen – welches Volk hätte solche nicht? – aber nach einer Seite muß man ihnen Gerechtigkeit widerfahren lassen. Wenn man mit ihnen über ihre Flotte, ihre Armee, über die Freiwilligen oder über die Regierung des Landes spricht, so wird man sie, selbst in ihren beliebten Übertreibungen, niemals lächerlich finden. Bringt man sie auf dergleichen Themata, so wallt in ihnen leicht, vielleicht etwas zu leicht, ein patriotisches Fieber auf; doch wer möchte sie darum tadeln?

Ihre Minister mögen sich täuschen, Fehler über Fehler begehen, vor einem Fremden wird der Engländer niemals ein verächtliches Wort über sie aussprechen. Man verfolge ihre Presse, ihre großen Tagesblätter, selbst diejenigen, welche der Regierung feindlich gegenüberstehen, niemals wird man darin grobe Artikel, injuriöse Tatsachen, gemeine oder nur herabwürdigende Epitheta finden. Immer bleibt der Ton ein höflicher, und wenn das nicht mehr der Fall ist, verliert das betreffende Blatt einfach seine Abonnenten. Der lange, ungestörte Genuß weitreichender Freiheiten hat das englische Volk gewöhnt, diese niemals zu mißbrauchen.

Sechzehntes Kapitel

Schon am Tage nach unserer Ankunft in Kopenhagen hatten wir dem französischen Ministerresidenten und dem Kanzler der Gesandtschaft einen Besuch abgestattet. Beide empfingen uns ungemein freundlich und versprachen, auf unsere Einladung, auch einmal an Bord des »Saint Michel« zu kommen.

Da wir voraussetzten, es werde den Herren angenehm sein, eine kleine Spazierfahrt zu unternehmen, sorgten wir am verabredeten Tage dafür, daß unser Schiff Dampf hatte, als sie an Bord stiegen.

Nach einer kurzen Besichtigung der Jacht selbst, welche nach allen Seiten ihren Beifall fand, schlug mein Bruder vor, auf die Reede hinauszudampfen, was mit Vergnügen angenommen wurde.

Unverzüglich wurden die Taue gelöst, und eine Viertelstunde später lag der »Saint Michel« wenige Kabellängen neben dem englischen Handelsschiffe »Herkules«.

Alle Schiffe des Geschwaders hatten mit Ausnahme eines einzigen – der Grund hierzu ist mir unbekannt geblieben – festlich geflaggt. Der »Herkules« führte am Großmasttopp die königliche Standarte Englands, welche nur in außerordentlichen Fällen gehißt wird.

Um die verwandtschaftliche Verbindung mit Dänemark anzudeuten, flatterte daneben der Daneborg lustig in der Luft.

Der König von Dänemark war in dieser Stunde bei dem Herzog von Edinburgh zu Gaste. Christian IX. erwiderte dem Sohne der britischen Königin den Besuch, den dieser am Tage vorher dem Schlosse Amalienborg abgestattet hatte.

Für den Fall, daß diese Visite nicht zu lange währte, wollten wir die Wiederabfahrt des Königs, dessen Schaluppe einige Kabellängen vom »Herkules« lag, und den Königssalut abwarten, den das englische Geschwader zu diesem Moment abgeben mußte.

Es macht dieses Salutschießen einen großartigen Eindruck, wenn es von zahlreichen, mit grobem Geschütz armierten Fahrzeugen geschieht. Jedes Schiff feuert, gleichzeitig mit dem Admiralschiffe, eine Salve von einundzwanzig Schuß ab, während die Besatzung des Schiffes auf den Raaen steht und mit kräftigen Stimmen ein neunfaches: »Hip! Hip! Hip! Hurra!« ruft.

Dieses interessante Schauspiel ist übrigens ziemlich selten, und wir hatten von Glück zu sagen, ihm gerade beiwohnen zu können.

Bald setzt sich die Jacht des Königs in Bewegung und nimmt eine halbe Kabellänge vom »Herkules« Aufstellung, dem sich auch der »Saint Michel« immer dicht hinter der Geschwaderlinie, bei der Panzerfregatte »Warrior« genähert hat.

Einige Minuten verstrichen. Da erscheint Christian IX., begleitet von dem Erbprinzen und noch mehreren Mitgliedern der königlichen Familie an der geöffneten Schanzkleidung des »Herkules«.

Der König steigt, nach einem mit dem Herzoge von Edinburgh gewechselten Händedrucke, nach seinem Boote hinab, und begibt sich, in Begleitung vieler, das Gefolge tragenden Boote nach seiner Jacht.

In diesem Augenblicke bricht zum ersten Male die Wolkendecke des Himmels. Ein Sonnenstrahl schießt herab und funkelt an den glänzenden Uniformen der dänischen Offiziere der Eskorte. Das Purpurzelt auf dem Hinterteile des königlichen Bootes erscheint von goldigen Reflexen geschmückt, und um die Personen, welche es enthält, schlingt sich ein blendender Lichtkranz.

Als merkwürdigen Gegensatz zeigen die massiven dunklen englischen Schiffskolosse an jeder Schießluke ihre mächtigen Geschütze, ihre schrecklichen Verheerungswerkzeuge; wie um diesen beklemmenden Eindruck vergessen zu machen, flattern Flaggen und Wimpel in allen Farben bunt durcheinander bis zur Spitze der hohen Maste und prägen dem großartigen Bilde den Stempel einer friedlichen Festlichkeit auf.

Doch Achtung! Auf den Ton einer Pfeife haben sich die englischen Matrosen schnell auf den Raaen verteilt. Jetzt erklingt ein Hornsignal. Das »Hip! Hip! Hip! Hurra!« ertönt weit schallend aus den soliden Brustkästen John Bulls. Noch ein zweites Signal ... und das Salutschießen beginnt.

In einem Augenblicke liegt der »Saint Michel« in dichtem Pulverdampfe verhüllt. Nach der vorher herrschenden Ruhe ist jetzt die Hölle losgebrochen. Trotz dem Krachen der Geschütze hört man das scharfe »Hip! Hip! Hip!« der Matrosen, das sich wie ein durchdringender Diskant neben der tiefen Baßstimme der Kanonen bemerkbar macht. Unsere Jacht lag so nahe am »Warrior«, daß sie bei jedem Schusse desselben bis zum Kiele hinab erzitterte, während die durch die Explosionen rasch verdrängte Luft uns, wie von einem Orkan gejagt, ins Gesicht schlug.

Die ganze Sache hat einen eigentümlichen Reiz. Zuerst fühlt man sich bei dem entsetzlichen Krachen etwas beklommen; bald gewöhnt man sich jedoch daran, und zuletzt wünschte man es lieber noch etwas stärker.

In diesem Monster-Konzert ist freilich nicht die Spur von Musik zu entdecken. Jetzt klingt zuweilen – eine Folge der verschiedenen Rohrweiten – etwas wie eine erweiterte Terz hindurch. Wenn Richard Wagner einmal alle Hilfsmittel der Orchestration erschöpft und so große Kupferinstrumente angegeben haben wird, daß man ein Dutzend Bläser auf einmal braucht, um denselben einen Ton zu entlocken, so erkennt er vielleicht in den Dreißig-, Fünfzig- oder gar Hundert-Tonnenkanonen noch recht schätzenswerte Hilfstruppen. Diese modernen Instrumente würden ihm von desto größerem Nutzen sein, als seine vollkommen taub gemachten Zuhörer im blinden Vertrauen seine oft genug gewagten Harmonien beklatschen würden.

Aber Thomas Pearkop hätte man während dieser ganzen Zeremonie beobachten müssen. Er strahlte; die Augen traten ihm aus dem Kopfe und unartikulierte Töne drangen aus der breiten Brust; ja, es fehlte nicht viel, so hätte er das »Hip! Hip! Hip!« aus Leibeskräften mitgerufen.

Der wackere Mann war so glückselig, daß er vielleicht – ich betone freilich dieses Wort – bevor wir aus dem Hafen liefen, auf jeden ihm unvorteilhaften Vorschlag eingegangen wäre, wenn wir ihm etwa folgendermaßen zugesetzt hätten:

»Pearkop! Das englische Geschwader, Euer Geschwader, auf das Ihr so stolz seid, wird Seine Majestät den König von Dänemark mit dem großen Salut begrüßen. Wir wollen diesem großartigen Schauspiele beiwohnen; da kommt uns aber eben Eure Lotsenrechnung in die Hände – dreißig Pfund ist wirklich etwas gepfeffert – und wir werden Euch nicht auf die Reede hinaus mitnehmen, wenn Ihr nicht auf der Stelle zustimmt, genannte Forderung auf zwanzig Pfund herabzusetzen, und das ist immer noch anständig genug bezahlt. Weigert Ihr Euch, so werdet Ihr während unseres Ausfluges ans Land gehen und der Festlichkeit nicht beiwohnen. Nun, entscheidet Euch!«

Darauf würde er, in Anbetracht seiner Vaterlandsliebe und des gerechten Stolzes, der ihn beim Anblick seines Geschwaders erfüllte, sowie der Bewunderung, die er für seine mächtigen Panzer empfand, gezaudert, gefeilscht haben, aber endlich doch wohl fähig gewesen sein . . . nein, das sicherlich nicht; zehn Pfund Sterling zu opfern? – Nimmermehr.

Bei dieser Gelegenheit gestatte man mir auszusprechen, daß viele Dänen, hier und in den ehemaligen Herzogtümern, das fast vollständige Fehlen der französischen Flagge in der Ostsee lebhaft beklagen.

England sorgte dafür, sich überall immer wieder in Erinnerung zu bringen. Außer seinen zahlreichen Handelsschiffen, welche die Nord- und die Ostsee durchkreuzen, hat es dieses Jahr (1881) ein Panzergeschwader nach Kopenhagen, Petersburg und Kiel entsendet. Es würde Frankreich ein leichtes sein, dasselbe, ja vielleicht noch mehr zu leisten, und des wärmsten Empfanges könnte es ohne Zweifel sicher sein.

Die englische Flotte, welche auf der Reede von Kopenhagen erschien, bestand in der Tat nur aus alten Schiffen ohne großen Wert. Man bemerkte hier den »Warrior«, das erste von England, etwa gleichzeitig mit dem französischen »Gloire« erbaute Panzerfahrzeug. Das einzige modernere Schiff war das Admiralsschiff »Herkules«, doch steht auch dessen Armierung hinter der der neueren Schlachtschiffe Frankreichs weit genug zurück.

Wollten wir England ausstechen, so genügte die Entsendung einer Flottendivision, unter der sich die »Dévastation« mit ihren Fünfzig-Tonsgeschützen, der »Admiral Duperré«, der »Redoutable« und als Kreuzer der »Dusquene« oder der »Tourville« befänden, welch letztere eine Geschwindigkeit von achtzehn bis neunzehn Knoten erreichen.

Freilich könnten uns die Engländer ihr Schiff, den »Inflexible« mit seinen Achtzig-Tonsgeschützen gegenüberstellen. Dieses Fahrzeug aber ist nach den, im englischen Unterhause öffentlich ausgesprochenen Urteilen keineswegs frei von Fehlern. Es ist nur in der Mitte gepanzert, und man fragt sich mit Recht, was die Folge sein würde, wenn sich seine, von mächtigen Geschossen durchlöcherten Endstücken mit Wasser anfüllten.

Siebzehntes Kapitel

Unsere schon festgesetzte Abreise von Kopenhagen wurde durch eine Einladung zur Tafel bei dem französischen Ministerresidenten um zwei Tage verzögert. Wir gewannen dadurch Zeit, den herrlichen Park von Frederiksborg, jetzt eine Vorstadt der vergrößerten Residenz, zu besuchen.

Am folgenden Morgen, sonntags den 26. Juni, schlug der »Saint Michel« nach Ausschiffung unseres Freundes Robert Godefroy, der diese Reise über Malmö, Stockholm und Christiania ausdehnte, von dort aber nach Finnmarken bis Hammerfest und zum Nordkap gehen wollte, wieder den Kurs nach Süden ein und ging, nachdem wir nochmals die Eider passiert, vier Tage später auf der Reede bei den Dünen vor Deal vor Anker.

Wir waren somit wieder in Thomas Pearkops Heimat. Hier sollte er im besten Wohlsein, gut gemästet und bereichert um ein weiteres, anerkennendes Zeugnis für die Kenntnisse und Fähigkeiten des *Pilot for the North sea* seiner Familie wiedergegeben werden.

Selbstverständlich nahm Thomas Pearkop auch seinen berühmten Sack mit nach Hause.

Aber dieser unvergleichbare Teertuchsack, der schon eine ganze Welt enthielt und kaum noch eine Stecknadel aufzunehmen fähig schien, dieser Wundersack war doch noch größer und schwerer geworden, als Thomas Pearkop den »Saint Michel« verließ. Er umfaßte jetzt noch weiter vier Flaschen feinen Wein, zwei Flaschen Likör und noch verschiedene Viktualien, welche wir dem Lotsen aus Mitleid für die schon seit zwei Jahren fast hoffnungslos darniederliegende Mistreß Pearkop mitgegeben hatten.

Mich verwunderte es freilich ein wenig, daß Mistreß Pearkop solche Stärkungsmittel nötig haben sollte. Mögen ihr die, welche ihr Mustergatte mit heimbrachte, recht gute Dienste leisten! Ich stehe aber gar nicht dafür ein, daß diese den rechten Weg verfehlt und unnötigerweise den »Gentleman« gestärkt haben mögen, zum großen Nachteile seiner schöneren Hälfte, wenn diese etwa auf Wiedererlangung ihrer Gesundheit durch dieselben rechnete.

Wir hatten nun noch die Lotsenrechnung für einmonatlichen Dienst in der Nordsee abzumachen, was ohne Schwierigkeiten vor sich ging.

Das Honorar belief sich auf eine ziemlich beträchtliche Summe, an der nicht gemäkelt wurde. Thomas Pearkop, der zuerst für ein halbes Pfund Sterling auf eine halbe Stunde an Bord des »Saint Michel« kam, war hier siebenundzwanzig Tage lang für den Preis von dreißig Pfund geblieben.

Diese Summe wurde also auf den Tisch des Speisesaales in schönen, blanken Louisdors aufgezählt – das englische Pfund zu 25 Frcs. 25 Cent. gerechnet – und durch etwas englische Scheidemünze bis auf den Pfennig vollgemacht.

Thomas Pearkops Augen leuchteten heller auf; dann verschwand alles, unter Dankesbezeugungen des Empfängers, in der ungeheuren Hosentasche.

Gleichzeitig war das kleine Boot klar gemacht worden. Der »Gentleman« stieg hinab und begab sich nach dem Hafendamm von Deal, von dem unsere Jacht nur eine Kabellänge entfernt lag.

Da trat der Schiffsjunge auf meinen Bruder zu.

»Herr Verne«, begann er höchst erregten Tones.

»Um Gottes willen, was ist geschehen?«

»Herr Verne, er hat in seinem Sack ein Stück Seife vom Schiffe mitgenommen.«

»Aber, Junge«, erwiderte mein Bruder scherzend, »das ist doch nicht hübsch und verwundert mich von einer so grundehrlichen Haut wie unserm wackerer Thomas Pearkop!«

»Halt, nicht so schnell verurteilt«, rief ich, »auch von diesem Vorwurfe wird er sich reinigen! Da kehrt das

Boot zurück mit Thomas Pearkop darin, der uns das Stückchen Seife wieder überliefern wird.«

Das Boot legte am Bord an und der »Gentleman« machte uns ein Zeichen mit der Hand.

Thomas Pearkop stand hinten in dem Boote und wollte schon auf mich sprechen, als ich ihm zuvorkam.

»Aber, guter Freund«, sagte ich, »das war doch unnötig, wegen solcher Kleinigkeit umzukehren.«

»Kleinigkeit?« erwiderte Thomas Pearkop im einschmeichelndsten Englisch, »aber mein Herr, Sie haben ja das Pfund zu 25 Frcs. 25 Cent. gerechnet.«

»Gewiß«, antwortete ich, etwas erstaunt über diese unerwarteten Worte. »Entspricht das nicht dem Tageskurs?«

»Nicht genau«, belehrte mich der »Gentleman«, »das Pfund steht jetzt 25 Frcs. und 26 Cent.; sie schulden mir also noch drei Pence!«

»Drei Pence! Sechs Sous! Hier sind sie, wackerer Pearkop, und nun sind wir quitt, nicht wahr?«

»All right, meine Herren.«

»All right!«

COLLECTION JULES VERNE

1. Von der Erde zum Mond
Direkte Fahrt in 97 Stunden 20 Minuten
2. Reise um den Mond
3. Reise um die Erde in 80 Tagen
4. Reise zum Mittelpunkt der Erde
5. Fünf Wochen im Ballon
6./7. Zwanzigtausend Meilen unter dem Meer
8. Abenteuer von drei Russen und drei Engländern in Süd-Afrika
9./10. Abenteuer des Kapitän Hatteras
11./12./13. Die Kinder des Kapitän Grant
14./15./16. Die geheimnisvolle Insel
17./18. Das Land der Pelze
19. Eine schwimmende Stadt
Die Blockadebrecher
20. Eine Idee des Doktor Ox
Meister Zacharius
Ein Drama in den Lüften
Eine Überwinterung im Eis
Eine Mont-Blanc-Besteigung
21. Der Chancellor
Tagebuch des Passagier J. R. Kazallon
22./23. Der Kurier des Zaren
Michael Strogoff
24. Schwarz Indien
25./26. Reise durch die Sonnenwelt
27./28. Ein Kapitän von 15 Jahren
29./30./31. Die Entdeckung der Erde
32. Die fünfhundert Millionen der Begum
33. Die Leiden eines Chinesen in China
34./35. Die großen Seefahrer des 18. Jahrhunderts
36./37. Das Dampfhaus

38./39. Der Triumph des 19. Jahrhunderts
40./41. Die Jangada
42. Die Schule der Robinsons
43. Der grüne Strahl
44./45. Keraban der Starrkopf
46. Der Südstern oder das Land der Diamanten
47. Der Archipel in Flammen
48./49./50. Mathias Sandorf
51. Robur der Sieger
52. Ein Lotterie-Los
53./54. Nord gegen Süd
55./56. Zwei Jahre Ferien
57. Kein Durcheinander
58./59. Die Familie ohne Namen
60./61 Mistreß Branican
62. Das Karpatenschloß
63. Claudius Bombarnac
Notizbuch eines Reporters
64./65. Der Findling
66./67. Meister Antisers wunderbare Abenteuer
68./69. Die Propeller-Insel
70. Vor der Flagge des Vaterlandes
71. Clovis Dardentor
72./73. Die Eissphinx
74./75. Der stolze Orinoco
76./77. Das Testament eines Exzentrischen
78./79. Das zweite Vaterland
80. Das Dorf in den Lüften
81. Die Historien von Jean-Marie Cabidoulin
82./83. Die Gebrüder Kip
84./85. Reisestipendien
86. Ein Drama in Livland
87. Der Herr der Welt
88. Der Einbruch des Meeres
89. Der Leuchtturm am Ende der Welt
90./91. Der Goldvulkan
92./93. Reisebüro Thompson & Co.
94. Die Jagd nach dem Meteor
95. Der Pilot von der Donau
96./97. Die Schiffbrüchigen der Jonathan
98. Wilhelm Storitz' Geheimnis
99./100. Cäsar Cascabel